젠틀한 악마

달

젠틀한 악마 1

초판 1쇄 인쇄 2016년 4월 20일
초판 1쇄 발행 2016년 5월 3일

지은이 별하얀
발행인 오영배
기획 박성인
책임편집 김다슬
표지 · 본문 디자인 권지연
제작 조하늬

펴낸곳 (주)삼양출판사 · 단글
주소 서울시 강북구 도봉로 173
대표 전화 02-980-2112 팩스 / 02-983-0660
편집부 전화 02-980-2116 팩스 / 02-983-8201
블로그 blog.naver.com/dan_gul
출판등록 1999년 3월 11일 제9-00046호.

ISBN 979-11-313-0597-3 (04810) / 979-11-313-0596-6 (세트)

단글은 (주)삼양출판사의 로맨스 문학 브랜드입니다.

ROMANCE STORY

GENTLE Devil

젠틀한 악마

별하얀 장편소설

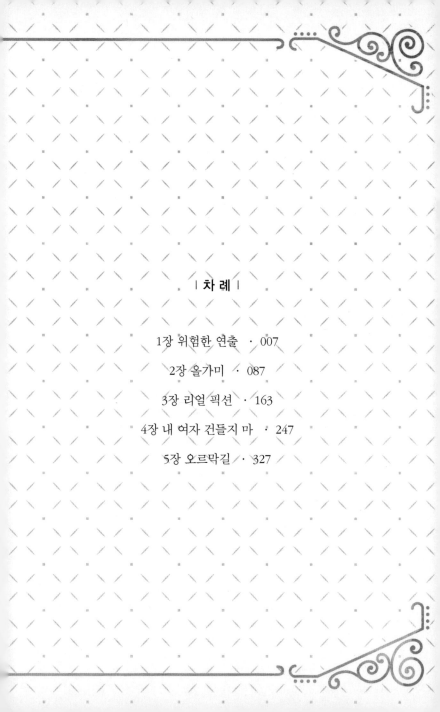

| 차 례 |

1장

위험한 연출

하연이 무겁게 내려앉은 눈꺼풀을 겨우 들어 올려, 흐릿한 시야로 천장을 바라봤다. 황금빛을 머금은 은은한 간접조명 아래, 몇 초간의 정적과 함께 미동이 없던 하연의 얼굴이 신경질적으로 일그러졌다.

"……아, 머리야…… 아흑!"

순식간에 밀려드는 두통에, 하연의 잇새 사이로 낮은 신음이 흘러나왔다. 뚜렷하게 보이던 천장이 빙글빙글 돌았고, 지진이라도 난 듯 두개골은 흔들흔들. 동시에 천재지변이라도 일어났는지, 속은 뒤집어지기 일보 직전이었다.

아, 젠장! 이놈의 감당 못 할 숙취 때문에 이리 고생을 하면서도, 매번 반복하는 제 자신이 원망스러웠다.

일단 정신부터 좀 차리자. 하연이 울려 대는 머리를 부여잡고 물먹은 솜뭉치처럼 무거운 몸을 일으키다가, 그대로 휘청거리더니 시트 자락을 붙잡고 침대 아래로 쿵— 곤두박질쳤다.

"악!"

비명과 동시에 나른했던 온몸의 신경이 무섭게 살아나더니, 흐릿했던 눈과 귀가 번쩍 뜨였다. 알싸한 통증에 인상을 찌푸린 하연은 주위를 두리번거렸다. 익숙하지 않은 장소임을 알아차린 그녀의 표정이 점차 미묘하게 변해 갔다.

"그런데 여긴…… 도대체."

쏴아아아—

그때, 먼발치에서 샤워기 특유의 세찬 물줄기 소리가 귓가로 전해졌다. 하연의 두 눈이 초조하게 깜박거렸다.

"어딜까……나."

동그랗게 말린 입술에서 나오는 떨리는 한마디. 불안했던 마음이 불길한 예감으로 번지는 이 순간, 하연의 간담이 서늘해졌다.

'여긴 도대체 어, 어, 어디야?! 저 물소리는 대체 뭐고?'

조각난 기억을 더듬더듬 떠올리려는 하연의 눈이 가늘어졌다.

"끄응……."

곤란한 신음 소리와 함께 하연의 어깨가 축 늘어졌다. 어렴풋하게 떠오르는 '그 사람'과 지난날의 잔상. 문제는 포장마차에서 남자와 헤어지고 난 뒤, 그 이후가 전혀 기억이 나질 않았다. 하연이 제 머리채를 부여잡고, 자리에서 벌떡 일어났다.

"······아닐 거야······ 설마, 아니겠지······ 박하연, 네가 술은 좀 좋아해도 그동안 실수한 적은 없었잖아."

괴로움에 긴 생머리가 까치집이 다 되도록 잡아 뜯던 하연이 이내 울상을 지었다.

"술에 아무리 취했어도 당한 게 있는데, 미치지 않고서야 내가 달수 그놈이랑 똑같은 짓을 했을 리가 없어!"

혼잣말로 자신을 타일렀지만, 여전히 불안한 그녀의 마음이 파들거리며 떨리고 있는 주먹에 고스란히 드러났다. 저도 모르게 미친 사람처럼 제 손톱을 잘근잘근 깨물던 그때, 물줄기 소리가 점점 잦아들었다.

얼마쯤 지나 곧 소리가 들리지 않더니, 욕실 문이 벌컥 열렸다. 털썩— 하연이 자동적으로 자리에서 몸을 바짝 낮춘 채 시트 자락을 양손에 콱 움켜쥐었다.

잔뜩 긴장한 하연이 소리가 나는 방향으로 고개를 돌렸다. 이 낯선 장소만큼이나 익숙하지 않은 실루엣이 두 눈에 들어왔다. 점차 뚜렷해지는 형상에, 하연의 눈이 게슴츠레하게 늘어졌다.

오, 마이 갓!

나, 나, 남자야! 그것도 홀딱 벗은 남자!

남자는 커다란 베스타올 하나만 아슬아슬하게 허리춤에 걸친 채였다. 욕실에서 나온 뒤 침실을 유유히 지나치려는데, 경악스러운 하연의 시선을 느낀 남자의 고개가 천천히 돌아갔다.

흠칫.

두 남녀의 눈빛이 마주쳤다. 긴장한 하연의 입술 새로 딸꾹질이 새어 나왔다.

"……딸꾹."

남자의 잘생긴 눈썹이 꿈틀거리더니, 이윽고 건조한 투로 예의상 한마디를 건넸다.

"잘 잤어요? 겉으로 보기엔, 별로 상태 안 좋아 보이긴 하는데."

하연이 놀란 심정을 숨기지 못한 채 반쯤 벌어진 입을 가까스로 다물었다. 반라의 매끈하게 뻗은 흰 나체는 각이 잡힌 잔 근육과 어우러져 섹시한 라인을 만들어 내고 있었다. 절로 떨어지는 시선으로 단단해 보이는 하체가 눈에 턱, 걸렸다.

하연의 뜨거운 시선이 부담스러운지, 남자는 낮은 헛기침을 두어 번 내뱉었다. 그는 하연이 자신의 두 눈을 보도록 제스처를 취했다.

"일단 옷부터 걸치고 나올게요."

말을 마친 남자가 드레스 룸에 가기 위해 뒤를 돌았다. 반대로 애초에 남자의 말 따윈 귀에 들어오지도 않는 하연이 심란한 표정으로 멀어져 가는 그를 멈춰 세웠다.

"저, 저 이봐요! 우리가 왜 여기에 같이 있는 건지 설명 좀 해 줄래요?"

"그걸 내가 알려 줘야 하는 입장입니까?"

조금 전보다 한층 가라앉은 음성으로 되묻는 남자가 불편한 심기를 감추지 않고 드러내며 다시 몸을 틀었다. 남자에게 확실히 물어봐야 할 요점을 잘 알고 있는데, 짜증스럽게도 하연의 시선은 자꾸만 본능적으로 베스타올 아래로 내려갔다. 여자의 의도치 않은 노골적인 시선에, 남자는 인상을 그으며 팔짱을 꼈다.

"이봐요. 당장 눈 안 끌어 올려요?"

"네? 아, 네."

남자의 명령조에 하연의 말간 뺨이 나쁜 짓을 하다 들킨 아이처럼 붉게 물들었다.

아, 젠장. 내가 지금 무슨 정신으로 저 남자의 몸매 감상 따위에나 빠져 있는 거야.

하연이 눈에 힘을 바짝 주더니, 목소리 톤을 높였다.

"오해할까 봐 미리 말해 두겠는데, 저 변태 아니에요."

"누가 뭐래요?"

여전히 팔짱을 낀 채 남자는 심드렁하게 반문했다. 괜스레 민망해진 하연이 입술을 부풀리며 투덜거렸다.

"제발 옷부터 좀 챙겨 입지 그래요?"

"안 그래도 입으러 가려는 사람, 발길 붙잡은 거 그쪽인 거 잊었어요?"

하연이 남자의 매서운 시선을 피해 움켜쥔 시트로 고개를 떨어트리는데, 제법 헐겁게 걸쳐져 있는 흰 블라우스 사이로 적나라하게 드러난 브래지어 자국이 눈에 꽂혔다. 깜짝 놀란 여자가 빠른 손길로 벌어진 블라우스를 잡아 추슬렀다.

"박하연, 네가 제대로 돌았구나! 아, 완전 망했어."

"도대체 뭐가요?"

여자의 한탄 어린 혼잣말에 남자가 짜증스럽게 미간을 좁혔다. 혼자서 일인 다역으로 영화 찍는 것도 아니고, 분당 초마다 달라지는 여자의 행동에 남자는 급격한 피곤함을 느꼈다.

하연의 원망 어린 매콤한 눈빛이 남자를 쏘아 올려다봤다. 이쯤 되니 매너 모드에 적신호가 켜진 남자가 한기를 품고서 운을 떼려는 찰나, 여자의 어깨가 크게 한번 들썩이더니 제 손으로 입을 틀어막았다.

"욱! 우으욱!"

하연이 감싸고 있던 이불을 걷어 내며 남자가 나왔던 욕실을 향해 전속력으로 뛰어갔다. 그런 여자의 뒷모습을 바라보는 남자는 한심하다는 표정으로 낮게 한숨을 한번 내쉬더니, 드레스룸으로 유유히 모습을 감췄다.

한편 변기를 끌어안은 채 안에 든 모든 걸 게워 낸 하연이 파리한 얼굴로 축 늘어졌다. 그녀는 어깨선까지 내려온 머리카락이 흘러내리지 않도록 뒤로 걷어 내며, 입술을 슥 손등으로 닦았다. 역시나 숙취는 너무 괴롭다. 세면대에서 한참 입을 헹구던 하연이 정면으로 비추는 거울을 들여다봤다.

어제 기어코 울기라도 했는지 펜더 버금가게 눈가 주위로 검은 아이라인 자국이 선명하게 번져 있었고, 어깨선 아래까지 내려오는 긴 생머리는 물미역이라도 얹어 놓은 것처럼 너저분하게 풀어헤쳐져 있었다.

하연은 밖에 대기하고 있을 누드 남에 대해서도 찬찬히 기억을 떠올려 봤다.

순간, 하연의 미간이 미미하게 구겨졌다. 머릿속에서 울리는 낮은 목소리.

나 하연 씨가 마음에 들어요. 진심으로.

떠올리고 싶지 않다는 듯, 하연은 깊은 한숨을 몰아쉬었다. 고개를 내려 보니 단정한 코디로 일부러 챙겨 입은 H 라인 스커트가 허벅지까지 말려 올라가 있었다. 하연이 울상을 지었다.

설마…… 정말 말도 안 되게 저 남자랑 어제 자기라도 한 건 아니겠지?

백날 고심하는 것보다 남자의 정확한 한마디 대답을 듣는 게 낫겠다 싶은 하연이 욕실 문을 빼꼼히 열고 밖을 살폈다.

어느새 말끔히 정장을 갖춰 입은 남자가 아까 자신이 자리하고 있었던 침대 옆에 서서 누군가와 전화를 하고 있는 모습이 보였다. 진중한 얼굴로 통화를 하던 남자가 하연이 나오자 잠시 기다리라는 눈짓을 보냈다.

남자의 통화가 끝나기를 기다리는 동안 하연은 자연스럽게 방 안을 둘러봤다. 모던한 가구들이 멋스럽게 제 위치에서 자리를 잡고 있었고, 옅은 무드 조명은 고급스러운 분위기를 담아 주위를 환히 밝히고 있었다. 그녀가 새어 들어오는 한줄기의 빛을 따라 두터운 커튼을 걷어 밖의 풍경을 살펴봤다.

도심 한가운데의 복잡한 전경에 반해 드넓은 파란 하늘을 바라보고 있자니 다소 답답했던 숨통이 탁 트이는 상쾌한 기분이 들었다. 한참 넋을 잃고 하늘을 올려다보고 있는데, 하연이 붙잡고 있던 커튼에 힘이 실리더니 확 걷어져 버렸다.

쏟아지는 레몬빛 햇살과 함께 어느새 옆으로 바짝 다가온 남자를 하연이 당혹스러운 눈으로 올려다봤다.

"더 이상은 피곤해서 당신 상대 못 하겠어. 딱 하나만 묻지. 어제 일 기억나긴 합니까?"

"대충은요."

하연이 남자의 고압적인 포스에 눌려 작게 대답을 했다.

'이 남자야, 중요한 건 내가 왜 그쪽이랑 한 방에서 눈을 뜨게 된 건지에 대한 부분이 전혀 기억에 없다고!'

"이제라도 기억해 냈다면 다행이군. 뻔한 인사치레는 됐고, 나도 곧 사무실에 나가 봐야 하니 본인 물건 챙겨서 되도록 빨리 자리 비워 줬으면 좋겠는데."

남자의 무심한 처사에 괜히 서러운 마음이 드는 하연이 제 할 말을 마친 뒤 돌아서는 남자의 팔목을 붙잡았다.

"저 이봐요."

"말해."

남자가 귀찮다는 얼굴로 여자를 내려다봤다.

"아니라는 건 직감적으로 알겠는데, 그래도 또 몰라서 확실하게 물어보려고요."

"뭔데요."

"우리 두 사람 어제 아무 일도 없었던 거 맞죠?"

여자의 질문에 어이가 없는 남자가 콧방귀를 꼈다. 조금 전까지 어제 일이 기억난다더니, 가장 중요한 부분이 삭제 처리된 모양이었다. 하긴, 어젯밤 바닥에 그렇게 과격하게 헤딩을 했으니 그럴 만도 하지.

남자의 묘한 미소에, 하연이 초조한 기색으로 다시 한 번 되물었다.

"아닌 거 맞는 거죠?"

"뭐가요."

"뭐긴 뭐예요."

남자가 양쪽 어깨를 슥 들어 올리며 태연하게 물었다.

"그쪽 표현력이 부족한 건지 내가 못 알아듣는 건지 모르겠네. 그 아무 일이라는 게 뭔지 정확히 짚어 줘 봐요. 알아듣기 편하게."

남자의 눈에 보이는 짓궂은 장난에, 하연은 입술을 일자로 꾹 다문 채 눈을 흘겼다.

"지금 바로 처리해야 할 일이 있어서 바쁜데, 일단 나중에 얘기해요."

"나중에라뇨?"

이번엔 하연이 농담하지 말라는 듯 웃음을 작게 터트리더니,

손을 휙 내저어 보였다.

"어제 그쪽이 저한테 여러모로 도움 준 거 잘 알아요. 호텔 투숙비나 비용적으로 제가 갚아야 할 부분이 있다면 말씀해 주세요. 바로 처리해 드릴게요."

하연의 입장에서는 나름 성의를 보인 것이다. 반대로 조금 전까지 안절부절못하던 모습과는 확연히 다른 하연의 태도에, 남자의 눈초리가 흥미롭게 변했다.

"비용적인 부분은 됐어."

"죄송해서 그러죠. 그리고 오늘 이후로 우리 두 사람 전혀 볼일도 없을 텐데 잘 정리하면 좋잖아요."

순간 남자의 표정이 퍼석한 호밀빵처럼 까슬해졌다.

오늘 이후로? 전혀 볼일도 없으니 잘 정리?

하지만 남자의 불편한 심기를 다른 의미로 눈치챈 하연이 순하게 눈초리를 내리며 뒷말을 덧붙였다.

"제가 원래 평소에 술주정 잘 안 하는 사람인데, 어제는 처음 보는 그쪽한테 안 하던 진상을 조금 피워서 미안하게 됐어요."

"조금?"

남자가 와이셔츠 팔목을 걷어 올리며, 여자 앞으로 한걸음 성큼 다가섰다.

"내가 그쪽 때문에 어떤 수고를 했는지 알기나 해? 그게 단순히 조금?"

남자는 별것도 아닌 걸로 트집 잡는 일 따윈 조금의 취미도 없었다. 그랬던 그가 괜스레 욱하고 올라오는 화기에 여자를 차갑게 몰아붙였다. 남자의 공격적인 태도에 뒤로 한걸음 주춤 물러서던 하연이 도리어 맞받아쳤다.

"그래서 이렇게 사과하는데, 그게 그렇게 화낼 일인가요? 진짜 까칠하네."

"이봐요. 박하연 씨."

남자의 검은 눈동자가 블랙홀처럼 하연을 잡아먹을 듯이 거세게 일렁였다.

"그래도 양심은 있어서, 어제 내게 끼친 수고는 미안하긴 하고. 비용적인 부분에 대해서 갚는 것 그 이상으로는 표현할 생각따윈 없을뿐더러, 더불어 두 번 다시 나랑 마주치기는 싫다 뭐 이건가?"

속마음이 전부 드러난 여자가 마른침을 꼴깍 삼켰다.

"혹시 직업이 심리분석가라도 돼요?"

"농담할 기분 아냐."

남자의 흉흉한 눈초리에 하연이 협탁 위에 놓여 있는 자신의 백을 집어 들었다. 빠진 물건이 없나 안을 살펴보던 그녀는 지갑을 꺼내 남자에게 물었다.

"호텔 투숙비 얼마예요? 드릴게요."

"이봐."

하연이 괴로운 얼굴로 남자의 말을 가로막았다.

"낯선 남자와 한 방에서 눈을 떴다는 건, 제가 한 실수 중에 최악의 일 순위로 뽑힌다고요. 솔직히 말하자면 어제 일은 제 인생 최대의 흑역사예요."

"그 최악의 사건에 내가 포함돼 있는 거고."

선뜻 대답하지 못하는 여자의 모습에 남자는 기가 막혔다. 하지만 한편으론 이해할 수는 있었다. 여자의 각진 백에 걸쳐져 반쯤 나와 있는 분홍색 다이어리가 눈에 띄었다.

"그런데 어쩌지. 난 그쪽이랑 오늘만 보고 말 생각이 없는데."

"무슨 소리예요?"

"당신한테 하고 싶은 제안이 하나 있어. 근데 나중에. 지금은 조금 바빠."

남자가 소파에 걸쳐 놓은 여자의 카디건을 집어 들더니 자신의 명함과 함께 건네줬다.

"당신 옷. 그리고 이건 내 명함."

"……."

하연은 찜찜한 얼굴로 남자가 주는 명함을 받아 들었다. 들여다볼 생각은 전혀 없었지만, 그녀는 그저 어색한 미소를 띠며 크림색 블라우스 위에 카디건을 걸쳐 입었다.

여자는 그저 이곳에서 빨리 벗어나고 싶다는 생각뿐이었다. 그리고 모든 걸 잊고 싶었지만, 한 가지. 짚고 넘어갈 건 확실하게 물어보고 어제의 흑역사를 고이 접어 망각의 쓰레기통에 구겨 넣어야만 했다.

"고마워요, 그런데 전 지금 당장 대답을 확실히 들어야겠어요."

단단하게 선 여자의 얼굴을 보며, 남자가 고개를 까닥 기울였다.

"우리가 잤냐고?"

"그래요."

남자가 대답이 없자 하연이 다시 한 번 재촉해 물었다.

"우리 두 사람, 어젯밤 아무 일도 없었던 거 맞는 거죠?"

*   *   *

정확히 14시간 전.

국내 최대 규모의 라페르 호텔 정문 앞으로 택시 한 대가 멈춰 섰다. 택시에서 내린 여자가 옷매무새를 체크하며 한숨을 살짝 내쉬었다.

믿었던 애인의 배신으로 이별한 지 두 달 차.

서점에서 근무하는 하연은 최근 퇴근 후 집 앞 책방에서 DVD와 만화책을 잔뜩 빌려, 근처 슈퍼에서 캔맥주까지 사들고 집에서 혼자 짱박혀 즐기는 일상이 반복되고 있었다. 결국 보다 못한 오랜 친구인 민경이 특단의 조치를 내렸다.

그녀는 일방적으로 장소와 시간만 메시지로 툭 날리고, 전화로 이날 소개팅에 안 나가면 절교도 서슴지 않겠다고 으름장을 놓았다. 사실 별로 관심이 가지 않았지만 요즘 폐인이 돼 가는 자신을 어떻게든 추슬러야겠다는 생각에 오케이를 했다.

잠시나마 버려뒀던 외모를 아침부터 급하게 복구하기 시작한 터라 한껏 꾸민 모습이 왠지 쑥스러웠다. 오래 서 있는 직업인만큼 평소 단화를 즐겨 신는 여자는 오랜만에 챙겨 신은 하이힐이 불안불안했다.

호텔 커피숍 입구로 들어서자 카운터를 지키던 점장이 여자에게 가볍게 인사를 하며, 웃는 게 매력적인 젊은 종업원을 불러 안내를 하게 했다.

"손님. 이 창가 쪽 자리 어떠세요?"

"네, 좋아요."

햇볕이 예쁘게 내리쬐는 창가 자리에 엉덩이를 붙인 하연이, 괜스레 목이 말라 앞에 놓인 냉수 한 모금을 넘겼다. 막상 자리에 앉아 소개팅 상대를 기다리고 있자니, 옅은 궁금증에 긴장과 설렘이 공존했다. 이런저런 생각을 하며 창밖을 멍하니 바라보던 하연이 정신을 차리고선 고개를 돌리는데, 저 멀리서 낯익은 얼굴이 눈에 들어왔다.

여자의 평온했던 심장이 급격하게 쿵쾅대기 시작했다. 조금 전 자신이 들어왔던 입구에서 매우 익숙한 인물의 모습이 나타냈기 때문이었다.

'김달수! 저 자식이 왜 여기에 나타난 거지?'

타이밍 좋게 그녀의 백에서 휴대폰 벨소리가 요란하게 울려댔다. 하연이 서둘러 휴대폰을 꺼내 통화 버튼을 누르는데, 들어오던 달수와 눈이 정면으로 마주쳤다.

아, 제길.

하연이 본인만큼이나 당황한 달수를 외면한 채, 수화기에 귀를 갖다 댔다.

[하연아. 내 목소리 들려?]

민경의 다급한 목소리가 들렸다.

"야 이게 어떻게 된 거야! 달수가 왜 여기에 있는 건데!"

하연이 잔뜩 인상을 구기며 물었다.

[설마 둘이 벌써 만난 거야?]

"정민경! 너 이게 어떻게 된 거야!"

[사실 달수 자식 오늘 거기에서 미팅인 거 체크해서, 내가 일부러 소개팅 잡았었거든. 그런데 오빠 친구가 갑자기 급하게 일이 생겼다고 취소해야겠다는 거야! 나도 방금 연락받고 급하게 전화했어.]

"내가 오지랖 넓은 너 때문에 제 명에 못살지!"

[하연아, 내가 정말 미안하게 됐어. 응?]

하연은 하늘이 노래지는 걸 느꼈다.

"하…… 일단 끊자."

종료 버튼을 꾹 누른 하연의 손가락에, 한껏 힘이 들어갔다. 아, 쪽팔려! 소개팅남이라도 나왔으면 덜 창피했을 텐데, 이게 무슨 개망신이야!

달수 녀석은 대각선 방향으로 약간은 멀리 떨어진 위치에, 같이 온 거래처 사람과 함께 자리를 잡고 앉았다. 그의 시선이 드문드문 계속 하연에게로 향했다.

지금 당장 자리를 박차고 빠르게 줄행랑이라도 칠까? 아냐, 아냐. 박하연. 솔직히 그건 아니지, 당최 내가 왜? 생각해 보면 쥐구멍에라도 숨어야 할 입장은 저 자식 아니야?

그러던 찰나 달수의 미팅 상대가 잠시 화장실을 가는지 자리를 비웠다. 기다렸다는 듯이 달수 녀석이 벌떡 자리에서 일어났다.

왜 여기 있느냐고 물어보면, 뭐라고 맞받아치지?

사실 네놈 보여 주려고 공들여 소개팅을 잡았는데, 안타깝게도 못 나온다는 연락을 받고 내 처지가 지금 무척 곤란해졌어. 이 머저리 같은 놈아!

속으로 중얼거리는데 달수가 정말 하연 쪽으로 걸어오는 게 보였다.

어? 진짜 오려나 봐, 어떡해!

그때 옆으로 한 남자가 달수를 제치고, 큰 보폭으로 성큼성큼 시원하게 걸어왔다. 그러더니 하연의 앞에 마주 앉았다. 절묘한 타이밍으로 위기를 모면시켜 준 남자를 하연이 경이롭게 쳐다봤다.

"사, 살았다……."

하연이 순간 터질 뻔했던 가슴을 쓸어내리며, 나지막이 중얼거렸다.

그런 그녀의 앞에 앉은 성빈은 미간을 슬쩍 찌푸리며 상대를 훑어보았다. 금방 터질 것 같이 벌겋게 달아오른 여자의 얼굴은 과도한 홍분에 차 있었고, 방향을 잃은 두 눈동자는 정처 없이 흔들리고 있었다. 왜 그러는 건지 알 길이 없는 남자의 눈초리가 점차 가늘어졌다.

"아, 반가워요."

하연은 남자의 묘한 표정에도 일단 위기를 모면했다는 안도 감에, 긴장이 풀려 어색하게 웃으며 인사를 건넸다. 잠시 생각을 정리한 성빈이 입을 열려는데, 주머니에서 진동이 느껴져 휴대 폰을 꺼냈다. 비서인 정구였다.

[사장님. 일 층 커피숍이세요?]

"그래."

[정말 죄송한데, 오늘 잡힌 소개팅 일정이 사실 최소가 됐었거 든요. 제가 아침에 말씀드린다는 게 깜빡했었나 봐요.]

"너 일 처리 이따위로 할 거지? 일단 끊어."

남자가 피곤한 얼굴로 고개를 저으며, 휴대폰 종료 버튼을 눌 렀다. 그때, 언제부터 와 있었는지 성빈의 앞으로 다가온 점장이 난처한 얼굴로 여자를 등지고 조곤조곤 상황을 설명했다.

"앞에 손님 분 자리 안내한 직원이 들어온 지 얼마 안 돼서 이 자리가 사장님 예약석이라는 부분을 전달 못 받은 것 같습니다. 불편하게 해 드려서 정말 죄송합니다. 앞에 손님 분께는 제가 잘 설명드리겠습니다."

말을 마친 점장이 서둘러 하연 쪽으로 몸을 돌리려는데, 성빈 이 그를 제지했다.

"어쩐지 이상하다 했어. 어차피 약속도 취소된 것 같으니 내 쪽에서 일어나면 돼요. 그냥 둬요."

"네, 사장님."

성빈이 정장 단추를 잠그며 몸을 일으키려는데, 예상치 못한 강한 힘에 의해 순간 다리가 풀려 휘청거렸다. 가까스로 중심을 잡은 성빈은 자신의 정장 재킷 끝자락을 부여잡은 이를 내려다보았다. 여자가 애절하다 못해 안면근육을 모두 활용하여 샤페이 마냥 한껏 일그러진 얼굴로 자신을 올려다보고 있었다.

"제가 엿들으려고 한 건 아니고…… 여기 사장님이신 거 같은데, 맞죠?"

처음 마주했을 때부터 심상치 않았던 여자의 거침없는 질문에, 성빈은 기가 찼다. 대답할 가치를 못 느끼고 시간 낭비하지 말자, 마음먹은 채 돌아서는데.

"손님이 곤경에 처해 있는데, 모른 척하고 가는 건 좀 아니지 않아요?"

짜증이 솟구치게 만드는 여자의 행동에, 성빈의 눈초리가 날카로워졌다.

남자의 서늘한 시선에 하연이 움찔거렸다.

"기분 나빴다면 미안해요. 그런데 지금 정말 처지가 곤란해서 그래요."

참을성이 부족한 남자가 바로 쏘아붙였다.

"지금 그쪽이야말로 사람 곤란하게 하고 있다는 생각은 안 들어요?"

"알아요! 그런데 얼마나 제 상황이 절박하면, 이렇게 도를 넘으면서까지 당신한테 부탁을 하겠어요. 안 그래요?"

"나 참, 어이가 없네."

"일단 좀 앉아 주시면 안 될까요? 사, 사장님?"

여자가 살짝 기죽은 얼굴로 앞에 의자를 소심히 가리켰다. 성빈이 마지못해 자리에 앉았다.

"손님이 원할 때까지, 여기에 목석처럼 계속 앉아 있으면 되는 겁니까?"

네, 제발요. 여자가 대답 대신 미안한 표정을 지어 보였다. 그런데 아까 처음 만났을 때부터 여자의 시선이, 자꾸 어디론가 계속 주기적으로 샌다는 걸 느꼈다. 성빈이 여자의 눈동자가 향하는 곳을 따라 천천히 시선을 돌렸다. 그다지 멀지 않는 곳에, 말쑥한 인상의 한 남자가 눈에 들어왔다. 그 남자도 제법 이쪽을 의식하는지 약간은 상기된 표정으로 눈길을 한 번씩 보내오고 있었다.

성빈이 비아냥거렸다.

"이봐요. 당신 혹시 저 남자 스토커라도 돼요?"

"제가요? 저 거지같은 놈을요?"

하연이 순간 발끈해 더한 욕이 튀어나오려는 걸, 간신히 눌러 참으며 따지듯 되물었다.

"아니면 왜 자꾸 멀쩡한 사람을 음침하게, 힐끔힐끔 쳐다봐요."

"다 이유가 있어서 그런 거죠. 사실 지금 당신한테도 그렇고,

저 인간한테도 그렇고, 너무 창피해 죽겠단 말이에요."

막 나온 블랙커피를 입가로 가져가는 성빈에게, 여자가 머쓱한 미소로 말했다.

"대신 커피는 제가 살게요."

"당연하지. 가뜩이나 바쁜 사람 앉혀 놓고, 시간 낭비 제대로 시키고 있는데."

어휴, 어련하시겠어요. 속마음과 반대로 하연이 한층 입꼬리를 주욱 끌어 올렸다.

"이왕 이렇게 마주 앉아 있는 것도 인연인데. 저에 대해서 뭐 궁금한 거 없어요?"

"있을 리가 없잖아."

남자의 까칠한 대답에, 하연이 순간 욱했다. 하지만 한편으로는 이해할 수 있었다. 그냥 부탁도 아닌 '사장'이라는 직책을 이용해서 바쁜 사람을 억지로 자리에 앉혀 놨으니 얼마나 짜증이 나겠어.

"사실 전 오늘 소개팅하러, 이 자리에 나온 거예요."

말없이 금붕어처럼 뻐끔거리며 앉아 있는 모양새도 우스울 테니 일단 아무 말이라도 하자. 여자의 말에 성빈이 건성으로 그녀의 모습을 스캔했다. 단정하게 반 묶음을 하고 어깨 너머로 살짝 웨이브를 준 헤어스타일부터, 소개팅 단골 코디인 크림색 블라우스, 무릎 바로 위까지 선을 칼같이 지킨 H형의 치마까지.

전체적으로 화려하지 않으면서도 맑고, 깨끗해 보이는 청순한 인상이었다.

"그런데 커피숍까지 도착한 마당에, 맞선남이 펑크를 낸 거예요. 속상하게."

"바리스타가 바뀌었나."

"네?"

"커피 맛이 왜 이래."

하연이 꿋꿋하게 저 혼자 대화를 이어 갔다.

"그런데 그쪽도 오늘 소개팅 잡혔던 거였어요?"

"……."

"상대편에서 취소했나 봐요. 그냥 일어나려고 했었던 거 보면."

'이 여자, 진짜 말 많고 피곤한 스타일이네.'

성빈이 속으로 작게 한숨을 내쉬며, 쉴 새 없이 수다를 떨고 있는 하연을 쳐다봤다. 평소 지독히도 타인에게 관심이 없는 성빈은 일방적인 여자의 호감이 무척 참기 힘들었다. 결국 못 참고, 한마디 쏘아붙이려는데.

"서로 잘 알지도 못할뿐더러, 공감대도 없는데. 솔직히 이런 얘기 재미없죠?"

여자의 가벼운 웃음 속에 감춰진 쓴 미소가 성빈의 눈에 걸렸다. 자동적으로 미간에 깊은 주름이 파였다.

'이 여자는 도대체 어떤 모습이 진짜인 거야. 거슬리게.'

성빈이 아까보다는 누그러진 말투로 점잖게 답했다.

"그쪽도 실없이 얘기는 늘어놓지만, 재미없어하는 건 나랑 피

차일반 아닌가."

"아니거든요……."

하연의 한층 시무룩한 표정에, 심리전에서 진 성빈이 결국 저 답지 않은 질문을 여자에게 던지고 말았다.

"이봐요. 당신을 이토록 곤란하게 하는 사정이 도대체 뭡니까."

남자의 질문에 하연이 잠시 망설였다. 냉수로 목을 축인 하연 이 아까보다 차분한 분위기로 입을 열었다.

"대학교 때 아르바이트하다가 만나서, 꽤 오랜 시간 친구로 지 내다가 사귀게 된 남자 친구였어요."

"음."

"그 인간은 오랜 시간 공무원 준비생이었고요. 깨진 독에 물 붓기라고 저 인간한테 콩깍지가 씐 저는 우렁각시 호구 노릇을 자처하게 된 거죠."

남자의 흥미는 그리 오래가지 않았다. 결론만 듣고 싶었다.

"그래서 저 남자가 당신의 전 애인이라는 거고."

"네. 세 번에 걸친 공무원 시험은 결국 다 떨어지게 되고, 제 친한 친구 회사에서 홍보팀 계약직 인턴을 뽑는다고 해서 경력 도 쌓을 겸 들어가게 됐죠. 그리고 거기에서 만난 여상사하고, 뭐 아무튼."

"헤어진 이유는 대충 알겠네."

하연이 어색한 미소를 지어 보였다. 둘 사이에 잠시 침묵이 흘 렀다. 아랫입술을 살짝 힘 있게 깨물고 있는 여자의 모습에서,

성빈은 태연한 척하는 모습 뒤로 그녀의 아린 상처가 느껴졌다.

"입 안 댔어요. 좀 마셔요."

"고마워요."

남자가 건네주는 컵을 받아 든 하연이 목을 축이고선 탁자에 내려놓더니, 아까보다는 평온한 미소로 마무리를 했다.

"한마디로 요즘 흔히 텔레비전에서 자주 나오는 막장 드라마 찍은 거죠, 뭐."

여자의 애기에 집중하던 성빈이 픽 실소를 터트렸다.

"들어 보니깐 별거 없네."

"뭐라고요?"

하연이 남자를 흘겨보며 되물었다.

"그럼 오늘은 일부러 전 애인한테 보여 주려고 소개팅을 잡은 겁니까?"

속으로 한숨을 내쉬던 하연이 순순히 답했다.

"저 인간, 제 친구 회사 소개받아서 들어갔다고 했잖아요?"

"네."

"헤어지고 폐인처럼 구는 모습이 질려 버렸는지 멋대로 소개팅을 잡았길래, 저도 새롭게 추스를 겸 마음먹고 나왔는데. 글쎄, 저 인간이 턱 들어오는 거예요. 친구가 일부러 저 인간 미팅 날짜 겹쳐서 소개팅을 잡은 것 같더라고요."

"이유는?"

하연이 당연한 걸 왜 묻느냐는 표정을 지으며 대꾸했다.

"아마도 여러 가지 이유가 있겠지만…… 이 구질구질한 인연을 확실히 끊어 주려고 한 거겠죠? 뭐 여차여차 동기부여 겸."

"동기부여라."

성빈이 잠시 골똘히 고심을 하다가 입가에 묘한 웃음을 떠올렸다.

"이제 그만 일어납시다. 나도 이제 사무실 올라가 봐야 하는데."

"네?"

"그나저나 당신 이름이 어떻게 되지?"

하연이 이맛살을 찌푸렸다.

"그런데 그쪽 아까부터 교묘하게 반말, 존댓말 섞어서 하는 거 알아요?"

"알아. 어차피 이런 상황에서 별거 아닌 걸로 기분 나빠하지 말고, 이름이나 들읍시다."

"박하연이요. 왜요?"

남자가 갑자기 자리를 박차고 일어나, 하연에게 바짝 다가와 상체를 기울이더니 손목을 낚아채 일으켰다.

"어? 어…… 이봐요?!"

남자의 강한 손아귀에 콱 붙잡힌 채, 부자연스럽게 몸을 일으키는 하연의 입에서 신음이 새어 나왔다.

"이봐요! 잠시만요!"

남자는 아랑곳하지 않고 꽉 쥔 손목에 아까보다 더한 힘을 주어 하연을 질질 끌고 갔다.

이건 뭐지? 뭐 이런 경우가.

높은 하이힐이 위태롭게 삐거덕댔고, 한쪽으로만 끌어내려진 치마는 모양새가 말도 못하게 우스웠으며, 흥분 상태를 감지한 아드레날린의 분비가 그녀의 인중을 땀범벅으로 만들었다. 그때 막무가내로 정신없이 끌고 가던 남자가 손아귀에 힘을 풀더니, 그녀의 손목을 탁 놔주었다.

"이봐요. 왜 이렇게 막무가내예요?! 도대체 당신 뭐예요?!"

열이 있는 대로 뻗친 하연이 주위조차 무시한 채 격앙된 톤으로 남자에게 소리를 쳤다. 그런데 휙 돌아선 남자의 얼굴 또한 뭐가 그리 불만인지 못마땅하게 그녀를 내려다보며 무섭게 몰아붙였다.

"하연 씨. 지인들이 좋은 자리 주선해 줘서 여기까지 나왔잖아요. 그럼 상대방이 그쪽 마음에 든다고 밥 한 끼 같이 먹자고 이리 사정하는데. 그게 그렇게 부담스러운 일입니까?"

"네? 그게 무슨……!"

하연은 남자의 뜬금없는 발언에 순간 입을 반쯤 벌린 채 두 눈을 깜박였다.

"이 정도로 남자 쪽에서 적극적으로 나오면, 마지못해서라도 못 이기는 척 따라와 주면 좀 좋아요? 여자가 왜 그렇게 고집이세요?"

'뭐라는 거야? 전 고집이라는 걸 전혀 모르는 사람인데요?'

"나 솔직히 오늘 이 자리 별로 나오고 싶지도 않았고, 더욱이 상대방한테 관심도 없었는데. 하연 씨 보는 순간 마음이 바뀌었어요."

쌍팔년도 신파극에서 나올 법한 오글거리는 남자의 거침없는 대사에, 하연의 입이 점점 벌어졌다. 하도 어이가 없어서 꼿꼿하게 남자를 올려다보던 고개를 옆으로 돌리는데, 헉! 달수 녀석의 면상이 바로 옆에 떡, 하니 버티고 있는 것이 아닌가.

'이 남자, 도대체 무슨 생각으로?'

혼란스러움에 멈춰 있던 하연의 두뇌가 빠르게 가동을 하면서, 남자가 연출하려는 상황이 무엇인지 자각하기 시작했다. 곧 하연의 두 눈과 귀가 빠르게 현실로 돌아왔다. 또한 자신들에게 향하고 있는 카페 안 모든 사람들의 뜨거운 시선을 느낄 수가 있었다.

어떻게 반응해야 하나 고민하는 찰나, 하연의 손목에 다시 남자의 커다란 손이 부드럽게 겹쳐졌다. 그러더니 카페 안에 있는 사람들이 다 들릴 정도의 크기로,

"나 하연 씨가 마음에 들어요. 진심으로."

라는 대사를 던졌다. 못 박듯 말하는 걸로 오글거리는 신파극의 마지막을 장식한 남자가, 여유롭게 하연을 데리고 커피숍을 나섰다.

* * *

호텔 정문에 도달해서야 남자의 손아귀에서 벗어난 하연이 뻐근한 손목을 흔들었다. 남자가 이끄는 대로 삐거덕대며 힘겹게 따라왔던 하연이, 높은 하이힐에 의해 발목과 구두 안쪽에 심한 압박을 느꼈다. 인상이 절로 구겨졌다.

"아야…… 아파라."

주저앉은 하연이 제 발목을 살피며 상태가 괜찮나 체크하다가, 문득 남자를 의식해 올려다보았다.

"저기. 당황은 했는데, 이 상황에서 벗어나게 해 줘서 정말 고마워요."

성빈이 머쓱하게 웃어 보이는 여자의 미소에 왠지 안쓰러움을 느끼던 때였다. 주머니에서 진동이 울렸다.

받지 말까 잠시 고민하던 남자가 통화 버튼을 눌렀다.

"할아버지."

[어디야. 호텔이야?]

"네."

큰 회장이 바로 본론으로 들어갔다.

[주말에 가족모임 잡힌 거, 비서 통해서 전해 들었지?]

"듣긴 했는데, 저 좀 바빠서 곤란한데."

[이번에도 참석 안 하면, 네 입에 물고 있는 다이아몬드 수저 뺏어서 팬티 바람으로 쫓아낼 줄 알아.]

성빈이 어이가 없어서 픽, 실소를 터트렸다. 온몸에 오한이 들 정도로 살 떨리는 협박이로군. 노인네에게 적당히 맞춰 주자 싶은 남자가 가볍게 고개를 끄덕였다.

"나갈 수 있도록 노력은 해 보겠습니다."

[노력이 아니라 무조건이야.]

"그나저나 이번에 백화점 경영 감사 들어갔다던데, 사실입니까."

본격적인 업무 얘기로 넘어간 남자가 이내 심각한 얼굴로 뒷머리를 쓸어내리며 통화에 집중을 하기 시작했다. 하연이 그런 남자 앞에서 전화가 끊기기를 기다리다가 통화가 생각보다 길어질 것 같은 예감이 들었다.

하연이 남자의 시선을 붙잡아 아이컨택을 하며, 싱긋 웃어 보였다.

'바쁘신 거 같은데 저 먼저 가 볼게요. 오늘 도와줘서 정말 고마웠어요.'

하연이 최대한 입모양을 크게 벌려 보이며, 작게 속삭였다. 고마움의 뜻을 전하는 여자에게 성빈이 까닥 고개를 끄덕이더니, 다시 통화에 신경을 곤두세웠다.

택시를 잡기 위해 하연이 불편한 걸음으로 정문을 향해 걸어가는데, 결국 하이힐이 말썽을 일으켰다. 휘청. 하연이 미끄러진 다리를 모으며 어깨에서 내려온 백을 추켜올리는데, 분홍색 다이어리가 그 틈에 바닥에 떨어졌다.

미처 다이어리를 보지 못하고 도어맨이 열어 주는 택시에 서둘러 오른 하연이 긴 한숨을 내쉬었다. 노곤한 몸을 시트 깊숙이

묻은 여자가 생각에 잠겼다.

*　　　*　　　*

긴 통화를 마친 성빈이 주머니에 휴대폰을 꽂아 넣은 뒤, 안쪽 로비로 걸어가려고 방향을 틀었다. 그러다 문득 여자가 생각난 성빈이 뒤를 돌았다.

바람과 함께 사라져 버린 여자의 흐릿한 모습을 의미 없이 떠올리는데, 수첩 하나가 눈에 들어왔다.

'혹시 그 여자 건가.'

성빈이 고개를 돌리며 외면했다.

'맞다고 해도 무슨 상관이야.'

무시한 채 로비 안으로 들어가던 성빈이 결국 인상을 구기며 뒤로 몸을 돌렸다. 다이어리를 손에 쥔 남자가 소매를 걷어 시간을 확인하더니, 서둘러 직원용 승강기에 올랐다. 급하게 잡힌 일정 때문에 집무실로 빠르게 들어가는 성빈을 발견한 비서 정구가 뒤따라 붙었다.

"조금 늦으셨네요. 어디 들렀다 오시는 거예요?"

"일이 좀 있었어."

"그것보다 사장님. 지금 라이언 클라이언트 응접실에서 대기하고 계시거든요. 그리고……."

정구가 모니터에 띄어져 있는 전산 캘린더를 손가락으로 터치하더니, 토요일 일정을 콕 가리켰다.

"큰 회장님이 사장님 가족 모임 꼭 참석하게 하라고, 주말에 잡힌 일정 무조건 취소시키라고 해서 전부 미뤄 놨어요."

"누구 맘대로?"

까칠한 상사의 반응에 정구가 식은땀을 삐질 흘리며 하소연을 했다.

"잘 아시다시피 전 힘이 없잖아요. 사장님보다 높은 큰 회장님의 지시를 어떻게 거스르겠어요. 이해 좀 해 주세요."

"너 지금 잘라 달라고 하는 거지."

정구가 못 들은 척을 하며 다음 보고로 넘어갔다.

"저번에 사장님께서 말씀하셨던 자리 적임자를 찾긴 했는데, 하도 까다로우셔서 마음에 들어 하실지 모르겠어요."

"말해 봐."

"나이는 사장님 보다 두 살 어리고 유학파로 해외에서 공부를 오래 한 케이스예요. 또 직장 생활 한 지는 2년 조금 안 되긴 하는데, 업무 능력이 뛰어나다는 평가를 받고 있어서 그쪽으로는 문제가 없을 것 같은데, 다른 것보다 마음에 좀 걸리는 게……."

책상에 걸터앉은 남자가 말해 보라는 고갯짓을 해 보였다.

"사장님이 하도 섹시한 스타일을 좋아하셔서, 그게 살짝 조건에서 어긋나긴 하는데."

"너 지금 장난쳐?"

"그리고 사상도 자유로운 편이어서 어떤 일을 진행하실 때, 소통을 많이 하면서 이끌어 가셔야 할 거예요. 의외로 조건에 맞는 사람 찾기가 어려워서 혼났어요. 사장님, 저 잘했죠?"

이마에 그려져 있던 참을 인이 산산조각 나면서, 남자가 신경질적으로 뒷머리를 쓸어 털었다.

"내가 애인으로 삼을 여자 찾으라고 했어? 업무 능력이야 입무겁고 사인할 능력만 있으면 되고, 말귀 제대로 알아듣고 적당히 눈치 있어서 행동 맞춰 줄 수 있는 그런 여자 찾아오라고 했지? 똑똑한 척이나 하는 그런 여자 말고. 그와 반대로 틈새 있는 여자를 찾으란 말이야."

정구가 조금 전 건네 준 사업 현황 클립보드를 받아 든 남자가 기분 나쁜 눈빛을 슥 발사한 뒤, 집무실을 나갔다.

*　　　*　　　*

다세대 주택 녹색 문을 열고 계단을 오르는 하연의 어깨에 힘이 없었다. 현관문을 열고 집 안으로 들어선 여자가 문을 등진 채 주륵, 그 자리에 몸을 내려놨다. 커피숍에서 오랜만에 마주쳤던 달수의 얼굴이 떠올랐다.

자신과는 대조적이게 참 낯빛이 좋아 보였다. 우습게도 화가 나고 서운한 마음이 들었다. 우리 두 사람 이미 끝난 지 오래인데, 헤어진 이유 또한 이런 슬픈 감정이 아까울 만큼 나쁜 놈이 분명한데. 하연은 결국 무릎에 고개를 묻은 채 한참이나 흐느꼈다.

"아, 진짜 구질구질해."

하연은 울고 있는 제 모습이 한심스럽다 못해 화가 치밀었다. 결국 그녀는 밖으로 도로 튀어나왔다. 잠시나마 찬 바깥바람을 쐬고 있으니, 머리가 맑아지는 느낌에 안도감이 밀려들었다.

하지만 이것만으로는 부족했다.

지금은 저 혼자, 그리고 자신을 위로해 줄 딱 하나의 절친, 알콜이 필요할 뿐이었다. 조금 전까지 지었던 슬픈 눈빛도 잠시 하연의 입꼬리가 비릿하게 비틀렸다.

"나쁜 자식, 제 기능을 못하게 해야 정신을 차리지!"

*   *   *

생각보다 길어진 회의를 마치고 집무실을 복귀한 남자의 얼굴에 피곤함이 서렸다. 창밖으로 시선을 던지는데, 벌써 어둑한 초저녁의 노을이 길게 지고 있었다. 정구가 미리 준비해 놓은 향이 풍부한 블랙커피를 한 모금 넘기며 밀린 서류철을 집어 드는데, 이 단조로운 책상 위에 유난히 색이 튀는 분홍색 다이어리가 눈에 띄었다.

"그 여자 수첩이 맞긴 한 건가."

성빈이 다이어리 외관을 살피다가 맨 뒷장을 펼쳤다.

예상했던 대로 간단한 여자의 프로필이 적혀 있었다. 나이는 스물아홉 살. 별자리는 물고기자리. 선호하는 색은 분홍과 라임색. 이상형 친구 같은 남자.

프로필을 쭉 읽어 보던 남자가 이상형 란에 눈길을 멈추더니 같잖다는 표정을 지었다. 친구 같은 남자가 이상형이라고? 적당히 친구같이 편한 설레지도 않는 상대와 연애 따위를 하며 열정을 쏟아붓는 게 가능한 일인가? 남자로서는 이해할 수 없었다.

"본인이 잊어버린 거니 상관없으려나."

만년필을 들어 결재란에 사인을 하려던 성빈이, 왠지 모르게 신경 쓰이는 다이어리를 건조하게 잠시 응시했다. 고민하던 남자가 결국 다시 다이어리 뒷장을 펼쳐 악필로 적힌 번호로 전화를 걸었다. 연결음 소리가 한참 동안이나 흘러나왔다.

안 받아도 딱히 미련이 없는 남자가 종료 버튼을 누르려는데, 술기운이 질척하게 배인 여자의 음성이 귓전을 무섭게 때렸다.

[술맛 떨어지게, 너 자꾸 전화할래?]

"……뭐?"

[딱 번호 보니깐 요즘 계속 돌려 가면서 거는 보이스피싱 맞고만. 아니라곤 말 못 하겠지?]

하연의 어눌한 어투에 성빈의 단정한 이마가 종잇장처럼 구겨졌다.

"이봐. 그 짧은 시간 안에 술을 얼마나 마시면, 혀가 그렇게까지 꼬일 수 있는 거지?"

[이제 보이스피싱이 사람 안부까지 챙겨 주네.]

상대 못할 하연의 상태에, 성빈이 겨우 화를 억누르며 냉랭하게 제 할 말을 내뱉었다.

"아까 그쪽 소개팅 상대 연기해 준 사람인데, 호텔 로비에 다이어리를 떨어트리고 가서 전화한 겁니다. 근데 당신, 듣고 있기는 한 거야?"

잠시 말이 없던 하연이 반색을 하며 남자를 반겼다.

[어머! 그분이셨구나. 으허헝…… 반가워 죽겠어요. 꺼억. 안 그래도 지금 좀 외로우려던 참이었는데.]

"제대로 진상이네."

[음? 뭐라고요? 잘 못 들었는데 다시 한 번 말해 줄래요?]

성빈이 눈자위를 손가락으로 꾹 누르며, 피곤한 표정을 지었다.

"당신 호텔 로비에 수첩 하나 떨어트리고 간 거 지금 나한테 있어."

[어? 정말요?]

이 여자랑 대화를 나누다 보면, 마치 롤러코스터 타는 기분이랄까. 그리고 눈앞에 안 보여도 울상이 된 여자의 표정이 생생하게 그려질 만큼 절박한 목소리.

[그거 보면 절대 안 되는데?! 서, 설마 안에 본 건 아니죠? 절대 안 봤다고 제발 얘기해 줘요, 플리즈!]

"지금 혼자 연극이라도 찍는 건가."

괜히 전화했다. 진심으로 후회하는 남자가 답답하게 조여 오는 목덜미 와이셔츠 단추를 풀어헤쳤다.

"이봐, 맨 정신일 때 다시 통화해."

[어? 안 되는데? 저 이봐요! 당신 지금 어디예요?]

"그건 왜."

[제가 지금 당장 다이어리 가지러 갈게요. 롸잇 나우!]

하연의 절박한 목소리에, 남자가 시큰둥하게 대꾸했다.

"호텔인데."

[아까 우리 만났었던 그 호텔이요? 지금 당장 출발할게요!]

설마 했는데, 지금 그 취한 상태로 당장 여길 쳐들어오겠다고? 다급한 성빈이 바로 제지에 들어갔다.

"이봐, 일단 진정해. 차라리 내가 그쪽으로 갈게."

하연이 목소리를 높여 성빈을 만류했다.

[잊어버린 쪽은 전데, 당연히 제가 찾으러 가야죠! 조금만 기다리고 있어요.]

"당신, 지금 어디에 있는지 말 안 하면, 이 수첩 영원히 못 돌려받을 줄 알아."

하연과의 통화를 끝낸 성빈은, 조금 전에 치른 전쟁 같았던 회의의 후유증보다 더한 피로함을 느꼈다. 정장 재킷을 팔에 걸친 그가 유려하게 집무실을 빠져나갔다. 벤츠 S 클래스 은색 쿠페에 오른 성빈이 시동을 걸고 매끄럽게 액셀을 밟았다.

그는 한산한 도로를 빠르게 달렸다. 클래식 운율에 따라 성빈의 눈꺼풀이 느릿하게 반복해 움직였다. 어느새 여자가 알려 준 장소에 도착한 그가 운전석에서 내려 주변을 둘러보는데, 저 멀리 포장마차 하나가 눈에 띄었다. 성빈은 거침없이 걸음을 옮겼다.

"쯧, 청승맞아서 못 봐 주겠네."

하연이 자신의 앞에 드리워지는 그림자에, 자꾸 풀어지는 두 눈 가득 힘을 주었다. 고개를 들자 어둠 속에서 달빛에 반사되어 환한 빛을 발하고 있는 남자의 모습이 눈에 들어왔다. 초여름 특유의 청량하고 서늘한 바람이 '살랑' 두 남녀를 스쳐 지나갔다.

잘 빚어진 희대의 석고상을 감상하듯, 하연은 한참이나 입을 반쯤 벌린 채 성빈을 바라봤다. 정말 잘생겼다. 사막 위로 작열하는 태양과 같은 남자의 도도한 아우라에, 하연이 저도 모르게 혼잣말을 내뱉었다.

"혹시 달의 여신 아르테미스 신인가?"

"……이 여자 제대로 취했네."

퉁명한 목소리에도 하연은 자신의 정면으로 앉은 성빈에게 손을 뻗었다. 그녀의 가느다란 손가락이 높은 콧대를 톡 건드렸다. 티 없이 하얀 얼굴에, 달빛에 염색된 윤기 나는 흑발, 곧게 날이 선 콧날도 멋스럽게 자리 잡았다. 하연은 석류 하나를 깨문 듯 붉게 물들어 있는 빨간 입술을 그윽하게 쳐다봤다.

그런 그녀에게 시선을 거둔 성빈이 테이블에 널려 있는 소주병을 확인했다. 겨우 한 병 반 정도 마시고, 이렇게까지 취한 거란 말이야? 감당하지도 못할 술은 도대체 왜 이렇게 마신 건지. 성빈이 고개를 설레설레 젓는 그때, 테이블에 턱을 괸 채, 빙그르 웃음을 쪼개던 하연이 툭 한마디를 던졌다.

"당신, 참 예쁘네요. 여자인 내가 샘이 날 정도로."

잘 갈아진 칼날처럼 샤프하게 내리 깎아진 남자의 턱 선이 살짝 틀어지더니, 결국엔 윽박을 질러 댔다.

"이봐, 지금 나랑 싸우자고 부른 거지!"

남자의 고함 소리에 깜짝 놀란 하연은, 가슴을 쓸어내리며 이내 애교스러운 눈웃음을 그려 보였다.

"알았으니까 그만 화내고 뭐 좀 먹어요. 우동이라도 시켜 줄까요?"

"됐습니다."

"에이, 그러지 말고 한번 먹어 봐요. 여기 할머니가 하는 우동 끝내주게 맛있어요."

음식 재료를 다듬고 있는 포장마차 주인 할머니에게 주문을 한 하연이 남자가 내미는 다이어리를 건네받았다.

"번거롭게 해서 미안해요."

"알면 됐어요. 시킨 우동은 그쪽이 해장으로 먹고, 난 이만 일어날게요."

더 이상 볼일이 없는 성빈이 자리에서 몸을 일으키려는데, 하연이 덥석 팔을 붙잡았다.

"잠시만 앉아 있어 주면 안 돼요?"

제발. 제발. 제발. 저 지금 무진장 외롭거든요? 혼자 술 마시는 거, 생각보다 못 할 짓이라고요!

성빈이 미동 없이 잠시 여자를 내려다보다가 인내의 숨을 들이마시며, 다시 엉덩이를 의자에 붙였다. 아픔이 느껴지는 여자의 슬픈 눈빛을 외면하며, 그는 영양가 없는 혼잣말을 중얼거렸다.

"내가 그쪽한테 해 준 수고비로 그깟 우동 한 그릇은 너무하단 생각 안 듭니까."

남자의 말이 끝나기가 무섭게,

"처먹기 싫어? 그럼 도로 가져가?!"

갑작스러운 언성에 성빈은 휙, 고개를 돌렸다. 언제 온 건지, 키가 작은 할머니와 옆으로 몸을 돌린 성빈의 눈이 정면으로 마주쳤다. 어디 가서 기 싸움에 져 본 적이 없는 남자가 결국 먼저 시선을 회피했다.

저승사자도 두 손, 두 발 다 들고 도망갈 정도로 욕쟁이 할머니의 포스는 대단했다. 굳어 있는 남자를 보며 하연이 피식 웃더니, 할머니에게 살갑게 말했다.

"이 사람 괜한 투정 부리는 건데 맛보면 달라질 거예요. 이모 솜씨 좋은 거, 제가 잘 알잖아요."

여자의 칭찬에도 원체 까칠한 스타일인 주인 할머니가 말을 싹둑 잘랐다.

"염병! 됐고, 돼지껍데기 전보다 맵게 한번 맹글어 본 건데, 한 번 맛이나 보라고 가져왔어. 자셔들 봐. 그리고 너! 티브이 드라마에서 나오는 사내새끼들 마냥 멀쑥하니, 인물이 훤해서 이번 한 번만 봐주는 거여. 알겠어?!"

여전히 굳어 있는 성빈이 마지못해 한쪽 입꼬리를 올리며, 고개를 끄덕였다.

"저 이모, 저 오늘 소개팅도 망치고 스트레스 무지 받아서 그러는데. 여기 시킨 거 안 남기고 다 먹을 테니까 저기 편의점에서 라면 하나 사다 먹으면 안 될까요? 제가 즐겨 먹는 게 있는데 그거 먹으면 기분이 좀 나아져서요. 네에?"

"썩을 년, 마음대로 혀."

할머니가 돌아서며 무심하게 대답을 했고, 하연이 눈치를 살피며 가방 안에서 지갑을 꺼내 들었다.

"저 금방 갔다 올게요. 잠시만 기다리고 있어요."

"그냥 여기 있는 거 먹지, 무슨 또 라면을 먹겠다고."

점차 멀어져 가는 여자의 뒷모습을 바라보던 성빈이 왜 여기에서 자신이 이러고 있나 의구심이 들었다. 그는 짜증스러운 얼굴로 앞에 놓인 김이 모락모락 나는 우동을 내려다봤다. 코끝으로 올라오는 냄새에, 제법 허기가 지는 성빈이다.

멀리서 여전히 분주한 주인 할머니를 힐끔 살피던 남자가 나무젓가락을 따─악 벌려, 우동 면발을 한 움큼 말아 들어 입으로 가져갔다.

"하악…… 뜨…….."

입천장으로 올라오는 뜨거운 열기에, 저절로 온몸에 전율이 올랐다. 씹히는 우동 면발이 제법 쫀득하니 괜찮았고, 한 모금 넘겨 보는 국물 맛도 생각보다 깊은 게 나쁘지 않았다.

어느새 몇 가닥 안 남기게 우동 그릇을 비웠을 때쯤 여자가 돌아왔다.

"어때요? 국물 진짜 끝내주지 않아요?"

"먹을 만하네요. 근데 우동 먹으면 되지, 뭐 하러 라면을 사 옵니까."

여자 손에 들려 있는 컵라면을 보며, 성빈이 못마땅하게 물었다.

"이 라면 알죠? 요즘에 완전히 유행하는 매운 볶음면이잖아요. 이거 하나 먹으면 스트레스가 그냥 한 번에 확 풀려서, 지금 꼭 먹고 싶었던 말이에요. 물집 잡힌 발가락 사이에 붙일 밴드도 살 겸."

꽂아 놨던 젓가락을 빼며 컵라면 뚜껑을 뜯는데 매운 냄새가 확 올라왔다. 순간 남자의 미간에 주름이 잡혔다.

"냄새부터가 심상치 않은 게, 엄청 매울 거 같은데."

"엄청 매워요. 그 맛으로 먹는 거죠."

입맛을 다시는 하연을 쳐다보며 이해할 수 없다는 표정을 짓던 성빈이 여자의 손길로 시선을 옮겼다. 한두 번 비벼 본 솜씨가 아닌 듯, 굉장히 능숙하게 벌건 소스에 면을 휘저으며 먹음직스럽게 볶음면을 완성해 내고 있었다. 남자의 뜨거운 시선에 하연이 가운데로 컵라면을 민다.

"그러지 말고 한번 먹어 볼래요?"

"됐어요."

단칼에 거절했지만 매운 향에 본능적으로 입안에 침이 고이는 성빈이다. 남자가 망설인다고 착각한 하연이 잘 비벼진 면발을 젓가락으로 둘둘 말며, 다시 한 번 권했다.

"먹어 봐요. 후회 안 할 거예요."

'오늘 참 가지가지 하는군.' 피곤함을 느낀 성빈은 술에 취한 여자의 비위를 한 번만 맞춰 주고자 마음을 먹고, 고개를 살짝 내밀며 입을 벌렸다. 그로부터 딱 5초간의 정적이 흘렀다.

"직접 먹여 달라고요?"

당황한 기색이 묻어나는 하연의 물음에 성빈의 얼굴이 순간 화끈 달아올랐다. 남자가 화를 버럭 냈다.

"아니, 그걸 둘둘 말면서 줄 것처럼 얘기하니까 사람이 오해를 하잖아!"

괜히 무안하니까 불같이 화를 낸다. 이 남자, 의외로 귀여운 구석이 있네. 여자의 복숭아처럼 예쁜 두 볼이 웃음이라도 참는 듯 실룩거렸다. 그리고 미묘하게 올라가는 입꼬리.

"오해할 만했네요. 아하하, 그럼 이왕 만 김에 줄까요?"

"지금 사람 놀리는 겁니까."

미안해진 하연이 잔을 내밀어 남자의 손에 쥐여 준 뒤 소주병을 집어 들었다.

"그러지 말고 우리 한잔해요."

여자가 따라 준 찰랑이는 소주잔을 성빈이 빠르게 입안으로 털어 넣었다. 남자의 입맛엔 싸구려 알코올의 쓴맛이 영 맞지 않았다.

느지막이 뉘엿뉘엿 떨어지던 해가 어느새 모습을 완전히 감추고, 하나둘 자리를 메우는 손님들로 포장마차 안이 부산스러웠다.

입술 주위가 벌게진 것도 모르고 열심히 매운 면을 흡입하는 여자의 모습을 말없이 바라보던 성빈이 입을 열었다.

"매운 거 먹으니 기분은 좀 나아졌어요?"

"네, 으아. 배불러. 이제야 살 거 같아요."

반쯤 풀린 하연의 눈동자를 들여다보던 남자가 저음으로 물었다.

"전 애인 때문에 아직도 힘들어하는 건가?"

"제가요? 푸…… 말도 안 되는. 끄윽."

대답과는 반대로 슬픔이 밴 여자의 표정에, 한심스럽다는 듯 성빈이 단호하게 한 마디를 던졌다.

"다른 여자랑 밤을 보낸 남자야. 다른 건 몰라도 바람피운 놈 때문에 눈물 쏟는 거, 아깝다는 생각은 안 들어?"

잊고 싶은 기억을 떠올린 여자가 입술을 파르르 떨었다.

"당신 말이 맞아요."

"흔히들 말하는 지나간 똥차에는 더 이상 미련 갖지 마. 쓸데없는 시간 낭비니까."

남자의 적절한 비유에, 하연이 결국 참지 못하고 웃음을 빵 터트렸다. 별이 반짝이는 밤하늘 사이로 여자의 싱그러운 웃음소리가 기분 좋게 번져 들었다. 재밌으라고 꺼낸 말이 절대 아닌 남자는 즐겁게 웃는 여자가 제 조언을 알아듣긴 한 것인지 의심스러웠다.

'슬픈 얼굴로 참 유쾌하게도 웃네.'

본인은 정수리까지 취기가 한껏 올라 모르겠지만, 성빈의 시각에서 여자의 표정은 조울증이 의심될 만큼 참으로 다양하게 바뀌었다. 여자가 풀린 눈으로 잠시 턱을 괴고 꾸벅꾸벅 조는가 싶더니, 이내 눈을 크게 치켜뜨며 고개를 양옆으로 흔들어 재꼈다. 이윽고 옆에 둔 백을 집어 든 하연이 벌떡 일어나, 순식간에 계산을 마치고 삐거덕거리며 남자에게로 되돌아왔다.

"더 맛있는 거 못 사 줘서 미안해요. 이만 끅, 갈까요? 아 참, 왜 갑자기 딸꾹질이 나와."

"이봐, 구두 불안해 보이는데. 중심 좀 제대로 잡지 그래."

하연이 손사래를 치며 픽 웃어 보였다.

"괜찮아요, 신경 안 써도, 끽, 돼요."

비틀대며 불안한 걸음으로 편의점을 향해 걸어가고 있는 여자를 보며, 성빈이 팔짱을 낀 채 소리 내 혀를 찼다.

'내가 지금 저 여자 하나 때문에, 뭐하고 있는 건지.'

어느새 멀찌감치 떨어진 편의점에 도착해, 밖에 있는 아이스크림 냉장고를 열심히 뒤지고 있는 하연에게로 성빈이 다가섰다. 하드를 하나 골라 입안으로 쏙 집어넣던 하연이 자신의 앞으로 드리우는 검은 그림자에 고개를 들더니 배시시 웃음 지었다.

"아직 안 갔었어요? 잘 됐다! 내가 후식으로 아이스바, 끄, 쏠
게요."

"전 됐어요."

"당신한테는 시원한 쿨 워터 향이 나니까, 소다맛 아이스크림
이, 끅, 아 이걸 그쪽이 먹으면 되겠네요."

하연이 입에 넣고 있던 하드를 슥 빼더니 방심하고 있던 남자
의 입속으로 재빠르게 쑤셔 넣었다.

"아! 이 여자야, 이거 당신이 먹던 거……!"

순식간에 당한 성빈이 어이가 없어 불같이 화를 내려다가, 반
쫄라가 된 여자의 상태를 보더니 이내 고개를 푹 숙였다. 여자는
아랑곳하지 않고 다시 뒤를 돌아 냉장고에 고개를 묻었다. 한참
뒤적이던 여자가 마음에 드는 아이스크림을 발견했는지, 한 손
에 꼭 쥔 채 편의점 안으로 들어가 계산을 했다. 물론 밖에 서 있
는 남자의 입에 꽂혀져 있는 하드 또한 정확하게 손가락으로 가
리켰다.

* * *

"아무튼 오늘, 껵, 정말 고마웠어요. 아이스크림 시원하니 맛
있죠?"

"당신, 집까지 그 상태로 갈 수 있겠어?"

"바로 저기 앞인, 끄, 걸요. 5분도 안 걸려요."

하연이 남자에게 고개를 푹 숙이며 인사를 하더니, 뒤돌아 걷기 시작했다. 성빈은 차츰 멀어져 가는 여자의 뒷모습을 가만히 응시하다가 소매를 걷어 시간을 확인했다. 자정이 멀지 않은 야심한 시간이었다. 주유소 인형 수준으로 흔들거리는 하연의 모습에, 제대로 잘 들어갈 수 있을까 싶은 마음이 들었다. 잠시 고민하던 성빈이 여자의 뒤를 따르기 시작했다. 최대한의 거리를 유지하며 그녀가 눈치채지 못하게 천천히 따라 걸었다.

"이렇게 늦은 시간엔 취하지 않은 척해야 하니깐, 끅, 똑바로 걸어가야지."

여자가 개그맨 리마리오 특유의 포즈를 취하며, 손가락을 접어 이마에 댔다 앞으로 뻗다가를 반복했다. 성빈이 코웃음을 쳤다.

"개그맨 뺨치는군."

그때였다. 여자가 위태롭게 휘청거리더니, 폴더처럼 상반신이 반으로 접히면서 그대로 시멘트 바닥에 슬라이딩을 했다. 놀란 성빈이 팔짱을 풀고선 여자에게로 달려가, 바닥에 엎드린 몸을 반대로 돌렸다. 눈을 감은 여자가 미동하지 않았다.

"이런, 젠장! 이봐, 이 여자야! 정신 좀 차려 봐!"

성빈이 급한 마음에 여자의 뺨을 가볍게 몇 번이고 내리쳤다. 밀랍 인형처럼 굳어 있던 여자가 속눈썹을 몇 번 깜박이더니, 두 눈을 번쩍 떴다. 안도한 성빈이 여자의 허리에 손을 둘러 상체를 잡아 일으켜 줬다. 하지만 몸에 힘이 안 들어가는 여자가 성빈의 단단한 가슴팍에서 도로 주륵 미끄러졌다.

"그러니깐 감당하지도 못할 술을 왜 이렇게 무식하게 마셔. 이봐, 당신 집이 근처라며. 어딘지 좀 말해 봐."

"녹색 문이요, ……녹색!"

성빈이 흐느적거리는 여자를 붙잡고 재촉해 물었다.

"녹색 문? 정신 좀 제대로 차리고 다시 말해 봐."

"친……환경적인 녹색! 꾹!"

하연에게 대답을 듣기를 포기한 남자가 잠시 고민에 빠졌다. 바닥에 내동댕이치고 그냥 가 버릴까. 고목나무에 달라붙은 매미처럼 제 가슴팍에서 입을 반쯤 벌린 채 침을 흘리고 있는 여자를 내려다보는 성빈의 표정이 점차 썩어만 갔다.

"……으앗!"

외마디 탄성과 함께 몸이 허공에 들린 여자가 성빈에게 안긴 채 게슴츠레한 눈으로 까만 하늘을 올려다봤다. 그러기를 잠시, 금세 곤히 잠든 여자를 쿠페 뒷좌석에 뉘인 성빈이 다시 포장마차에 들렀다. 혹시 여자의 집 주소를 아느냐고 주인 할머니에게 물었지만, 모른다는 대답에 쓴 미소가 지어졌다.

운전석에 오른 성빈은 룸미러로 여자를 한번 쳐다보고는 시동을 걸었다. 서울 도심 한복판에 위치한 라페르 호텔 로비로 들어서는 대표의 모습을 보며, 프런트 직원들의 눈이 커졌다. 사실 정확히는 그의 품에 안겨 있는 축 늘어진 한 여자에게로 시선이 집중됐다. 큰 보폭으로 직원 전용 승강기에 오른 성빈은, 본인이 평소 묵고 있는 비지니스 룸에 해당되는 층수 버튼을 눌렀다.

여자의 질척한 침에 의해 점차 젖어 가는 와이셔츠가 심히 거슬렸다. 카드를 찍고 룸 안으로 들어선 남자가 여자를 침대에 털썩 내려놨다.

"제대로 짜증 나는군."

성빈은 위 단추를 거칠게 잡아 뜯으며 신경질적으로 인상을 썼다. 그때, 서늘한지 온몸에 닭살을 오소소 세운 채 바들 떠는 여자의 모습이 남자의 눈에 들어왔다. 술에 취해 정신 못 차리는 떡실신녀 따위에, 귀한 수고를 들일 필요는 없지.

성빈은 조금의 관심도 없는 얼굴로 방을 나가기 위해 몸을 뒤로 돌렸다. 그런데 왜인지 발길이 쉽게 떨어지지 않았다. 결국 침대 곁으로 다가간 그는, 하연의 머리에 베개를 고정해 주고 포근한 시트를 어깨까지 끌어올려 줬다. 그때, 여자 머리맡에 잠시 올려 둔 가방이 떨어지면서 문제의 분홍색 다이어리가 활짝 펼쳐졌다. 성빈이 긴 다리를 접어 다이어리를 집어 드는데, 여자가 휘갈겨 쓴 글이 정확히 눈에 꽂혔다.

처음엔 그저 친한 친구에서 얼떨결에 시작한 우리 두 사람의 연애는 결국 내가 더 사랑하는 을의 입장에서 끝나고 말았지.

그래도 너한테 고마워. 이런 감정을 알게 해 줘서.

다음번엔 사막의 내리쬐는 태양과 같은 뜨거운 사람을 만날 거야. 너 따위와 한 연애는 전부 녹아 기억할 수 없도록 말이야.

성빈은 픽, 어이없는 실소를 터트리며, 잠든 여자를 내려다봤다. 선홍빛 입술을 타고 살긋이 흘러나오는 날숨이 반복적으로 새근거리고 있었다. 아기 새처럼 잠든 여자의 얼굴이 싱그러워 보였다. 점차 연하게 눈초리가 내려가던 남자가 이내 표정을 바로 하며 침대에서 몸을 일으키는데, 하연의 청순한 입술 사이로 한마디가 툭 튀어나왔다.

"……달수야."

곡선을 그리며 살짝 휘어졌던 남자의 눈가에 서리가 내리더니, 차갑게 날이 섰다. 그 자식과 한창 연애하던 시절의 꿈이라도 꾸는지, 하연은 설상가상으로 팔을 뻗어 남자의 목덜미를 와락 둘러 안았다. 그러더니 점차 남자의 얼굴을 자신 쪽으로 잡아당겼다.

기분이 더러워진 성빈이 거칠게 여자를 밀치려는데, 하연의 날숨이 그의 귓전에 따스하게 밀려 들어왔다.

그리고 고운 음성으로 그에게 뜨겁게 속삭였다.

"……끅, 넌 정말 개호로자식이야."

*　　　*　　　*

이른 아침 햇살이 예쁘게 쏟아지는 창가에 선 하연이 진지한 얼굴로 남자에게 물었다.

"우리 두 사람, 어젯밤 아무 일도 없었던 거 맞는 거죠?"

남자는 말이 없었다. 하연의 맑은 눈을 잠시 들여다보던 성빈이 이윽고 태연한 어조로 담담하게 대꾸했다.

"내가 아무리 여자를 밝힌다지만 말이야. 술에 취해 제 몸 하나 제대로 못 가누면서, 누구한테 안겨서 밤을 보내는지도 모르는 쉬운 여자 따위한테는 흥미 없어."

하연의 눈에 힘이 바짝 섰다.

"그런 데다 옛 남자 이름이나 입 밖으로 꺼내면서 과거에 미련 못 버리고, 허우적거리는 여자."

"……."

"별로 매력 없어."

성빈은 채 마르지 않은 흑발을 살짝 넘기며, 차분히 제 입장을 마무리했다. 정확히 십 초 후, 하연의 얼굴에 밝은 미소가 개운하게 부서졌다.

"정말 다행이에요, 정말로! 어찌 됐던 어제 신세 지게 된 일은 진심으로 미안하게 됐어요."

여자의 뜻밖의 반응에 성빈의 속에선 천불이 일어났다. 자신이 한 말을 제대로 듣기나 한 것인지. 이 여자에게 지금 가장 중요한 건, 현재 두 사람이 함께 밤을 보내지 않았다는 사실이란 말인가?

남자의 자존심에 금이 갔다.

"박하연 씨. 방금 내가 한 충고는 그쪽한테 아무런 의미가 없나 보지?"

"아뇨."

하연이 단호하게 말했다.

"제가 가슴 깊이 진지하게 새겨들어야 할 조언이라는 거 잘 알고 있어요. 그리고 달수, 아니 전 애인에 관해 술주정 부린 건 기억은 잘 안 나지만 정말 미안해요. 제가 생각해도 진상이에요, 아주!"

여자의 주저 없는 사과에 성빈의 눈이 가늘어졌다. 그때 침대 위에 잠시 올려놓은 남자의 휴대폰이 재촉하듯 진동을 했다. 성빈이 전화를 받기 전에 여자의 손에 들려 있는 제 명함을 손가락으로 가리키며 딱 잘라 말했다.

"명함에 적힌 연락처로 전화 한 번 줘요. 이만 나가 봐요."

"네, 그럼."

기다렸다는 듯 LTE 속도로 빠르게 대답을 마친 하연이 망설임 없이 객실 문 쪽으로 몸을 돌렸다. 그녀의 머릿속엔 오직 한 가지 생각뿐이었다. 빌어먹을 소개팅, 진상 돋는 술주정, 그리고 저 잘난 남자까지 전부 한방에 기억에서 지워 버리는 것.

그런 여자의 뒷모습을 바라보던 성빈이 저도 모르게 재차 압박했다.

"연락 줘요."

"네?"

하연이 뒤를 돌지 않은 채, 못 들은 척 얼버무렸다.

"연락 주라고."

절대 싫은데. 이 방을 나가는 순간 자발적 기억상실증에 걸려서, 어제의 모든 기억을 전부 지워 버릴 거라고!

"……알겠어요."

어제 일이 떠오른 하연이 정수리까지 확 달아오르는 민망함에, 손에 점차 힘이 들어갔다. 그리고 뒤에서 통화를 하고 있던 남자의 눈에 믿을 수 없는 여자의 행동이 가득 들어왔다. 그녀의 손에 들려 있는 본인의 명함이, 아주 지그시, 구겨지고 있는 걸, 보고 말았다.

*　　　*　　　*

"사장님. 회의가 생각보다 길어지셨네요. 많이 피곤하시죠."

상반기 매출 현황에 대한 각 부서의 회의를 마치고, 집무실로 들어서는 성빈의 뒤를 정구가 빠르게 쫓았다.

다른 것보다 지끈거리는 편두통에 남자가 잠시 느슨한 표정을 짓다가, 걸어 놓은 정장 재킷을 집어 들었다.

"오늘은 집에 들어가서 좀 쉬어야겠어."

"네. 요 며칠 제대로 쉬지도 못하셨는데, 들어가셔서 눈 좀 붙이세요."

안쓰러운 눈길을 보내는 정구에게 살짝 고개를 끄덕여 보인 성빈은 호텔에서 나와 차에 시동을 걸었다. 차창 문을 반쯤 열고 찬바람을 맞으며, 과부하로 꽉 찬 머리를 식히던 그는 주머니에서 휴대폰을 꺼내 수신함을 확인했다.

꽤 많은 부재중 전화가 들어와 있었다. 성빈의 긴 속눈썹이 공허하게 가라앉았다. 여자를 그렇게 보내고 난 뒤, 당연히 올 거라고 생각했던 연락은 삼 일이 지나도록 소식이 없었다.

한편으로는 화가 났다. 한 번도 아니고 재차 꼭 연락을 달라고 명함까지 쥐어 주었는데, 그럼 못 이기는 척 성의를 보여 주는 게 매너 아닌가?

성빈이 신경질적으로 액셀을 밟기 시작했다. 어둠이 내려앉은 도로를 내달리던 그는, 자신의 맨션으로 향하던 방향을 틀어, 계속해서 머릿속에 맴도는 여자를 쫓아 질주하기 시작했다.

하연의 동네로 무섭게 진입한 성빈이 포장마차 옆으로 차를 거칠게 세운 뒤, 운전석에서 내렸다. 역시나 여자의 모습은 보이지 않았다. 성빈이 이맛살을 찌푸리며 도로 차에 올랐다. 도대체 무슨 생각으로 다짜고짜 여기까지 온 것인지, 제 스스로가 짜증스러워 죽겠는 남자의 머릿속에 한 가지 단서가 반짝 떠올랐다.

'녹색 문⋯⋯.'

차를 몰아 어둠이 짙게 깔린 골목 안으로 들어선 남자가 각 집의 철제문을 세심하게 관찰하기 시작했다. 주택가 사이를 한 바퀴 도는데, 저 멀리 몇 미터 떨어진 위치에서 촌스러운 녹색 쇠문이 눈에 꽂혀 들었다.

녹색 문이 굳게 닫힌 집 앞으로 도착한 남자가 차에서 내렸다. 밤바람이 시원스럽게 남자의 앞머리를 흐트러뜨렸다. 쿠페에 기댄 남자가 팔짱을 낀 채 무표정으로 주택을 응시하는데, 유일하게 이 층에 위치한 집만 불이 환하게 켜져 있었다.

그 여자의 집이 맞을 수도 있겠지만, 아닐 확률이 더 크겠지. 사실 서로에게 도움이 될 만한 제안을 할 건 분명했지만, 그보다 자존심에 스크래치를 그은 당돌한 여자에 대해 조금 더 알고 싶었다.

하지만 이건 남자의 스타일과 거리가 멀었다. 상대 쪽에서는 바라지도 않는 인연을 굳이 만들 필요는 없었다. 충동적인 심리로 이곳까지 발걸음을 한 본인의 행동이 이해가 안 가는 성빈이, 냉연하게 눈빛을 가라앉히더니 주저 없이 차에 올랐다.

* * *

하연은 출근 준비로 분주했다. 이번 한 주는 오후 출근인지라, 아침부터 부지런히 시작한 집 청소를 대충 마친 그녀는 쭉 기지개를 폈다. 마지막으로 식탁 의자에 아무렇게나 걸쳐 놓은 몇 벌의 코트와 점퍼를 정리하기 위해 집어 들었다.

"뭐 빠진 건 없나."

장롱에 넣기 전 일일이 주머니를 뒤져 확인을 해 보는데, 빳빳한 종이 하나가 립글로스와 함께 나왔다. 하연이 구겨진 종이를 펴 볼 생각도 없이, 그대로 화장대 위에 대충 올려놨다. 시간을 확인한 그녀는 토끼눈을 하더니, 서둘러 집을 나섰다.

한가로운 서점의 오후 타임. 신작 도서가 종류별로 나열된 표를 형광펜으로 체크하고 있는 하연의 옆으로 같이 일하는 케이가 다가왔다.

"누나. 할 거 많으면 나눠서 같이 해."

"아니야, 이제 다 했어."

마지막 줄까지 확인을 끝낸 하연이 서류를 덮으며, 싱긋 웃어 보였다. 직장 동료 관계인 두 사람의 인연은, 일 년 전 케이가 서점에 입사하면서 시작되었다.

하연이 대리로 승진하고 밑으로 들어온 첫 부하 직원인 만큼 그에 대한 애정이 각별했고, 나이도 한 살 차이라 더 친하게 붙어 다녔다. 지방에서 올라온 케이는 집에다 서울에 일자리가 많아 상경한다고 그럴듯하게 포장을 해 놨지만, 사실 다른 목적이 있었다.

그는 현재 홍대나 신촌, 이태원 등지에서 '레드 앤 블랙'이라는 록 밴드의 보컬로 활동하고 있었다. 언더그라운드 쪽에서는 요새 꽤나 유명세를 타는 실력 있는 밴드였고, 그 중심에는 물론 케이가 있었다.

낮에는 서점에서 얌전하게 일을 하며 에너지를 충전하고 있다가, 밤만 되면 무대 위를 종횡무진하며 악마에게 영혼까지 팔아 버릴 수 있다는 하드코어한 가사를 거칠게 내뱉는 가슴이 뜨거운 남자였다. 케이는 또한 이태원에서 알아주는 마성의 게이이기도 했다. 외모도 아이돌처럼 귀엽고, 실력도 있는 데다, 성격도 화끈하니 주변에 같은 취향을 가진 남자들에게 인기 만점이었다.

그때, 본사에 외근을 마치고 들어오던 점장이 손에 들고 있는 간식을 흔들며 두 사람에게 손짓을 했다.

"두 사람, 창고 들어와서 도넛 좀 먹고 해."

하연과 케이는 나누던 이야기를 마무리하고, 서점 구석에 위치한 창고로 들어섰다. 테이블 위에는 먹음직스러운 도넛과 오렌지 주스가 담긴 종이컵이 펼쳐져 있었고, 먼저 들어온 직원들은 이미 저들끼리 수다 삼매경에 빠져 있었다.

"하연 씨. 얼른 먹어."

점장의 권유에 따라, 하연은 평소에 좋아하던 크림치즈 도넛을 집어 입안으로 크게 한입 베어 물었다. 행복한 표정을 짓는 그녀를 보며, 케이가 씩 웃었다.

"우리 누님, 그렇게 맛있어요? 그 무엇도 바랄 게 없는 표정이네."

"응, 안 그래도 지금 좀 허기졌었거든."

살짝 열린 창고 문 사이로 카운터를 지키고 있는 현숙 대리가 보였다. 요즘 한창 다이어트 중이라 간식을 피하고 있는 현숙 대리 덕에, 다들 편안하게 시간을 보낼 수 있었다.

하연이 도넛 하나를 다 해치우고 오렌지 주스를 마시고 있는데, 한 남자가 서점 안으로 들어서는 게 보였다. 손님들이 스스로 도서를 골라서 구매하는 경우가 잦았기에 별생각이 없었는데, 주위를 두리번거리는 게 직원을 찾는 눈치였다. 현숙 대리가 밖에 있을 텐데?

고개를 기울여 카운터 쪽을 확인해 보는데, 현숙 대리가 보이지 않았다. 하연이 손가락에 묻은 가루를 휴지에 닦은 뒤, 서둘러 창고를 나가 손님에게로 다가갔다.

뒷모습부터 눈에 들어왔다. 일단 늘씬하게 키가 큰 편이었고, 체형에 맞게 잘 갖춰 입은 정장 겉으로는 단단해 보이는 몸의 라인이 살아 있었다. 깔끔하게 정돈된 헤어스타일이나, 서 있는 전반적인 품새는 스마트한 느낌이 물씬 풍겼다. 가까이 갈수록 짙어지는 시원한 향기가 사람을 괜히 설레게 했다.

*   *   *

[모임 오는 길에 서점에 들러서 책 좀 사 와.]

가족 모임에 가는 길. 갑작스러운 큰 회장의 미션에, 통화를 마친 남자의 미간이 신경질적으로 구겨졌다. 이윽고 족히 열 개는 넘는 도서 목록이, 문자에 빽빽하게 담겨 날아왔다.

어차피 다 읽지도 못할 거, 밑에 사람 시켜서 내일 받아 봐도 될 것을……. 성빈은 오늘 당장에 읽겠다며 우겨 대는 노인네의 성화에, 하는 수 없이 차를 세웠다. 서점 안으로 들어선 그가 도서를 찾아 줄 직원을 찾아보는데, 어찌 된 게 파리 새끼 한 마리도 보이지 않았다.

이러니 서점에 손님이 없지. 심기가 불편한 얼굴로 혀를 차고 있는데, 등 뒤에서 인기척이 들리더니 한 직원이 허둥대며 그에게로 다가왔다. 건성으로 직원에게 시선을 맞추던 남자의 두 눈이 점차 커졌다. 놀란 건 상대방도 마찬가지였다.

"……박하연, 당신."

"아, 아, 안녕하세요!"

으아아아악, 이 남자가 왜 대체 여기에 있는 거야!

하연의 말간 뺨이 순식간에 달아올랐다. 잊고 싶었던 기억, 그 흑역사 파편의 한 조각인 남자를 다시 만난 것에 대해 그녀는 적잖게 당황했다. 성빈의 노련한 시선이 한참이나 여자를 내려다봤다.

호텔에서 처음 마주했을 때와는 또 다른 꾸밈없는 모습이 눈에 들어왔다. 단정하게 갖춰 입은 유니폼과 어깨 너머로 찰랑이는 생머리는 반으로 묶여 여성스러움을 더하고 있었다. 옅게 한 화장과는 대조적으로, 살짝 힘을 준 진달래색의 입술이 반짝였다.

갈라진 숨을 깊게 한번 내뱉은 남자가 입을 열었다.

"당신, 왜 연락 안 했어."

"……그게요."

"꼭 달라고 했었잖아. 사람 기다리는 건 생각 안 해?"

하연의 앞으로 성큼 한발 다가선 남자가 차분하지만 힘 있는 어조로 따져 물었다. 여자가 난처한 표정을 지었다. 대답을 잠시 고민하던 하연이 미안한 얼굴로, 하지만 솔직한 제 심정을 담아 남자에게 말했다.

"솔직히 하고 싶지 않았어요. 그날을 기억하고 싶지가 않아서."

"……나를,"

"그쪽한테는 진심으로 고마운 마음이 커요. 단지."

하연이 내려온 머리카락을 귀 뒤로 살짝 넘기며, 곤란한 미소를 지었다.

"더 이상 만날 이유가 없다고 생각했어요."

여자의 간결한 대답에 성빈이 헛웃음이 나왔다.

도대체 이 여자의 말 한마디가 뭐라고, 속에서 참을 수 없는 부아가 치밀어 오르는 거지.

"박하연. 당신은 내게 더 이상 볼일이 없을지 몰라도, 내 쪽에선 분명 있다고 했잖아."

"그쪽이, 아니 사장님이 도대체 저한테 무슨 볼일이……."

도통 떠오르지 않는 이름에 하연이 적당히 사장님이란 호칭을 붙이자, 남자의 눈에서 화르르 불꽃이 일었다.

"설마 당신, 내 이름도 몰라?"

"네?"

"내가 준 명함 들여다보기나 한 거야?"

활화산 같은 남자의 반응에, 하연의 말아 쥔 손아귀에 식은땀이 배었다.

"이 여자야. 대답해."

"저 그게."

"사람을 그 고생을 시켰으면, 두 번 다시 보기가 싫어도(짜증), 이름 따위 알고 싶지 않더라도(짜증 두 배), 전화를 달라고 했으니, 한 번쯤 전화해서 고맙다는 인사 정도는 할 수 있는 거 아니야!(짜증 폭발)"

하연이 손가락을 꼼지락거리며 멋쩍은 웃음을 흘렸다.

"사장님. 그날은 다시 한 번, 정말 고마웠어요. 미리 고맙다는 말 드렸어야 했는데, 죄송해요."

아 놔, 혈압. 이 여자 스타일 못 받아 주겠네. 뭐가 이렇게 칼같이 순종적이고, 쉽게 받아들여.

우선 가족 모임부터 해치우는 게 급선무인 남자가 하연에게 휴대폰을 내밀었다.

"일단 먼저 여기 적힌 책부터 좀 찾아 줘요."

"아, 네."

남자가 내미는 휴대폰을 받아 든 하연이, 꼼꼼히 도서 목록을 체크하기 시작했다.

분주해진 하연은 장소를 옮기며 책을 찾기 시작했다. 팔짱을 끼고 천천히 서점을 둘러보던 성빈의 시선이 문득 여자에게로 향했다.

가만 보니 저 여자, 정말 융통성이 제로다.

일단 다 빼놓은 뒤 한 번에 들고 가서 계산을 하면 되지, 찾은 책을 일일이 무겁게 품에 안아 들고 장소를 옮기고 있으니 말이다. 성빈이 여자에게 다가갔다.

"이리 줘요. 내가 들고 있을 테니."

"아, 정말 괜찮은데."

"두 번 권유 안 해요. 손 거둬요?"

하연이 머쓱한 얼굴로 품에 안고 있는 책들을 남자에게로 넘겼다. 성빈이 큰 회장이 고른 책을 못마땅한 눈빛으로 살펴보는데, 컴퓨터로 마지막 도서를 검색하던 여자가 팔을 걷어붙였다.

"이건 사다리가 있어야겠네요."

하연은 안전해 보이는 사다리를 가져오더니, 제법 높은 위치에 있는 책을 꺼내기 위해 망설임 없이 오르기 시작했다. 사다리를 타는 여자가 어째 불안해 보였다. 성빈이 아래에서 유심히 여자의 행동을 지켜보았다.

역시 아니나 다를까, 하연이 마지막 책을 꺼냄과 동시에 임무를 완수했다는 홀가분한 쾌감에 허리를 과도하게 비틀어 남자를 내려다보는데, 반자동으로 같이 꺾인 발목이 균형을 잃고 뒤로 넘어가기 시작했다.

"어? 아아아! 으악!"

순발력이 좋은 남자가 들고 있던 책을 잽싸게 땅에 내동댕이치고선, 바닥으로 하강하는 하연을 품 안에 받아 들었다. 너무 놀란 하연이 눈을 동그랗게 뜬채 남자를 올려다봤고, 성빈은 신경질적인 시선을 던지며, 싸늘한 목소리로 말했다.

"정신 똑바로 안 차릴래요?"

남자의 진한 스킨 향에 잠시 정신이 혼미해진 하연은, 얼른 품에서 빠져나와 사과부터 했다.

"미, 미안하게 됐어요. 그쪽은 다친 데 없어요? 계속 폐만 끼쳐서 어떡해요."

"알면 됐어요."

성빈이 구겨진 와이셔츠를 툭 쓸어 털더니, 바닥에 떨어져 있는 책을 줍기 시작했다. 하연도 눈치를 보며, 남자를 따라 책을 하나둘 집어 계산대로 향했다. 하연이 바코드를 찍으며, 상냥한 투로 말했다.

"방금 전엔 정말 죄송했어요. 제가 좀 어리바리해서, 하하."

"귀여운 단어로 포장하지 마. 당신 정도면 중증이야."

하연이 어색하게 웃으며, 모니터를 확인하더니.

"사은품 해당되는 책이 있어서 챙겨 드릴게요. 잠시 만요."

카운터 아래를 뒤져 보는데 마침 사은품이 똑 떨어져 없었다. 허리를 편 하연이 창고를 손가락으로 가리켰다.

"금방 가지고 나올 테니까 잠시만 기다려 주세요."

"이봐요. 나 좀 바쁜데, 그냥 책만 계산해 주시죠. 사은품은 필요 없으니."

하연이 손사래를 치며, 고개를 저었다.

"그래도 공짜인데 당연히 챙기셔야죠. 잠시 만요. 금방 올게요."

"피곤하네."

창고로 뛰어가는 여자를 쳐다보며, 성빈이 한숨을 내쉬었다.

카운터에 기대서 한참을 기다리는데도 도통 나올 기미가 안 보였다. 성빈은 소매를 걷어 시간을 확인했다.

"안 되겠군."

도서 가격이 찍힌 계산대 모니터를 확인한 성빈이 지갑을 열어 수표 한 장을 꺼내 내려놓았다. 그는 카운터 아래에 메모지로 추정되는 종이를 북 찢어, '바빠서 그냥 갑니다. 일 끝나고 연락 줘요.' 라는 메시지를 함께 남긴 후, 책이 담긴 봉투를 들고 서점을 나섰다.

창고 구석에 박혀 있는 사은품을 겨우 찾아서 부랴부랴 나온 하연이, 카운터 위에 덩그러니 올려 있는 수표와 메모지를 들더니 당혹스러움에 입을 살짝 벌렸다.

*   *   *

퇴근길에 하연은 마트에 들렀다. 오늘은 또 어떤 반찬을 해 먹나. 자취를 시작한 후 매번 스스로 끼니를 챙겨야 하는 번거로움에 뭘 살까 고민을 하고 있는데, 가방에서 진동이 느껴졌다. 지난번 최악의 소개팅 자리를 만든 친구 민경이었다.

"응, 민경아."

[하연아. 으아아앙, 너 지금 퇴근 중이야?]

스피커 너머로 들려오는 절망이 담긴 표호에, 하연의 눈이 동그랗게 떠졌다. 민경의 설명은 대충 이랬다.

유명 홍보 회사인 '스타티스'에 다니는 민경은, 이번에 회사에서 파티 대행 서비스 아웃소싱 건을 맡게 되었다. 하지만 워낙 급하게 일정이 잡힌 탓에 인원수가 턱없이 부족했고, 결국엔 하연에게 지원을 부탁하려고 연락을 한 것이다.

"달수는 없는 거지?"

[내가 미친년도 아니고, 그 자식 있는 데에 널 부르겠니.]

"그래?"

[요즘 걔는 인테리어 리뉴얼 담당 밑에서 배우느라 대부분 사무실에 없어.]

친구의 절박한 위기를 모른 척할 수 없었기에, 하연은 곧장 대답을 하고 전화를 끊었다. 그런데 아까부터 아랫배가 살살 아팠다. 휴대폰 달력에 날짜를 체크해 보니, 매직 데이가 바로 어제 시작이었다. 심하진 않지만 혹시 몰라 약국에 들러 알약을 털어 넣은 뒤, 하연은 택시를 잡아 탔다.

청담 중심부에 위치한 네온사인이 화려한 핫 플레이스 건물로 하연이 들어섰다. 단숨에 튀어나온 민경이 하연을 데리고 대기실로 안내하며, 미안한 표정을 지어 보였다.

"너도 피곤해서 쉬어야 하는데, 미안해서 어떡해?"

"미안한 줄 알면 일 좀 제대로 해. 이 짓도 한두 번이지."

말은 그렇게 해도 하연은 친구의 어깨를 쓸어내리며 여유 있게 웃었다. 워낙 인력이 많이 투입되는 데다가 유동적인 부분이 많은 일이다 보니, 이런 구멍 생기는 일이 빈번하게 일어났다.

사정을 알다 보니 하연 또한 일이 있으면 거절했지만, 웬만하면 짬을 내 민경을 도와주는 편이었다.

"이 정장 입으면 되는 거지?"

"응."

"밖에 많이 바빠 보이는데, 먼저 나가 봐. 옷 입고 내가 알아서 일 봐 줄게."

민경이 하연의 목에 팔을 둘러 꼭 껴안아 주더니, 대기실에서 서둘러 나갔다. 평상복을 라커룸에 걸어 넣고, 정장 파티 룩으로 갈아입은 하연이 전신 거울에 모습을 비춰 봤다.

"음, 나쁘지 않아."

전에도 서비스하는 일을 몇 번 도왔었지만, 이곳 파티에 참석한 손님들은 전체적으로 보통 까다로운 게 아니었다. 국내 소위 최상류층 재벌들과 굵직한 정계 라인의 자제들, 유명 연예인들만 출입할 수 있는 특권층의 비밀 파티였다.

파티에 참석한 인사들의 간단한 정보를 숙지한 하연이 괜히 실수라도 할까 봐 긴장한 채 굳은 얼굴로 연어 카나페를 들고 조리실에서 나왔다. 색을 바짝 낮춘 어두운 조명 한복판을 걸으며, 인조 대리석에 비치는 제 모습을 바라봤다.

퇴폐적인 분위기가 물씬 나는 장소임에도 불구하고, 단정한 코디의 하연이 많은 인파들 사이에 무난히 묻어갔다. 하지만 그게 바로 파티 웨이트리스가 해야 하는 최선의 역할이었다.

그리고 역시나 오늘도 고생의 연속이었다. 분명 테킬라를 주문 받아 성의껏 좋은 걸로 갖다 줬는데도, 본인이 마시던 술맛이 아니란다. 그 후 몇 번이고 다시 가져오라는 주문이 이어졌다. 또한 몸을 제대로 가누지도 못하는 만취한 여성은, 분명 자기가 휘청거리며 덮쳤는데도 눈 달렸으면 길 똑바로 보고 다니라고 한참 설교를 늘어놓았다.

덕분에 깨진 술잔을 치우느라, 에어컨이 빵빵하게 틀어진 서늘한 기온에도 목 뒤로 땀이 흘렀다. 그것까지도 좋은데, 문제는 아랫배의 통증이 점점 심해졌다.

'약을 두 알이나 털어 넣었는데도 왜 이렇게 아프지.'

하연이 한구석에서 배를 움켜쥐고 있는데, 파티 룸 중앙에 위치한 무대에 조명이 들어오더니 연예인들의 공연이 시작되었다. 귀가 찢어져라 빵빵하게 틀어진 사운드 때문에, 이젠 두통까지 밀려들었다.

여자가 가까스로 주변을 둘러보는데, 온통 젊은 사람들뿐인 걸 봐서는 유명 재벌 자제의 생일 파티쯤으로 보였다. 안 그래도 삼 층으로 만들어진 럭셔리한 케이크가 사람들의 환호 속에 등장을 했고, 가십걸로 유명한 한 여자가 여자 연예인들에 둘러싸인 채 즐거운 표정으로 촛불을 훅~ 불고 있었다.

잠시 아픔도 잊은 하연이 그 모습을 부러운 눈길로 구경했다. 철저하게 안정된 보호막 안에서, 어두운 면이라고는 눈곱만치도 안 느껴질 만큼 티 없이 해맑게 웃는 여자의 모습이 참 아름다워 보였다.

그때, 민경이 저 멀리서 하연을 발견하고 빠르게 걸어왔다. 무알콜의 탄산음료를 건네주는데, 여자의 어두운 안색을 발견한 민경이 놀라서 붙잡고 물었다.

"하연아, 너 어디 불편해? 얼굴이 말이 아니야."

하연이 느릿하게 고개를 끄덕였다.

"응, 오늘 그날이야…… 아까 약을 먹었는데도 배가 아파 죽겠네. 그래도 아까보단 손님이 좀 빠진 것 같긴 한데. 먼저 집에 들어가서 좀 누워야겠어. 미안해서 어쩌지?"

민경이 펄쩍 뛰더니, 기운 없는 친구의 등을 떠밀며 속상한 투로 말했다.

"진작 말하지 왜 버티고 있었어. 미안해 죽겠네, 정말. 얼른 옷부터 갈아입고 집에 가. 콜택시 불러 줄게."

"나가면 바로 잡히는데 뭣 하러. 신경 쓰지 말고 일 봐. 인사 따로 안 하고 바로 갈게. 수고해."

여자가 옅게 웃으며 민경을 안심시켰다. 대기실로 이어지는 어두운 긴 복도. 하연이 힘없이 걷고 있는데, 옆으로 난 고객 전용 승강기 문이 열리더니 익숙한 향기가 코끝에 스며들었다.

주변에 신경 쓸 여유가 없는 하연이 가던 길을 재촉하는데, 순간 가느다란 손목이 누군가에게 붙잡혔다. 그러곤 하연의 몸이 거칠게 돌아갔다. 그녀의 시야에 정면으로 들어오는 흰색 와이셔츠 위엔, 분위기만으로 충분히 사람을 압도하는 험악한 표정의 성빈이 그녀를 내려다보고 있었다.

하연의 입장을 정확히 대변하자면, 오늘 이 남자한테 제대로 스토킹을 당하고 있다는 두려움이 드는 순간이었다.

"당신이 여기 왜 있는 거야."

성빈의 눈길이 놀란 여자의 얼굴에서, 정갈하게 갖춰 입은 옷차림새로 내려갔다. 이내 남자의 표정이 묘하게 바뀌었다.

"아까 그 서점에서 일하는 거 아니었어? 아니면 투잡이라도 뛰는 건가."

하연이 마른침을 꼴깍 삼켰다.

"친구 좀 도와주러 퇴근하고 잠깐 들른 거예요. 제 친구가 이 파티 주최한 회사 홍보팀 최종 담당자거든요."

"그렇군."

남자가 어수선한 내부 파티 룸에 잠시 시선을 던지더니, 다시 하연을 내려다봤다.

"그럼 잠시만 여기서 기다려. 딱 5분이면 돼."

"저, 저기요. 그러지 말고 제가 따로 연락을 드릴게요. 지금은 좀 상황이 그래요."

하연의 곤란한 듯한 목소리에도, 성빈은 망설일 것 없이 단박에 거절했다.

"금방 와. 꼼짝 말고 기다려."

그는 하연의 손목을 잠시간 강하게 쥐더니, 손쉽게 탁 놔주었다. 안으로 들어가는 성빈의 뒷모습을 바라보던 그녀는, 일단 옷부터 갈아입기 위해 대기실로 향했다. 끊어질 듯 당기는 뻐근한 통증에, 몇 번이나 허리가 폴더처럼 접혔다.

대기실에서 나온 하연이 아까 남자와 마주쳤었던 복도 한쪽에서, 고요한 간접조명을 받으며 서 있었다.

"언제 오려나."

아윽, 망할. 안 되겠다.

하연의 어깨가 점점 움츠러들었다. 생각보다 늦어질 것 같은 남자의 등장에 나중에라도 연락을 해야겠다고 마음을 먹은 하연이 일단 승강기 버튼을 눌렀다. 표정이 계속 무너지고, 목덜미 뒤로 식은땀이 흘러내렸다. 일 년에 몇 번 없는 생리통이 왜 하필 오늘 같은 날에 이렇게 난리인지 한숨이 새어 나왔다. 일층에 도착한 하연이 건물에서 빠져나와 갓길에 서서, 택시를 잡기 위해 손을 흔들었다.

*　　　*　　　*

"성빈아. 왜 이렇게 늦었어? 이제 거의 파티 끝물인데."

"가족 모임 좀 들렀다 오느라."

진욱이 기다렸던 친구를 반기며 어깨를 툭 쳤다. 그때 오늘 생일인 주인공 현아가 머리에 귀여운 리본을 달고 두 남자에게로 걸어왔다. 진욱의 허리에 팔을 두르며 애교스러운 눈길로 올려다보던 현아가 이윽고 성빈을 새치름하게 쏘아봤다.

"김성빈. 너 늦게 온 만큼 근사한 선물 얼른 내놔."

성빈이 픽 웃더니, 정장 재킷 안주머니를 뒤져 티켓이 담긴 종이봉투를 내밀었다.

"이번에 뉴욕에서 열리는 펠레이나 파티 참석권이야. 네가 그렇게 친분 쌓고 싶어 하던 헐리우드 여배우들 제법 몰릴 테니까, 놀러 가서 네 식대로 즐기다 와. 뭐 이 녀석이 덕분에 긴장 좀 타긴 하겠네."

안 그래도 성빈이 건네준 티켓을 못마땅하게 노려보던 진욱이 투덜거렸다.

"한국에 같이 있어도 사람들하고 어울리는 거 좋아하고 노는 거 좋아해서 내가 조바심 내 하는 거 뻔히 알면서, 얘를 아예 미국으로 보내 버리시겠다? 김성빈, 너 친구 참 잘 생각해 준다."

성빈이 실소를 터트렸고, 현아가 제 남자친구의 옆구리를 팔꿈치로 쿡 찌르며 타박을 줬다.

"내가 노는 거랑 술 마시는 거 좀 좋아해도 어디 가서 흐트러지는 거 본 적 있어? 아마추어처럼 왜 이래."

"이보세요. 네가 문제가 아니라 사내자식들이 달려드니까 그렇지."

성빈이 친구이자 연인 사이인 두 사람을 말없이 쳐다봤다. 워낙 어렸을 때부터 봐 왔던 얼굴들이라 이젠 지겨울 정도였다. 학창시절 내내 옥신각신하다가, 어느덧 연인으로 발전해 사건 지벌써 5년 차인 두 사람이 한편으로는 기특했다. 하지만 곧 기다리고 있을 여자가 떠오른 성빈이 두 사람의 말을 끊었다.

"미안한데, 나는 볼일이 있어서 먼저 좀 가 볼게."

"김성빈. 너 오자마자 바로 가는 경우가 어디 있어!"

"여기."

"너어 진짜! 일 때문에 그러는 거야?"

"아무튼 생일 축하해. 간다."

"김성빈. 넌 정말 재수 없는 자식이지만, 이런 거 구해 줄 때는 내 최고의 베스트 프렌드야! 알지?"

제 할 말만 하고 돌아서는 성빈의 뒤에서, 현아가 티켓에 가볍게 입을 맞추며 소리를 질렀다. 진욱이 그런 여자 친구를 말리며, 멀어져 가는 성빈이 혹시나 잊어버릴까 봐 목소리를 높였다.

"성빈아! 이번 주 토요일에 동창회 있는 거 알지? 이번엔 잊지 말고 나와."

두 사람을 뒤로하고 아까 여자와 마주쳤던 장소로 서둘러 나온 성빈의 눈에 승강기에 오르는 하연이 보였다. 성빈은 그 얼마의 시간을 못 참고 가 버리는 그녀의 행동에 화가 치밀어 올랐다. 그는 그대로 비상계단 문을 부술 듯 열어젖혔다.

와이셔츠 위 단추를 풀어헤치며, 두 계단씩 빠르게 뛰어 내려가는 남자의 표정이 하데스처럼 스산했다. 일 층까지 단숨에 내려온 남자가 이미 다시 올라가고 있는 승강기를 확인하더니, 건물 밖으로 방향을 틀었다. 택시 뒷좌석에 오르기 위해 차 문을 열고 있는 여자를 절묘한 타이밍으로 낚아챈 성빈이 거친 손길로 자신을 보게 했다. 그리고 참을 수 없는 분노에 결국 소리를 질렀다.

"다른 큰 부탁도 아니고, 당신한테 단 5분만 기다려 달라고 했어! 그게 그렇게 어려운 일이야?! 사람 상대하기 싫어도 미친놈만 아니면, 적당히 한 번쯤 맞춰 줄 수 있는 거잖아! 근데 뭐가 이렇게 어려워."

남자의 윽박을 받아 내는 하연의 잇새로 힘겨운 숨이 흘러나왔다. 주체하지 못할 화를 쏟아 내던 남자의 눈동자가 흔들렸다. 여자의 아랫배에 얹혀 있는 떨리는 손과 파리한 피부색, 메마른 숨에 성빈의 이성에 불빛이 들어왔다.

"이봐, 하연 씨. 어디 안 좋기라도 해? 얼굴이 왜 이래."

하연이 결국 시멘트 바닥에 몸을 말면서 웅크리고 앉자, 남자가 긴 다리를 접으며 안색을 살폈다.

"……약을 먹긴 했어요. 그냥 집에 가서 누워 있으면 금방 좋아질 거 같긴 한데……."

"병원에 가 봐야 하는 거 아니야?"

"아뇨. 그런 배는 아니에요……. 아까 그쪽 잠시 기다리고 있다가 상태가 안 좋아서 먼저 나왔어요. 미안해요……."

퍼석한 얼굴로 여자가 뒷말을 덧붙였다.

"연락은 꼭 드리려고 했었어요. 아까 두고 가신 수표 남은 잔돈도 드려야 하니까……."

"일단 일어나."

성빈이 다리를 펴는 여자의 허리에 손을 끼워 넣더니, 그대로 엉덩이를 받쳐 품에 안아 들었다. 하연의 눈이 동그래졌다.

"무, 뭐 하는 거예요?"

"잠자코 있어. 데려다줄게."

"어? 정말 괜찮아요! 택시 타고 가도 되는데!"

단번에 차까지 간 성빈이 차 문을 열고 그대로 하연을 내려놨다. 반대편으로 건너간 그가 운전석에 올라 시동을 걸었다. 하연이 핸들을 잡고 있는 성빈의 손을 붙잡으며, 다급하게 말했다.

"이봐요. 저 낯선 남자 차에 아무렇게나 타고, 무턱대고 신세 지고 그런 거 싫어하는 사람이에요."

"낯선 남자?"

"네. 그쪽한테 더 이상 폐도 끼치고 싶지 않고요."

성빈의 얼굴에 저열한 미소가 그려졌다.

"하룻밤까지 같이 보낸 남자한테 낯설다고 못 박아 버리니, 할 말이 없어지네."

시동을 건 남자가 무서운 속도로 핸들을 꺾었다.

"이마에 식은땀까지 나는 거 보니 상태 많이 안 좋은 거 같은데, 일단 몸에 긴장부터 풀어."

"……네."

하연이 운전하는 남자를 지그시 바라봤다.

이 불도저 같은 남자의 행동이 솔직히 이해가 안 가면서도, 사람을 현혹하는 듯 외면할 수 없는 마력에, 하연은 정신을 차릴 수가 없었다.

이 남자의 정체는 도대체 뭘까? 그러면서도 여자의 눈에 포근한 바람이 들어찼다. 시간이 흐를수록 알알하게 당기던 통증이 점차 가라앉았다.

한결 평온한 얼굴로 차창 너머를 바라보던 하연이 이상함을 느꼈다. 저번에 포장마차까지 왔었으니 동네쯤이야 기억하는 게 당연하긴 한데, 골목 안으로 진입한 차가 어느새 녹색 문 주택 앞에 멈춰 섰다.

"제가 아까 저희 집이 어디라고 말씀드렸었나요?"

성빈은 대답 대신 고개만 까닥였다. 그리고 속으로 혼잣말을 중얼거렸다.

'이 녹색 문이 맞았군.'

차에서 먼저 내린 하연이 가방을 어깨에 걸쳐 멨다. 뒤따라 내린 남자가 하연을 내려다보며 물었다.

"얼굴 보니 아까보단 좀 나아진 것 같긴 한데."

"네, 덕분에 많이 좋아졌어요."

하연이 옅게 웃어 보였다.

"다행이네."

"데려다줘서 고마워요. 그런데 물어보고 싶은 게 있어요."

하연의 긴 생머리가 밤바람에 살랑 휘날렸다.

"저한테 이렇게 집착하는 이유가 뭐예요?"

"누가. 내가?"

성빈이 어처구니가 없어서 실소를 터트렸다.

"아니면 말고요."

어깨를 으쓱인 하연이 미련 없이 녹색 문을 향해 걸어가는데, 먼발치에 있는 전봇대에서 웬 익숙한 그림자가 눈에 스쳤다. 그녀의 시선을 따라 성빈도 고개를 돌렸다. 며칠 전 호텔 커피숍에서 여자를 곤란하게 했던 주인공이자, 구남친. 달수였다.

배를 움켜잡고 무너졌을 때만큼이나 곤란한 여자의 표정이 눈에 들어왔다. 달수를 바라보는 하연의 아련한 눈빛이, 꼭 말아 쥔 주먹이, 멈춰 선 걸음이 남자의 이성에 미묘한 균열을 일으켰다.

성빈이 여자의 어깨에 손을 올리더니, 자신의 쪽으로 돌렸다. 두 남녀의 시선이 마주쳤다. 탁한 숨결을 목울대로 한번 흘려보낸 남자가 차분한 어조로 물었다.

"당신, 지금 저 남자 상대할 수 있겠어?"

"……네?"

"전 애인. 그것도 당신한테 더 이상 볼일 없는 남자가 뜬금없이 모습을 나타냈다는 건, 분명 다른 의도가 있기 때문이야. 더군다나 이 야밤에 찾아왔다는 건 말이야."

여자의 선명한 두 눈동자가 매섭게 흔들렸다.

"표정이 왜 그래? 아직 저 자식한테, 미련을 못 버리기라도 한 거야."

"그런 거 아니에요."

하연은 왜 이 남자에게 자신이 이런 변명을 해야 하는 건지, 이해할 수가 없었다. 하지만 한 가지 분명한 건, 본인만큼이나 복잡한 심리로 화를 억누르고 있는 남자의 기운에 왠지 모를 위로를 느꼈다. 성빈이 구두 앞 코를 세워 한 발자국 바짝 다가섰다.

"내가 좀 도와줘?"

"……어떻게요?"

"질척거리는 전 애인 떨어트리는 데는 딱 한 가지 방법밖에 없어."

하연이 슬쩍 물러서며, 긴장한 채 남자를 올려다봤다.

"이 여자야. 난 아쉬운 거 없어. 뒤돌아서 가면 그만이야."

"하지만."

"그럼에도 내가 마지막까지 마더 테레사의 심정으로 그쪽을 돕겠다고 자청했잖아. 가뜩이나 컨디션도 안 좋은데, 저런 영양가 없는 똥파리 상대하는 게 안타까워서."

성빈의 무지막지한 논리에 하연이 고개를 돌려 저 멀리 초조하게 서성거리고 있는 달수를 쳐다봤다. 눈물이 날 것만 같아 흐릿해지는 시야 너머로, 짧지만 많이 사랑했었던 옛 연인의 모습이 보였다. 저도 모르게 작은 신음이 새어 나왔다.

하지만 분명한 건 앞에 있는 이 남자의 말대로 이 악연의 고리를 확실히 끊어 버려야만 했다. 차가운 시선을 거둔 하연이 매끈한 허리 근처에서 흔들거리고 있는 남자의 손을 망설이다가 살짝 붙잡았다. 성빈이 그 모습을 내려다봤다.

"해 줘요."

"뭘?"

"뭐든."

성빈이 잠시 말없이 여자를 응시했다.

"대신 조건이 있어."

"뭔데요?"

"내가 그쪽한테 부탁할 제안, 무조건 수락하는 걸로."

하연은 지금 처해 있는 이 상황에선 뭐든 좋았다. 대답이 없는
그녀의 반응을 긍정의 의미로 해석한 성빈은 망설임 없이 머릿
속으로 생각하던 걸 그대로 실행에 옮겼다. 하연의 허리에 팔을
둘러 제 가슴팍으로 확 끌어당긴 그가, 노골적인 눈빛으로 여자
의 입술을 바라봤다.

하연의 긴 속눈썹이 폴싹 내려앉음과 동시에, 남자의 입술이
꽃잎처럼 부드럽게 겹쳐졌다. 열꽃처럼 달아오르는 두 남녀의
아릿한 입맞춤도 잠시, 성빈이 눈을 가늘게 치켜떴다.

선명한 하울링을 담아 머리 위에서 부서지는 환한 달빛 아래.
잘 갈아진 칼날처럼 달빛에 반사된 샤프하게 내리깎아진 남자
의 턱 선이 살짝 틀어지더니, 하연의 담홍색 입술을 능숙하게 휘
감아 집어삼켰다.

"……으읍!"

초여름 특유의 서늘한 밤바람과 함께 침략한 남자의 진한 혀
놀림에 하연의 얼굴이 화르르 달아올랐다.

단 두 번째 만남에, 이게 웬 청천벽력 같은 낯 뜨거운 스킨십
이란 말인가?

놔줄 기미가 없는 성빈의 노골적인 키스에 하연이 가슴팍을 탁 밀어내며 겨우 밀착된 입술을 떼어 냈다. 자동적으로 오른손이 번쩍 올라갔다. 성빈이 그 분노의 손짓을 보며, 잘생긴 고개를 살짝 기울이더니 진지한 얼굴로 물었다.

"따귀라도 때리려고?"

"못할 건 없죠."

"때릴 때 때리더라도 저 똥파리 사라지고 난 뒤에 올려붙이는 게, 낫지 않을까."

하연이 본능적으로 추켜올린 손을 천천히 내렸다.

"그냥 하는 척만 하면 되지, 도대체 혀는 왜 집어넣어요?"

"난 어설픈 가짜 연기 못 해."

"참나."

어이가 없는 하연이 혀를 찼다. 성빈이 부들대는 여자를 외면하며, 저 멀리 똥파리가 있었던 전봇대 근처로 고개를 돌렸다. 어슬렁대던 그림자는 이미 사라지고 없었다.

하긴, 아직 미련이 남는 전 여자 친구가 다른 남자와 키스하는 장면을 선명하게 봤는데 꽤나 충격적인 일이겠지.

성빈은 내심 흡족했다. 그리고 그런 남자의 악마 같은 비열한 웃음에 하연의 눈이 가늘어졌다.

"이봐요. 그쪽 지금 표정 진짜 음흉한 거 알아요?"

성빈이 자조적인 미소를 띠었다.

"보아하니 그쪽 똥파리는 꽁무니 내빼고 사라진 거 같은데, 때리고 싶으면 지금 해요."

성빈이 한 발 다가서며, 상체를 낮춰 매끈한 뺨을 거침없이 내밀었다. 남자의 자발적인 태도에 당황한 하연이, 아직 마르지 않은 입술을 쓱 문지르며 한발 뒤로 물러섰다. 반대로 여자의 질색해하는 행동에 성빈의 존귀하신 자존심에 금이 쩍 갔다.

"사람이 바로 앞에 있는데, 입술을 닦아 버리는 매너는 뭐야."

"뭐긴 뭐예요. 싫었다는 분명한 의사 표현이죠."

하연의 마지막 말을 듣는 순간, 성빈의 머리 꼭대기에서 활화산이 폭발하면서 짜증이 확 솟구쳤다.

"이 여자야. 지금 말 다 했어?"

"설마 그쪽은……."

"그쪽 뭐? 무슨 말이 하고 싶은 거야."

하연이 한쪽 입꼬리를 실룩거리며 중얼거렸다.

"나쁘지 않았나 보네요."

"뭐?!"

성빈이 흘러내린 앞머리를 신경질적으로 쓸어 넘기며, 여자를 죽일 듯이 노려봤다. 한참이나 그 분노의 시선이 이어졌고, 하연은 철저히 남자를 외면하며 바닥에 시선을 고정했다.

그러고 있기를 잠시. 점차 서늘해지는 기온 덕에 겨우 진정한 성빈이, 눈에 힘을 풀었다. 조금 전 고통스러워하던 하연의 표정이 떠올랐기 때문이었다.

"컨디션도 안 좋은데, 일단 들어가."

"알겠어요."

"그리고 아까 말한 것처럼, 당신한테 제안할 게 있어. 언제 시간 낼 수 있지?"

하연이 곧장 대답을 했다.

"모레에 쉬는 날이에요. 그때 봐요."

"그래, 그럼."

"그리고 오늘 도와줘서 고마웠어요. 정말로."

성빈이 대답 대신 고개를 주억였다.

"그쪽이 하려는 제안이 뭔지는 모르겠지만, 들어줄게요. 신세 진 게 많으니."

"당연하지."

어깨를 슥 올리며 대답하는 남자가 얄미운 하연이 결국 참았던 속마음을 드러내고 말았다.

"하지만 당신 진짜 저질이긴 해요."

"뭐?!"

"들어갈게요. 운전 조심히 해서 가요."

말을 마친 하연이 재빠르게 녹색 문을 열고 쏙 들어가 문을 잠갔다. 그런 여자의 행동에 성빈이 기가 막혀 울화가 치밀었다. 그런 남자를 뒤로하고 유유히 계단을 오르는 하연의 뒤통수로 성빈이 데시벨을 한껏 높여 소리를 질러 댔다.

"이봐! 누군 당신 그 제대로 하지도 못하는 키스가 좋기라도 했대? 착각도 정도껏 해야 말이지! 내가 그동안 했던 여자들 중에, 그쪽이랑 한 키스가 사실 제일 최악이었어. 박하연 씨! 지금 듣고 있긴 한 거야?!"

하연이 작게 웃음을 풋 터트리며, 현관문을 닫고 들어가 버렸다. 약이 바짝 오른 성빈이 불이 반짝 들어온 이 층의 집을 가만히 노려봤다.

한편 집으로 들어온 하연은 가방과 겉옷을 내려놓으며 긴 한숨을 내쉬었다. 정신이 하나도 없는 피곤한 하루였다. 조금 전까지 같이 있었던 남자의 정체가 문득 궁금해진 하연이, 벌떡 일어나 화장대에 꼬깃꼬깃하게 접혀져 있는 명함을 펼쳐 보았다.

라페르 호텔 대표『김성빈』

"이름이 김성빈이었구나."

하연이 입을 작게 벌려, 또박또박 남자의 이름을 불러보았다. 그러더니 휴대폰을 들어, 자판을 꾹꾹 누르기 시작했다.

「성빈 씨. 운전 조심히 하고 잘 들어가요.」

차창에 손을 올린 채 적막한 도로를 달리던 성빈이 조수석에서 반짝이고 있는 휴대폰을 슥 쳐다봤다. 모르는 번호인 걸 확인하고 바로 스팸으로 넘기려던 성빈의 손가락이 우뚝 멈췄다. 메시지를 확인한 성빈이 코웃음을 쳤다.

2장

올가미

　강렬한 햇살이 제법 누그러진 여유로운 오후. 동네 근처 커피숍에서 성빈을 보기로 한 하연은 가벼운 트레이닝복 차림으로 어슬렁거리며 유리문을 열었다. 카페 내부를 둘러보는데, 남자는 아직 도착하지 않았는지 모습이 보이지 않았다.

　진열장에 전시된 텀블러와 커피 티백 종류를 구경하고 있는데, 문이 열리고 성빈이 모습을 나타냈다. 하연이 멋쩍게 웃으며 그를 반기자, 성빈이 카운터로 걸어가면서 오라는 손짓을 했다.

　"뭐 마실 거야?"

　"전 카페모카요. 커피 제가 살게요."

　성빈이 귀찮다는 얼굴로 아이스 카페모카와 아메리카노를 주문한 뒤, 나온 음료를 받아 들고 적당한 자리로 향했다. 바로 이

틀 전에 봤는데도 어색한 하연과는 달리, 성빈의 얼굴은 태연해 보였다.

하연이 카페모카 휘핑크림을 휘저으며, 피곤한 기운이 감도는 성빈에게 물었다.

"오늘 피곤해 보여요."

"어르신 분들 앞에서 재롱 좀 부리고 왔더니, 좀 피곤하네."

"친척 어르신 칠순 잔치 뭐 그런 거 들렀다 온 거예요?"

"아니, 임원 회의."

성빈이 아메리카노를 한 모금 넘기더니, 잔을 내려놓으며 물었다.

"그쪽은 저번보다는 얼굴이 괜찮아 보이네."

"네, 덕분에요."

"그럼 바로 본론으로 들어가지."

기다리는 하연을 두고, 잠시 생각을 정리한 성빈이 운을 뗐다.

"쉽게 말해 애인이 필요해. 좀 더 정확히는 대외적으로 내비칠 여자."

두 사람 사이에 짧은 정적이 내려앉았다. 하연이 미간을 찡그리며 되물었다.

"그게 왜 필요한데요? 그냥 진짜 애인을 만들면 되잖아요."

"그럴 여건이 안 되니까."

"명함 보니깐 라페르 호텔 대표라고 적혀 있던데. 어떤 면이 모자라서요?"

하연에게 남자의 말은 설득력이 부족했다.

라페르 호텔이면 국내에서 손에 꼽힐 정도로 큰 호텔이었는데, 호텔이라는 데를 일절 다녀 본 적이 없는 하연조차도 크고 좋은 곳이라는 걸 알 정도로 규모가 컸다. 외모도 요즘 여자들이 선호하는 곱상하게 생긴 꽃미남에…… 성격? 그래, 저 다혈질의 성질머리가 문제일지도 모르겠다.

하연의 속마음 따윈 관심 없는 성빈이 말을 이었다.

"그리고 이 제안이 당신한테도 좋은 기회일 수 있어."

"저한테요?"

"아픈 부위를 다시 건들이고 싶진 않지만, 당신 전 애인이 다른 여자한테 가 버린 게 현실이고, 그만한 이유를 굳이 찾자면 여러 가지 면에서 당신보다 그 여자가 매력적이기 때문이겠지."

성빈의 돌직구에 하연의 신경이 곤두섰다.

"단순히 직장 상사라는 이유로 대시를 거절 못 했을까? 글쎄, 내 생각은 좀 달라. 정규직 지위 하나만 믿고 노처녀 여자가 한참 어린 부하 직원을 꼬셔 내는 것도 능력이라면 능력 아닐까? 물론 그 밖에 외적으로는 학벌, 외모, 집안, 지적 수준, 사회적 지위가 있을 수 있고, 안으로는 대화의 공감대, 비슷한 취미 생활, 수용할 수 있는 범위 내의 성격 차이, 속궁합 등 남자가 당신한테 만족 못 했을 이유는 수십 가지나 돼."

하연의 복잡한 심리를 파악한 성빈이 간결하게 정리를 해 줬다.

"이 제안은 당신을 외적으로 업그레이드할 수 있는 좋은 기회가 될 수 있어. 난 당장 애인 역할을 해 줄 사람이 필요하고, 당신은 날 이용해서 인생을 변화할 기회가 생기는 거야."

"변화할 기회?"

가벼움이라곤 조금도 찾아볼 수 없는 얼굴을 한 성빈이 단호하게 장담했다.

"내가 해 주지."

"……네?"

"당신의 전 애인을 꼬신 그 여자보다."

하연의 검은 눈이 선명한 빛을 띠었다.

"누가 봐도 환상적이고 아름답게."

"……."

"치명적인 매력을 가진 여자로 만들어 줄게."

마치 사이비 교주의 설득에 홀린 듯, 몽롱하게 빛나던 하연의 두 눈이 이어지는 말에 겨우 또렷해졌다.

"그런고로 우리 스폰 관계 맺읍시다."

어쩐지 저속한 느낌의 단어에, 하연이 불쾌하다는 눈빛으로 쏘아봤다.

"어감이 좀 마음에 안 들면 흠, 계약 연애쯤으로 바꿔도 되고."

"계약 연애도 좀."

"내 제안 들어주겠다고 먼저 못 박은 건 그쪽이야. 이제 와서 발 뺄 생각하지 마."

쭉 마시던 빨대를 입술에서 뗀 하연이 고개를 갸웃거리며 물었다.

"쉽게 말해서 애인 대행을 해 달라고 하는 것 같은데, 구체적으로 어떻게 하면 되는 건데요?"

"말 그대로 대외적인 일부터, 내 가족까지도 속일 수 있는 하나뿐인 애인 역할을 철저하게 연기해 주면 돼."

이 여자와 계약 연애를 체결해야만 하는 분명한 이유가 있는 성빈이 말을 이었다.

"그리고 하연 씨가 맡아 줄 자리가 하나 있어. '라임 출판사'라고, 누나가 경영하는 작은 출판사가 있는데……."

"라임 출판사요?"

성빈이 고개를 끄덕였다.

"그런데 누나가 지금 개인적인 사정으로 인해 자리를 비워 둔 상태야. 누군가를 앉혀 놓긴 해야겠는데, 상황이 좀 복잡해졌어. 그래서 생각해 낸 대안이 애인 역할을 해 줄 당신을 그 자리에 앉히는 거지. 더불어 내 애인을 공개적으로 드러내는 셈이기도 하고."

남자의 말에 집중하던 하연이 물었다.

"성빈 씨 누나는 어디 갔는데요?"

"그냥 사정이 좀 있어."

성빈의 얼굴이 잠시 어두워지는가 싶더니 금방 평소대로 돌아왔다. 그런 남자를 눈치채지 못한 하연이 심각한 얼굴로 성빈에게 말했다.

"그런데 가장 큰 문제가 있어요."

"말해."

"제가 서점에서만 일을 해 봐서 그 일을 잘 해낼 수 있을지 모르겠어요."

여자의 귀여운 고민에 성빈이 픽 웃었다.

"사인은 할 줄 알지?"

"네?"

"그쪽은 그것만 할 줄 알면 돼."

이해가 안 간다는 표정을 짓는 하연에게, 성빈이 부연 설명을 덧붙였다.

"당신이 그 자리에 앉아 있는 건 단지 상징적인 의미 그 이상은 없기 때문에 진짜 업무를 볼 필요는 없어. 실무자가 결재 올리면 사인만 적당히 해 주면 돼. 중요한 사안은 어차피 내게 따로 넘어올 거야. 그저 하연 씨는 평소 하고 싶었던 일을 하면 되는 거고."

"하고 싶었던 일요?"

"아까 내가 말했던 것처럼, 당신을 외적으로 발전시키면 된다고. 도와준다고 했잖아."

하연이 궁금해 못 참겠다는 얼굴로 채근했다.

"구체적으로 어떻게 도와주겠다는 건데요?"

"일단 확실한 수락부터 받고 알려 주지. 박하연 씨. 이 제안 받아들일 건가?"

잠시 망설이던 하연이 고개를 끄덕였다.

"이미 해 주겠다고 말해 놨는데, 이제 와서 뒤엎는 것도 웃기잖아요. 단 조건이 하나 있어요."

"말해."

"이 연애 계약 혹시 서면으로 작성해야 하나요?"

"그게 편하긴 하지."

"철저하게 사랑과 신뢰를 바탕으로 한 구두계약으로 하죠."

하연이 제 입장을 분명히 했다.

"그건 좀 억지 아닌가."

"안 그래도 요즘 무서운 세상인데 어설프게 도장 찍었다가 서류라도 바꿔치기 당해서 사기 같은 거 당하면 어떡해요? 신체 포기 각서라든지, 섬 노예로 팔려 간다든지…… 창창한 내 앞길, 잘 알지도 못하는 그쪽만 믿고 뛰어들기엔 너무 모험이라고요."

나름 일리가 있는 하연의 주장에, 성빈이 흔쾌히 받아들였다.

"그래요, 그럼. 그쪽 편한 대로 합시다."

"그리고 또 있어요."

"또? 이 정도면 많이 양보한 건데."

성빈이 또 뭐가 남았냐는 눈빛으로 하연의 말을 기다렸다.

"첫째, 이 계약을 이행하는 동안 좋아하는 사람이 생긴다면, 언제라도 관둘 수 있게 해 줘요."

"허."

"아직 말 안 끝났어요. 그리고 둘째, 엊그제 그쪽이 하는 집착 어린 행동 보고 느낀 건데, 전 쓸데없는 구속이나 남자친구 행색은 절대 사양이에요."

착각의 늪에 빠져 허우적대는 여자의 도도한 발언에, 성빈은 기가 찼다.

"전 원래 밖에서 사람 만나는 거 좋아하고, 여기저기 다니면서 구경하고 노는 걸 즐기는 타입이에요."

"그래서 하고 싶은 말이 뭔데?"

하연이 턱을 살짝 추켜올리며, 새침하게 대답했다.

"아까 그쪽이 말한 대로 비즈니스로 이루어진 계약 관계, 그이상은 서로 넘지 말기로 해요."

"착각하는 것도 정도가 있지."

철면피를 깐 하연이 재빨리 다음 단계로 넘어갔다.

"자. 그럼 이제 제가 얻을 수 있는 그 변화라는 게 뭔지 말해 줄 차례예요."

정장 안쪽 주머니에서 지갑을 꺼낸 남자가 검은색 카드 한 장을 빼내 하연의 앞으로 쓱 내밀었다.

"웬 카드예요?"

하연이 카드를 집어 올리며 물었다.

"블랙카드라고, 들어는 봤겠지."

"연예인들이나 있는 사람들만 쓴다는 한도 무제한 카드 말하는 거예요?"

성빈이 고개를 끄덕였다.

"이 카드로 그쪽이 그동안 하고 싶었는데 못 했던 걸 하면 돼. 예를 들어 외모를 바꾸고 싶으면 성형을 해. 뭘 배우고 싶다면 학원이나 학교를 다녀도 좋고, 여행을 가고 싶으면 평소에 생각해 놨던 곳을 다녀와도 괜찮아. 그 밖에도 제약 없이 당신이 하고 싶었던 모든 걸 하면 돼."

성빈의 거침없는 제안에 하연이 할 말을 잃었다.

"이게 내가 당신한테 걸 수 있는 최상의 조건이야."

당혹스러움에 한참을 눈만 깜빡이던 하연이 수상쩍다는 눈빛으로 물었다.

"제가 가령 외제차라든지…… 아니면 집이라도 갖고 싶어서 이 카드로 긁겠다고 하면 어쩌려고 그래요?"

"긁어."

남자의 대답엔 망설임이 없었다. 하연의 얼굴에 복잡한 마음이 적나라하게 드러나자, 성빈이 팔짱을 끼며 말했다.

"복잡하게 생각할 거 없어. 사람마다 부담 없이 상대방에게 베풀 수 있는 범위가 다르고, 그중에 난 이 방법이 가장 쉽고 편하기 때문에 하연 씨한테 해 주려는 거야."

성빈의 말에 잠시 넋을 놓고 있던 하연이 사악한 표정으로 으름장을 놨다.

"좋아요. 대신 후회하지 말아요."

"그러지. 그럼 당장에 출근은 가능한 거지?"

"네? 당장요? 그건 곤란해요."

"무슨 일이든 결심을 했으면 빨리 진행하는 편이 낫지. 내 쪽은 사실 급하기도 하고."

하연이 난처함에 손사래를 쳤다.

"서점에서 유니폼만 입고 일해서 당장 출근한다고 하면, 마땅히 입고 나갈 옷도 없단 말이에요."

여자의 말이 끝나기가 무섭게 성빈이 몸을 일으키며 말했다.

"해결해 줄 테니 당장 일어나."

*　　*　　*

"어디 가는데요?"

카페를 나서는 성빈의 뒤를 부지런히 따라붙으며 하연이 고개를 갸웃거렸다. 일부러 동네라 편하게 트레이닝복 차림으로 나온 건데, 도대체 어딜 간다는 거지? 멀리 가는 건 좀 곤란한데.

카페 옆길을 따라 작은 공용 주차장에 도착하자, 성빈이 주차돼 있는 쿠페 조수석 문을 열어 주며 타라는 고갯짓을 해 보였다. 잠시 머뭇거리던 하연이 차에 올랐다.

저번에는 몸이 안 좋았기도 하고 밤이어서 잘 몰랐었는데, 차 내부가 몹시 고급스러웠다. 이곳저곳 두리번거리던 하연이 작은 탄성을 질렀다.

"성빈 씨, 차 정말 근사하네요."

"촌스럽긴."

"신기해서 그러죠. 외제차 처음 타 본단 말이에요."

하연이 입술을 삐죽 내밀며 말했다. 쿠페에 시동을 건 남자가 액셀을 부드럽게 밟았다.

"달리는 느낌도 진짜 편안하네요. 그런데 색이 흰색 말고 노란색이었으면 딱 범블비 타는 기분이었을 거 같은데."

"범블? 범블 뭐?"

성빈이 인상을 찌푸리며 되물었다.

"범블비 몰라요? 트랜스포머에 나오는 자동차 로봇이잖아요."

"영화인가 보지?"

"네. 얼마나 인기가 많은데 아직 그것도 안 봤어요? 벌써 시즌 포까지 나왔는데."

"로봇 영화가 재밌어 봤자지."

성빈의 오만한 미소에 하연이 발끈했다.

"그쪽이 생각하는 그런 허접한 깡통 로봇 영화 아니거든요? 액션도 정말 화려하고, 적이랑 서로 막 깨 부시고 싸우는 장면 볼 때면 스트레스도 확 풀리고 정말 재밌어요."

침까지 튀겨 가며 사람이 열심히 설명을 하면 뭐 하나. 귓등으로도 안 듣는데. 전혀 반응이 없는 남자를 흘겨보던 하연이 입술을 꾹 닫았다.

얼마쯤 달렸을까, 이윽고 상권 중심부에 위치한 명품 백화점에 차를 주차한 두 남녀가 차에서 내렸다.

"여긴 왜 왔어요?"

"입을 만한 옷이 없다면서."

"그래서 한 벌 뽑아 주려고요?"

"그래. 그리고 아까 우리가 한 계약, 지금 이 시점부터 유효한 거야."

하연이 성빈의 옆으로 나란히 걸으며 귀를 기울였다.

"여긴 어머니의 삼촌인 큰할아버지께서 소유한 백화점인데, 이빨 빠진 호랑이가 되지 않으려고 어떻게든 꽉 움켜쥐고 있는 곳이야."

"아⋯⋯."

"불행하게도 자식이 없어서 결국 유일한 핏줄인 우리 두 남매가 물려받을 확률이 크지. 최근엔 이 백화점을 물려주네, 마네로 나를 한참 옥죄고 있는 중이고."

하연의 입술이 티 나지 않게 살짝 벌어졌다.

'이 남자 정말 재벌이 맞긴 하구나.'

하연은 내심 이 세계에 멋모르고 뛰어든 게 잘한 짓이 맞는지, 덜컥 조바심이 났다. 별생각이 없던 성빈이 다소 거리를 두고 떨어져 있는 여자가 못마땅해, 팔을 잡아 자신의 옆으로 자석처럼 끌어당겼다.

"더욱이 오늘 당신을 여기에 데리고 온 건, 할아버지의 귀에 일부러 들어가게 하기 위한 하나의 쇼라고 생각하면 돼. 뭐 겸사 겸사 당신 필요한 쇼핑도 좀 하고."

숙녀복 매장에 들어가기 전, 성빈이 하연에게 조용히 속삭였다.

"긴장하지 말고, 나만 따라와."

"알겠어요."

그때 성빈을 알아본 점원이 환한 미소를 지으며 두 사람을 맞이했다.

"사장님. 오랜만에 오셨네요."

그가 자연스럽게 배어 나오는 친절한 미소로 화답했다.

"요즘 한창 성수기라 고생이 많겠어요."

"저희야 뭐 손님 분들이 북적거리실 때가 활력이 넘치고, 덩달아 매출도 껑충 뛰니깐 좋죠. 그런데 옆에 분은 처음 뵙는데."

호기심 어린 점원이 눈길을 따라 성빈이 하연을 내려다봤다.

"요즘 만나고 있는 여잡니다."

"어머나."

점원의 오버스러운 반응에, 하연이 어색한 웃음으로 받아쳐줬다.

"굉장히 미인이세요."

트레이닝복 차림이 괜히 신경 쓰여, 하연의 얼굴이 뜨거워졌다.

"그건 그렇고 이 여자한테 어울릴 만한 옷 좀 골라 줄래요."

"네, 사장님. 저쪽 라인이 요즘 들어온 신상이거든요. 같이 한번 보시겠어요?"

점원의 안내를 따라 불편한 걸음을 옮기던 하연이 뒤에 서 있는 남자를 쳐다봤다. 그러자 성빈이 어깨를 슥 올려 보였다.

"전반적인 분위기가 여성스러우셔서 시스루가 살짝 가미된 이런 레이스 블라우스가 참 잘 어울리실 것 같아요. 또 흰색 블라우스에 대조적이게, 약간은 화려한 패턴의 플레어스커트와 매치했을 때 핏이 예쁘게 떨어져요. 한번 입어 보시겠어요?"

"아, 그럴게요."

"피팅룸은 이쪽입니다. 안에서 같이 봐 드려도 될까요?"

하연이 손사래를 치며 거절했다.

"아뇨, 괜찮아요. 제가 그냥 혼자 입고 나올게요."

"그러시겠어요?"

점원이 친절한 미소로 피팅룸 문을 열어 주자, 하연이 우물쭈물 안으로 들어갔다. 뒤통수를 살짝 긁으며, 바지부터 벗으려던 때였다. 걸어 놓은 흰 블라우스 카라 부근에 달랑이고 있는 가격표가 눈에 들어왔다. 채 몇 초도 지나지 않아 하연의 둥그런 눈동자가 더욱 크게 뜨여졌다.

"백팔십만 원?!"

하연이 바지를 급하게 추켜올리고 피팅룸 문을 열어 저 멀리에 서 있는 남자를 불렀다.

"성빈 씨! 나 좀 봐요."

"무슨 일인데."

"얼른 빨리 좀 와 봐요."

성빈이 귀찮다는 표정으로 하연에게 걸어갔다. 성빈만큼이나 점원이 의문스러운 눈빛으로 두 사람을 관찰하고 있었다. 그런 점원의 눈치를 살피던 하연이 안 되겠는지, 그대로 피팅룸 안으로 성빈을 잡아당기고 문을 닫았다.

그런데 이거 생각보다 너무 가깝다. 좁디좁은 공간에서 생각보다 밀착된 서로의 간격에, 옅은 숨자락까지. 귓가로 전해지는 열기에, 하연은 다른 의미로 당혹스러웠다. 성빈이 그런 하연을 빤히 내려다봤다.

아, 젠장. 부담스럽다.

"사람을 불렀으면 말을 해. 이 은밀한 공간까지 끌어들인 이유가 뭐야."

성빈에게서 전해지는 시원한 향기에 잠시 심취해 있던 하연이, 곧바로 정신을 차리곤 블라우스 가격표를 손가락으로 가리켰다.

"성빈 씨. 가격표 좀 봐요."

긴 속눈썹을 한번 깜박이던 성빈이, 하연의 손가락을 따라 가격표에 시선을 고정했다. 그리고 이어지는 무뚝뚝한 한마디.

"저게 뭐."

"무려 백팔십만 원이라고요. 잘 안 보여요?"

성빈이 피곤한 기색으로 손을 뻗더니, 블라우스와 스커트에 붙어 있는 가격표를 거침없이 뜯어 버렸다. 하연이 경악을 하며, 소리를 질렀다.

"이봐요! 지금 뭐 하는 거예요?"

"가격표 달랑거리는 옷을 입을 수는 없으니까 대신 떼 달라고 부른 거 아니었어?"

성빈이 시큰둥한 어투로 반문하자, 하연의 눈초리가 금세 날카로워졌다.

"이 남자가 진짜!"

"이봐, 박하연 씨. 블랙카드로 집이니, 외제차니 살 거라면서 그 으름장을 놓더니, 겨우 이 정도 금액에 놀라 자빠질 건 또 뭐야."

제 할 말을 마친 성빈이 문을 열고 나가며 중얼거렸다.

"밖에서 보면 애인한테 대신 갈아입혀 달라고 부른 줄 알겠네."

혼자 남겨진 하연이 두 주먹을 꼭 말아 쥔 채 한참이나 부들거렸다. 피팅룸에서 나온 성빈이 점원을 불렀다.

"적당히 오피스룩 할 만한 걸로 스무 벌 정도 골라서 포장 좀 해 줘요. 그리고 가격표는 다 떼 주고."

"네, 사장님."

잠시 후 하연이 피팅룸에서 나왔다. 화려하게 꽃무늬가 수놓아진 플레어스커트와 모던한 흰색 블라우스의 조화가 세련되게 잘 어우러졌다. 조금 전까지 트레이닝복 속에 감춰졌던 여자의 미모가 한껏 발산되고 있었다.

팔짱을 끼고선 그 모습을 잠시 감상하던 성빈의 입가에 만족스러운 미소가 번졌다.

"생각보다 괜찮네."

하연이 입술을 부풀리며 투덜거렸다.

"가격이 이렇게 비싼데, 안 예쁘면 이상하죠."

"착각하지 마."

성빈이 귀족적인 자태로 걸어오더니, 여자의 어깨를 반대로 돌렸다. 바로 앞에 있는 전신 거울에 하연의 모습이 비쳐졌고, 그 뒤로 성빈이 고개를 낮추더니 작게 속삭였다.

"내가 별 의미 없이 당신을 선택한 것 같아도, 생각보다 까다로운 안목으로 신중히 고른 거야."

하연이 거울에 비치는 자신을 말없이 바라봤다.

"내 손을 잡은 걸 절대 후회 안 할 거야."

남자의 자신감에 찬 확언에, 하연이 픽 눈웃음을 터트렸다.

"성빈 씨, 느끼해요."

"생각해서 말을 해 줘도 그렇게밖에 못 받아들이지."

성빈이 고개를 절레절레 저으며, 하연의 어깨에서 손을 떨어뜨렸다. 점원이 미리 준비해 준 쇼핑백을 양손으로 든 성빈이 하연을 데리고 매장을 나섰다.

"설마 그거 다 제 거예요?"

"그쪽은 영 고르는 눈이 시원찮은 것 같아서, 내가 대충 몇 벌 골라 담았어."

"여기 옷 비싸던데, 몇 벌씩이나요?"

"그런 건 그쪽이 걱정할 거 없어. 들어가."

이번엔 구두 매장이었다. 제 모양을 도도하게 뽐내고 있는 화려한 구두들이 여자의 눈에 들어왔다. 시원하게 머리를 넘긴 남자 직원이 둘에게 다가왔고, 성빈이 눈인사를 건넸다.

"따로 좋아하는 스타일이라도 있나?"

"골고루 신는 편이에요. 그래도 편하게 신기에는 단화가 좋긴 해요."

"여자의 자존심은 하이힐이라고들 하던데. 난 의상은 심플해도, 구두만큼은 화려한 걸 선호해."

단호박 같은 성빈의 취향에, 하연이 작게 소리 내 웃었다.

"발이 몇이지?"

"240이요."

성빈이 진열돼 있는 여러 종류의 구두를 훑어보기 시작했다. 그 옆에서 점원이 포인트를 집어 열심히 설명하기 바빴고, 건성으로 쳐다보던 성빈의 눈길이 한 곳에서 멈췄다. 유난히 높고 화려한 구두들이 즐비한 코너였다. 팔짱을 끼고 잠시 고민하던 성빈이 점원에게 말했다.

"이쪽 라인 구두 전부 240으로 좀 담아 줘요."

"사장님. 두 번째 라인 구두 전부 다요?"

그때 멀리서 지켜보고 있던 하연이 단숨에 성빈에게로 달려왔다. 그러더니 구석으로 끌고 갔다.

"구두야 딱 하나만 있으면 되지. 일곱 켤레나 있어서 뭐 하게요? 다 신지도 못하고 완전 돈 낭비라고요. 그쪽 돈 많은 건 알겠는데, 이런 식은 곤란하다는 생각 안 들어요?"

성빈이 표정 하나 안 바꾸고 되받아쳤다.

"지금 곤란하게 굴고 있는 건 그쪽이라는 생각은 안 들어? 당신이 나하고 하려는 커플 놀이가 그저 어디 어린애들 소꿉놀이라도 되는 줄 착각이라도 하는 건가? 그럴듯한 내 애인 역할을 해내려면 적어도 사장 옆에 있을 만한 여자구나, 주변에 티는 나야 할 거 아니야."

거침없는 성빈의 말에, 하연의 말문이 막혀 버렸다. 성빈이 점원에게 점잖은 말투로 다시 지시했다.

"방금 말한 구두 전부 포장해 줘요. 가격표는 다 떼 주고."

구두 매장에서 나와 성빈과 나란히 걷는 하연의 얼굴에, 검은 먹구름이 뒤덮였다.

드라마에서 재벌 남주가 캔디형 여주한테 이렇게 한 아름 선물을 안겨 주는 장면을 볼 때면 '와, 참 부럽다. 나도 한 번쯤 저렇게 화끈하게 받아 봤으면.' 하면서 부러워하곤 했었는데. 막상 현실에서 당해 보니 기쁘기는커녕, 걱정과 심란한 마음이 앞섰다.

옆에 걸어가는 성빈을 슬쩍 올려다보니, 여전히 천하태평이다.

"이제 출근하는 데에는 전혀 문제없는 거지."

"그것보다 정말 이거 다 받아도 될지 모르겠어요. 좀 혼란스럽네요."

"그럴 필요 없어. 그보다 다른 건 또 뭐가 필요하지?"

하연이 성빈의 말을 빠르게 낚아챘다.

"아뇨, 이거면 충분해요."

"그래."

그때 성빈의 눈에 저 멀리 승강기를 기다리고 있는 낯익은 중년의 남성이 보였다. 그 남자도 성빈에게서 눈길을 떼지 못하고 있었다. 차라리 이 절묘한 타이밍이 잘 됐다 싶은 성빈이 멍하게 걸어가고 있는 하연에게 작게 속삭였다.

"하연 씨. 허리에 팔 좀 둘러 줘."

"뜬금없이 왜요?"

"저기 엘리베이터 기다리면서, 우리 쳐다보고 있는 남자 보이지? 너무 고개 돌리지는 말고."

"아, 나이 지긋해 보이시는 분이요?"

"이 백화점에 상위 임원분이야. 할아버지의 가장 가까운 신복이기 하고."

하연이 머뭇거리다 성빈의 허리에 팔을 살짝 둘렀다.

"낯선 여자랑 이곳에 들른 모습을 분명 할아버지한테 보고할테고, 내 딴엔 그 낯선 여자가 바로 애인이라는 걸 확실히 눈도장 찍어야 하니까."

"아, 네."

"당신이랑 처음 만났었던 커피숍 그 자리에서, 매주 월요일마다 할아버지가 주선하는 선을 봤었어."

설명을 마친 성빈은 팔만 어설프게 둘렀지 간격을 두고 떨어져 있는 여자가 못마땅했다.

"조금 더 옆으로 붙지 그래."

"이렇게요?"

"조금 더."

"자, 됐죠. 이 정도면 충분하잖아요."

전혀 충분하지 않는 성빈이 양손에 가득 들고 있던 쇼핑백을 바깥쪽 손으로 전부 옮겼다. 그런 뒤 자유로워진 안쪽 팔로 하연의 허리를 강하게 휘어 감더니, 제 쪽으로 세차게 끌어당겼다.

"헉......!"

하연이 숨이 멎을 것만 같았다. 성빈의 선명한 눈동자가 조금의 여유도 허락하지 않은 채, 하연의 모든 걸 오로지 자신에게만 집중케 했다.

"내가 당신과의 간격이 충분하다고 느끼는 거리는 바로."

허리를 휘어 감은 성빈의 팔이 가슴팍 안까지 하연을 바짝 밀착시켰다.

"딱 이 정도 거리야."

*   *   *

하연이 뒷좌석에 구겨 넣은 쇼핑백을 하나, 둘 꺼내는 성빈을 말없이 바라봤다. 심란하도다. 신세 진 게 고마워 쉽게 내뱉은

'그까이꺼 뭐든 해 주겠다.'는 한마디가 이런 결과를 몰고 올 줄은 예상도 못 했었다.

마지막 쇼핑백까지 다 내린 성빈이 왠지 모르게 머뭇거리고 있는 여자를 발견했다. 예쁘게 차려입은 의상 아래로 안 어울리는 해묵은 운동화를 바닥에 톡 두드리고 있는 여자는, 생각이 많아 보였다.

"뭔가 마음에 안 드는 눈치네."

"네?"

직설적인 성빈이 스스로를 디스했다.

"이것들도. 그리고 나란 남자도."

"그런 건 아니에요."

하연이 솔직한 마음을 털어놨다.

"너무 고마운 일이죠. 어떤 이유에서건 제게 이런 정성을 쏟아 준다는 건. 그렇지만……."

"잠깐만."

그때 주머니에서 진동을 느낀 성빈이 잠시 하연의 말을 끊으며 전화를 받았다.

"어, 삼십 분 내로 들어갈 거야. 그래, 알았어."

짧은 통화를 끝낸 성빈이 바닥에 놓인 쇼핑백을 집어 들었다. 곧장 녹색 문으로 걸어가더니, 하연에게 눈짓을 보냈다.

"문 좀 열어 봐. 위에까지 들어다 줄 테니."

하연이 녹색 철제문을 열자, 두 계단씩 성큼성큼 오른 성빈이 현관문 앞에 쇼핑백을 내려놨다. 뒤따라 올라오는 여자에게 성빈이 작위적인 미소를 지으며 직구로 물었다.

"이봐, 하연 씨. 솔직히 지금 술 마실 때 그깟 다이어리 하나 때문에 나 부른 거 뼈저리게 후회하고 있지?"

"아니라곤 말 못하겠어요."

하연이 마른침을 삼키며 긍정했고, 망설임 없이 대답하는 여자가 무척 얄미운 성빈이다.

"그래서 말인데, 이 계약 서로 신중히 조금 더 생각해 보는 건 어떨까요?"

"미안한데, 그럴 생각 따윈 없어."

성빈이 단호하게 제 의사를 밝히며, 계단을 내려가기 위해 몸을 돌렸다. 그와 동시에 남자의 한쪽 입꼬리가 사악하게 말려 올라갔다. 성빈은 악마와도 같은 오싹한 미소를 지으며, 여유 있게 계단을 내려갔다. 그리고 못 박는 한 마디.

"박하연 씨. 당신은 오늘부로 나한테서 절대 못 벗어나."

*   *   *

"사장님, 어제 말씀하셨던 트랜스포머 DVD 전 시즌 구해 놨습니다."

"수고했어."

홍보팀에서 올린 하반기 마케팅 전략 기획안을 집중해 읽던 성빈이, 피곤한 두 눈을 검지랑 약지로 꾹 누르며 대답했다. 비서인 정구가 향이 풍부한 블랙커피를 내려놓으며, 못 참고 한마디를 보탰다.

"그런데 이 유명한 영화를 아직까지도 안 보신 거예요?"

사장은 대답이 없었다. 그에 전혀 굴하지 않는 정구가 환하게 웃으며 화제를 전환했다.

"그보다 사장님. 저번에 말씀드렸던 여자분 이후로 딱 조건에 맞는 사람이 없어서 좀 골치가 아파요. 아니면 저희 친가에 아직 시집 안 가신 막내 고모님이 한 분 계시는데, 어떻게 한번 연결해 볼까요?"

정구의 같잖은 농담에, 성빈이 건조한 투로 대꾸했다.

"이미 구했어."

"정말요? 어떤 분이신데요?"

"그냥 평범한 여자야."

제대로 얘기해 주지 않는 사장의 태도에 정구가 입을 삐죽거렸다.

"저도 어떤 분이신지 정도는 간단히 파악하고 있어야 하잖아요."

"천천히."

요즘 매일 야근의 연속인 성빈이 살짝 식어 버린 커피를 한 모금 넘기고선 자리에서 일어났다.

"먼저 좀 들어가 볼게."

"네, 아 참. 그리고 큰 회장님께서 연락 오셨어요."

"뭐라고."

"전화 계속 안 받으시면 변호사 통해서 고소장 보내실 거라고 꼭 전하라고 하시던데요."

노인네의 엄포에 성빈이 코웃음을 쳤다. 그러다가 문득 그걸 고대로 전하며 깐족거리는 정구를 쏘아봤다.

사실 두 사람에게는 깊은 인연이 있었다.

이십 대 중반, 편하게 살아온 나날들을 뒤로하고 남자는 무조건 군대를 다녀와야 한다는 큰 회장의 명령이 떨어졌다. 마음의 준비도 제대로 못 한 채, 군대에 입대하게 된 성빈의 직속 선임이 바로 저 깐족거리는 비서, 이정구였다.

한동안 세 살 어린 선임의 무자비한 갈굼이 계속되던 차, 말년 마지막 휴가 때 무슨 바람이 불었는지 성빈에게 유독 살갑게 굴어 왔다. 술 한 잔을 기울이며 왜 유독 자기만 갈구냐고 따져 묻는 성빈에게, 그는 본인이 언제 그랬냐며 발뺌을 했다. 성빈에겐 지옥 같았던 지난날을 한 장의 추억쯤으로 생각하는 녀석의 태도에 할 말을 잃었다.

그때부터 성빈은 피의 복수를 꿈꿨고 정확히 반년 후 제대할 때, 그 선임의 번호가 적혀 있는 수첩을 한 손에 꼭 쥐고 사회로 나왔다. 성빈의 급작스러운 연락에 잠시 주춤해하던 선임은 언제 그랬냐는 듯 반색하며 안부를 물어왔고, 둘은 같은 하늘 아래 결국 재회했다.

뭐하고 지내냐는 성빈의 물음에, 정구는 학교에 복학해서 다니고는 있는데 영 적성에 안 맞는다고 투덜댔다. 그 대답에 일자리가 하나 있는데 해 볼 생각 없느냐고 성빈이 제안을 했고, 뻔뻔스럽게도 정구는 그걸 덥석 물었다.

하지만 성빈이 꿈꿔 왔던 피의 복수는 산산조각이 나고 말았다.

정구는 입사하는 그날부터 성빈에게 무서운 충성심을 보이며 그가 귀찮아하는 작은 일부터 크게 신경 써야 할 부분들까지 제법 잘 처리해 나갔고, 별거 아닌 걸로 트집을 잡고 깐깐하게 구는 성빈을 잘 견뎌 내고 있었다.

사회생활을 어떻게 해야 하는지 정말 제대로 보여 주는 독한 녀석이었다. 물론 날이 갈수록 잔소리는 더 심해지고, 깐족거림으로 무장한 간섭과 훈계도 늘 빠지지 않았다. 극딜을 당할 때면 확 잘라 버릴까 하는 마음이 불쑥 들다가도, 이놈의 정이 뭐라고 '내가 참고 말지'라는 마음으로 넘어가 줬다.

그런 정구이기에 이번에도 성빈은 그냥 한숨만 쉰 채 집무실을 나섰다.

＊　　　＊　　　＊

고층 맨션 도어록을 풀고 집안으로 들어서는 성빈의 얼굴에, 피곤한 기색이 역력했다.

상반기 매출 실적으로 인해 계속되는 회의와 유난히 신경 쓸 것이 많은 요즘, 남자는 쉴 틈 없이 바빴다. 그에 따른 피로가 제법 누적되었다는 걸 나날이 느끼며, 성빈은 각 부서에서 올린 기획안들과 서류를 잔뜩 챙겨서 일찍 귀가했다.

가볍게 샤워를 마치고 이 층 서재실로 올라가 가방에서 서류들을 꺼내는데, 안쪽에서 정구가 챙겨 준 DVD가 눈에 들어왔다.

"어차피 재미도 없을 거 같긴 한데……."

어떤 내용인지만 잠깐 볼까.

DVD들을 시큰둥한 눈으로 훑어보던 남자가 등을 돌렸다. 그는 글라스 잔에 얼음을 채워 양주를 따른 뒤, 거실 구석에 위치한 테라스로 연결되어 있는 계단을 천천히 올라갔다.

두 달 전, 한창 단조로운 테라스에 질린 터라, 성빈은 대대적으로 리모델링을 진행했다. 아늑한 야외 카페처럼 바뀐 테라스는, 고급스러운 미니 가로등의 은은한 빛을 받으며 참 운치 있게 빛나고 있었다. 성빈이 테라스 가운데에 위치하고 있는 미니 프로젝터를 켜더니, 들고 있던 DVD를 연결했다.

테이블 위에 올려놨던 글라스 잔을 든 성빈이 벽면을 마주 보고 있는 소파에 앉아 편안한 자세로 등을 기댔다. 다소 지루하게 시작하는 초입 부분을 건성으로 쳐다보던 성빈이 점차 시간이 지날수록 집중을 하기 시작했다.

뻔한 스토리를 예상했었는데 생각보다 볼거리가 많았고, 여주인공은 눈을 뗄 수 없을 정도로 섹시했다. 하지만 하연이 말했던 부분은 전혀 이해가 가질 않았다.

'다 쓰러져 가는 똥차가 도대체 뭐가 근사하다는 거지.'

하연이 말했던 걸로 추정되는 노란색 '범블비'라는 차가 눈에 들어왔다. 당장이라도 멈출 것 같이 심하게 흔들리는 허접하기 짝이 없는 외관이었다. 먼지는 또 왜 이렇게 뒤집어썼는지, 도대체가 그 여자가 말하는 근사함이라고는 찾아볼 수가 없었다.

그때 '외계 로봇인데 왜 이렇게 겉모습이 후져?' 자신이 하고 싶었던 말을 여주인공이 내뱉는 순간. 자존심이 상한 범블비가 두 주인공을 도로 한가운데에서 밖으로 밀어내 버리더니, 혼자 도주하는 장면이 나왔다. 어이가 없는 성빈이 실소를 터트렸다.

"쯧, 똥차 주제에 성격까지 더럽네."

그때였다.

평소 좋아했었던 호테이 토모야스(Hotei Tomoyasu)의 'Battle Without Honor Or Humanity'가 배경음악으로 멋스럽게 깔리면서, 지나가는 차들 중에 가장 근사한 노란색 스포츠카를 모방해 범블비가 화려하게 변신했다. 그와 동시에 성빈의 눈도 살짝 커졌다.

*　　　*　　　*

"누나 정말 오늘까지야?"

신작 도서가 종류별로 나열된 표를 형광펜으로 체크하고 있는 하연의 옆으로 케이가 다가왔다.

"왔어? 잠시만."

"응, 빨리 말 좀 해 봐."

마지막 줄까지 확인을 끝낸 하연이 서류를 덮으며, 고개를 끄덕였다

"응, 점장님한테 사정 말하니깐 바로 오케이 하셨어. 그리고 어차피 내가 하던 일은 너도 다 할 수 있고, 사실 매출 대비 직원 수가 많다고 본사에서도 말이 많았잖아."

"서운해서 그러지."

하연이 업무 일지를 케이에게 넘겨주며, 어깨를 툭 쳤다.

"밖에서 더 자주 만나면 되지."

"그렇긴 해."

"이번 주까지 신간 입고된 목록은 내가 다 정리해 놨으니까, 다음 주부턴 네가 이어서 하면 돼."

"알았어. 그리고 토요일에 우리 팀 시즌 마지막 공연하는 거 기억하고 있지? 민경 누나랑 꼭 와."

하연이 눈을 게슴츠레하게 치켜뜨며 거친 호흡을 담아 속삭였다.

"내가 지금 토요일만 손꼽아 기다리고 있는 사람이야. 요즘 학원에서 제대로 된 섹시 댄스 하나 배우고 있거든."

하연의 속삭임은 더욱 은밀해졌다.

"군살 좀 태운다고 등록했던 에어로빅 학원에서, 누나의 숨겨 왔던 본능을 무섭게 폭발시키고 있어."

손가락을 가볍게 하늘로 찔러 보이는 하연의 모습에, 케이가 귀여워 죽겠다는 눈빛으로 픽 웃었다. 그때 점장이 하연에게 다가왔다.

"하연 씨, 그동안 수고 많았어. 급하게 퇴사해서 성의 있는 건 준비 못 했고, 이 상품권으로 지갑이라도 하나 장만해."

"어머, 이런 건 왜 준비하셨어요. 제가 더 죄송스럽게."

하연이 미안해하자, 인자한 미소로 점장이 달래듯 말했다.

"하연 씨 그동안 고생 많이 한 거 내가 잘 알아. 뭐 하나를 하더라도 싫은 내색 없이 성실하게 해 줬던 직원이라 놓치기 아깝긴 한데, 한편으로는 더 좋은 데 간다니까 안심이 되네."

점장의 따뜻한 목소리에, 하연의 눈시울이 금세 붉어졌다.

"뭘 또 울려고 그래. 하여간 마음은 약해 가지고. 다음 주에 직원들 다 같이 스케줄 잡아서 회식 한번 잡을 테니까, 그때 제대로 된 송별회하자고. 어서 퇴근해."

제 할 말을 끝낸 후 멀어져 가는 점장의 뒷모습을 보며, 하연이 작게 중얼거렸다.

"점장님, 저도 그동안 감사했어요."

"이 누나 청승은. 어차피 옮기는 회사 가서는 일도 안 한다며. 그럼 짬 내서 매일 놀러 오면 되지."

케이의 유쾌한 목소리에 작은 미소를 흘린 하연이 마저 정리를 시작했다. 빈 A4박스에 미리 챙겨 갈 것을 담아 놓은 그녀가 창고로 향했다. 카디건을 걸치며 나갈 채비를 하는 하연을 두고, 케이가 먼저 박스를 들고 창고를 나섰다. 그는 가방을 어깨에 걸치며 밖으로 나온 하연에게 말했다.

"무거우니까 택시까지 들어다 줄게."

"고마워."

"역시 나밖에 없지?"

평소에 늘 애교가 넘치는 케이였다. 하연은 외동이었기에, 케이의 살가운 애교가 정말 의남매를 맺고 싶을 정도로 사랑스러웠다. 케이의 엉덩이를 가볍게 두드리며 하연이 환한 미소를 흘렸다.

"그럼. 역시 우리 케이밖에 없어."

케이와 즐겁게 이야기를 나누던 그때, 하연의 눈에 익숙한 인물이 서점 안으로 들어왔다. 성빈이었다. 그의 갑작스러운 등장에 하연이 걸음을 옮기려는데, 그녀를 발견한 성빈의 분위기가 심상치 않다.

"성빈 씨, 연락도 없이 여긴 웬일이에요?"

성빈이 참을 인을 가슴에 새겼다.

"연락도 없이? 휴대폰부터 좀 확인해 봐."

하연이 가방에서 휴대폰을 꺼내 확인해 보니, 전화가 네 통이나 쌓여 있었다. 물론 남자에게서.

"이제 봐서 몰랐네요. 무슨 일 있어요?"

"아니."

"……그런데 왜 전화를 네 통씩이나……."

"안 받으니까."

성빈의 대답은 간단명료했다. 두 사람을 멀뚱히 바라보고 있던 케이가 성빈에게 먼저 인사를 건넸다.

"안녕하세요. 하연이 누나 직장 동료 케이라고 합니다."

"김성빈입니다."

"어떤 분이신지 꼭 만나보고 싶었는데. 형, 반갑습니다."

성빈이 거슬리는 호칭에 미간을 좁혔다.

"형?"

"네, 형도 말 편하게 놓으세요."

붙임성 좋은 케이의 유쾌한 목소리에, 성빈은 작게 한숨을 내쉬었다.

"그럼 누나는 성빈이 형이 데려다 주면 되겠네."

케이가 들고 있던 박스를 망설임 없이 성빈에게 건넸다. 짜증이 밀려들었지만, 성빈은 일단 여자를 데리고 이곳에서 나가는 편이 낫겠다고 판단했다. 박스를 받아 든 남자가 큰 보폭으로 서점을 나섰다.

하연이 케이에게 손 인사를 한 뒤, 종종걸음으로 남자의 뒤를 따랐다.

먼저 시동을 걸고 기다리던 성빈이 하연이 차에 오르자 속력을 내 액셀을 밟았다. 남자의 주변에 번지는 잿빛 오라에 말을 붙이기가 쉽지 않았다. 눈치를 보던 하연이 에라, 모르겠다 음악 버튼을 꾹 눌렀다. 웅장하면서도 스산한 클래식 멜로디가 두 사람 사이를 메웠다. 한참만에야 성빈이 심각한 얼굴로 입을 열었다.

"그쪽은 아무 남자 엉덩이에 손 올리고 그러는 거, 잘하는 타입인가 보지?"

"나 참, 친해서 그러는 거죠."

하연이 픽 웃으며 대꾸를 했고, 성빈의 얼굴은 한층 더 어두워져 갔다.

"그리고 앞으로 전화는 세 번 이상 울리기 전에 무조건 받아."

"노력할게요."

이건 뭐 즉시 대답을 해 버리니, 딱히 화를 낼 수도 없는 성빈은 속이 끓어올랐다. 하연이 살긋이 웃으며, 눈치를 살폈다.

"성빈 씨."

"말해."

"지금 화난 이유 중에 다른 남자 엉덩이 만진 거랑, 전화 안 받은 거. 그거 말고 또 있어요?"

하연은 성빈의 무반응에 민망한 웃음을 터트렸다.

"방금 제가 성빈 씨한테 물어본 질문, 진짜 웃기지 않아요?"

"뭐가."

"꼭 말의 요지가 마치 질투라도 하냐는 것처럼 들리잖아요."

웃음기 하나 없는 얼굴로 성빈이 고개를 돌려 여자를 쳐다봤다.

"그럼 아닌 것 같아?"

"네?"

두 사람이 잠시 정지했다. 곧 하연이 성빈의 어깨를 찰싹 치며, 애써 긴장을 풀었다.

"장난치지 말아요."

"난 그런 거 못해. 도착했네, 내려."

차에서 먼저 내린 성빈이 박스를 들고 계단을 올라갔다. 남자를 따라 부지런히 올라온 하연이 팔을 뻗어 박스를 건네받으려고 했지만, 성빈은 그저 문을 열라는 눈짓을 보냈다.

"무거우니까 안에 들여놔 줄게."

"아뇨! 정말 괜찮아요."

너무 단칼에 거절하는 하연의 태도에 묘하게 자존심이 상하는 성빈이다.

털썩―

싫다는데 일부러 수고를 들일 필요는 없지. 시멘트 바닥에, 박스를 내려놓은 성빈이 팔짱을 끼고 여자를 쳐다봤다. 하연이 마주 보며 머쓱한 미소를 지었다.

"차라도 한잔하고 가라는 매너는 그쪽한테 기대할 수 없는 건가?"

"그럼 집은 좀 그렇고, 저번에 갔던 카페나 근처 식당에서 밥이라도 먹을래요?"

빈정 상한 성빈이 집요하게 물었다.

"집은 왜 좀 그런 건데?"

"그게……."

"저번에 나를 지칭한 호칭 그대로 낯선 남자를 함부로 집에 들일 수는 없다. 뭐 그런 건가."

사실 성빈 본인조차도 생각해 보면 틀린 말은 아니었다. 그런데 괜히 심사가 꼬인다.

"식사는 나중에 해. 그리고 노파심에 말해 두는 건데, 남녀 사이엔 친구란 없어. 아까 그 케이라는 자식하고 당신 사이도 마냥 순수할 수는 없다는 얘기야."

하연의 눈초리가 가늘어졌다.

"그러니깐 늘 행동 조심해. 당신이 그저 친하다고 생각하는 상대에게 오해의 소지가 없도록, 그리고 당신 옆에 있는 남자가 혹시나 불편해하지 않도록 말이야."

아예 눈치가 없진 않으니, 못 알아듣진 않겠지. 그때 하연이 흘러내린 머리카락을 귀 뒤로 넘기며, 청초한 미소를 머금은 채, 부드럽게 말했다.

"남녀 사이에 친구가 왜 없어요, 우리 같이 어른이 돼서 맺은 절친도 있는데."

"절친?"

성빈이 어이가 없다는 듯 헛웃음을 터트렸다.

"이봐, 박하연 씨. 난 그쪽이랑 절친 같은 거, 맺을 생각 없어."

"왜요?"

"난 친하다는 이유로 이성 엉덩이나 쉽게 만지고 그러는 거, 딱 질색인 사람이야."

성빈은 조금 전 케이의 엉덩이에 얹혀 있던 하연의 손을 떠올리며 눈을 찌푸렸다.

"남녀 사이에 친구라는 건, 가능성이 있는 잠재적 이성 관계일 뿐이지."

"틀린 말은 아니에요. 하지만."

하연이 옅은 미소를 띠었다.

"성빈 씨도 연애를 할 여건이 안 돼서 저랑 계약 연애를 하게 된 것처럼, 사람마다 경우가 다른 거잖아요."

"갖다 붙이긴."

"그러니깐 적당히 튕기고, 우리 친구해요. 엉덩이 팡팡 많이 해 줄게요."

즐거운 듯 혼자 조잘거리고 있는 하연을 성빈이 못마땅하게 쳐다봤다. 갑자기 가슴 한편이 답답해져 왔다.

이 여자를 옆에 둔 이유. 그래, 지금 내 스스로가 제일 큰 착각을 하고 있는 건지도 모르겠어. 상대 쪽에서 먼저 철벽을 쳐 준다면 이보다 더 완벽한 관계는 또 없지. 김성빈, 너무 복잡하게 생각하지 말자.

"다시 생각해 봐도 친구 사이는 별로야."

성빈이 차분한 어조로 말했다.

"적당히 비즈니스 관계라고 해 두지."

하연의 눈이 살짝 커졌다가 다시 원래대로 돌아왔다. 왠지 모르게 드는 서운한 마음.

"그거 괜찮네요."

"피곤할 텐데 이만 들어가. 내일 아침에 데리러 올게."

말을 마친 성빈이 하연을 뒤로하고 계단을 내려가며 고민했다. 한 계단, 내가 왜 저 여자의 작은 행동에. 두 계단, 이렇게까지 반응을 하는 것이며. 세 계단, 마치 폼페이 최후의 날처럼 속이 타올라 뒤집어지는 것인가. 도대체 왜!

자존심이 상한 성빈이 신경질적으로 뒷머리를 쓸어 올리며, 쿠페에 올라 문을 거칠게 닫았다. 차창 너머로 아직 집에 들어가지 않고 서 있는 하연이 보였다. 성빈의 시선을 느낀 하연이 싱긋 웃으며 한 손을 가볍게 흔들기 시작했다.

"김성빈, 네놈이 제대로 돌았지."

*　　*　　*

청담동 극소수의 특별한 손님들만 들어갈 수 있다는 화려한 외관을 자랑하는 회원제 고급 바(bar)로 성빈이 들어섰다. 이미 도착해 한잔 걸치고 있던 진욱이 그를 반겼다.

"왜 이렇게 늦었어."

"해외 지사 화상 미팅이 갑자기 잡혀서 처리 좀 하고 오느라. 달모어 50년산 디켄터로 한 잔 부탁해요."

진욱의 옆에 자리를 잡은 성빈이 바텐더에게 평소 마시던 양주로 주문을 넣었다.

"상태 보니 요즘 안 하던 일 좀 하느라고 고생이 많나 봐. 피곤해 보이네."

"이래저래 골치가 좀 아파."

"성하 누나는 요즘 좀 어때? 여전히 말을 안 하시는 거야?"

성빈이 말없이 고개를 끄덕였다.

"덕분에 네 책임감이 막중하겠다. 사실 놀고먹는 거 전문인 녀석인데."

"그보다 누나 자리에 앉힐 여자를 정했어."

진욱이 반색을 했다.

"정말? 어떤 여잔데? 생각보다 빨리 구했네."

"그냥 평범한 여자야."

"평범? 어떻게 알게 된 여잔데?"

성빈이 하연을 떠올렸다. 첫 만남부터, 조금 전 헤어질 때 마지막으로 눈에 꽂혔던, 노을에 반사된 옅은 미소.

"그냥 내가 도움을 좀 줬어."

"별 감정은 없는 거고?"

"아마도. 그것보다 현아한테는 계약 관계 비밀이야. 너만 알아."

성빈이 조소를 머금으며 제법 차가워진 양주를 한 모금 넘겼다. 알싸하니 톡 올라오는 알코올 맛이 꽤 괜찮았다.

"알았어. 그럼 이번 모임 때 볼 수 있는 거야?"

"되면 데리고 나갈게."

진욱이 신난다는 얼굴로 느물거리며 물었다.

"어떤 스타일이야? 너야 뭐 워낙 섹시과라 아마도 볼륨감
이……."

"섹시과? 지금 내 얘기라도 하고 있었던 거야?"

허리를 빳빳하게 곧추세운 채, 높은 하이힐을 신은 현아가 두
사람에게 다가왔다. 진욱이 아차 싶은 표정을 지었다. 현아가 길
게 붙인 손톱을 제 남자친구 목덜미에 살짝 그으며 오싹하게 말
했다.

"그 잘생긴 입에서 다른 여자 얘기 나오면, 죽여 버린다고 분
명 경고했었지."

진욱이 볼을 살짝 붉적이며, 친구를 슥 쳐다봤다.

"자기야, 오해 풀어. 성빈이 녀석 이번에 새로 만나는 여자 얘
기 좀 하고 있었어."

"어머, 김성빈. 너 여자 생겼어?"

성빈에게서 대답이 없자, 현아가 깜짝 놀란 얼굴로 목소리 톤
을 높였다.

"야, 말 좀 해 봐. 난 너랑 유선이랑 죽고 못 살아서 한참 다른
여자 못 만날 줄 알았었는데. 이게 웬일이래?"

"갑자기 정유선 얘기는 여기서 왜 꺼내."

진욱이 제 여자 친구에게 엄한 눈길을 보내며 빠르게 눈치를 줬다. 현아가 짙게 발색된 빨간 입술을 삐죽거렸다.

"없는 사실을 말한 것도 아니고, 뭘 그렇게 숨겨야 되는데? 저번에 샵에서 유선이 만났을 때 얘기 들어 보니까, 걘 아직도 너랑 잘해 볼 생각하고 있던데. 넌 생각 없어?"

"내 쪽은 전혀."

성빈이 단칼에 잘랐다.

"그런데 진짜 도대체 두 사람 사이에 무슨 일이 있었던 거야? 난 솔직히 너희 결혼까지 할 줄 알았어. 특히 성빈이 너 주변에 모르는 사람 없을 정도로 유선이 많이 아꼈었잖아. 그랬던 너희가 무슨 이유로 깨진 건지 궁금해 죽겠어."

성빈이 대답 없이 술을 입가에 갖다 댔다. 진욱이 그만하라는 눈치를 보내자, 현아가 칵테일 잔에 올려진 체리를 입에 물었다. 분위기 전환을 위해, 진욱이 능글맞게 현아에게 입술을 쭉 내밀었다.

"치사하게 혼자 먹지 말고, 나도 좀 줘 봐."

"이 변태야, 저리 꺼져."

현아가 제 남자 친구를 외면하며, 생각에 잠겨 있는 성빈의 어깨를 툭 쳤다.

"야, 김성빈. 이번에 새로 사귀는 여자 예뻐?"

글라스 잔에 찰랑이고 있는 골드 빛의 양주를 잠시 내려다보던 성빈이 느릿하게 대답했다.

"예쁜 것 같긴 해."

"사귄 지 얼마 되지도 않았는데, 예뻐서 죽이고 싶다고 말은 못 할망정 '같긴 해'는 또 뭐야?"

성빈이 픽 실소를 터트렸다.

"네 말이 맞네."

"뭐가."

"내 눈에는 그 여자가."

진욱과 현아의 시선이 성빈에게 집중됐다. 성빈이 쓴 미소를 띠며, 두 사람에게 인정하듯 고개를 끄덕였다.

"자꾸 눈에 밟혀. 박하연, 그 여자가."

*　　　*　　　*

햇볕이 맑게 내리쬐는 아침. 외출 준비를 마친 하연이 서둘러 핸드백을 낚아챈 뒤, 현관문을 열었다. 이미 도착한 성빈이 차에 기댄 채 팔짱을 끼고 그녀를 기다리고 있었다.

"오래 기다렸어요?"

"아니."

성빈이 사 준 오피스룩을 곱게 차려입은 하연은 유난히 빛이 났다.

"성빈 씨, 어때요? 저 오늘 좀 괜찮죠?"

하연이 제 자리에서 한 바퀴 턴을 돌며 성빈에게 물었다.

"본인 입으로 그런 얘기를 아무렇지도 않게 하는 뻔뻔함이 참 부럽네."

"오늘 제법 신경 좀 썼단 말이에요."

그때 하연의 눈길이 성빈의 뒤편에 있는 번쩍이는 큰 노란색 물체로 향했다.

"우와, 이거 범블비 아니에요?"

"호들갑은."

"이 차가 실제로도 있었어요? 정말 신기하다."

성빈이 조수석 문을 열어 줬다. 차에 올라 연신 내부를 살피는 하연의 눈이 휘둥그레졌다.

"범블비를 모델로 한 차종를 찾아보니, 쉐보레에서 나온 카마로라고 따로 있더라고. 일단 타."

카마로에 오른 하연이 차 안을 살피며, 연신 감탄을 내뱉었다.

"입에 파리 들어가겠네. 좀 다물지그래."

"내부도 역시 근사하네요. 그럼 성빈 씨도 영화 본 거예요?"

"그나마 여자 주인공 때문에 볼 만 하더군."

"그쵸? 그리고 보니 정말 메간 폭스가 된 기분이네요. 딱 이 자리에 앉았었는데."

여자의 같잖은 비유에, 성빈은 들은 척도 하지 않았다. 그리고 그런 남자의 의중을 눈치챈 하연이 매운 눈길로 그를 흘겨봤다.

"간단하게 브리핑을 해 주자면, 라임사는 단독 3층 건물을 다 쓰고 있어. 하연 씨가 일하게 될 곳은 바로 3층이고. 이 회사의 핵심인 마케팅 부서와 사장실, 회의실이 있고 하연 씨가 최소한 으로 마주치게 될 직원들이 있어.”

성빈의 말에 귀 기울이던 하연이 물었다.

“마케팅 부서 사람들은 몇 명이에요?”

“네 명.”

“어떤 사람들인지 좀 알려 줄래요?”

성빈이 심드렁하게 대꾸했다.

“나도 잘 몰라. 누나 혼자 경영하던 곳이라 만난 적도 거의 없고.”

“살짝 긴장되네요.”

“그럴 거 없어. 당신도 적당히만 상대하면 돼.”

“알겠어요.”

“참고로 라임사에서 내 호칭은 이사야.”

라임사 건물 앞에 도착한 성빈이, 차에서 내려 하연을 데리고 건물 안으로 들어섰다. 남자를 따라 하연이 계단을 오르는데, 유리벽 너머로 보이는 사무실 안이 몹시 어수선하고 바빠 보였다. 3층에 도착한 성빈이 사무실 문을 열고 하연을 밀어 넣었다.

마케팅 부서 사람들이 파티션 너머로 두 사람에게 가볍게 묵례를 했다. 그때 삼십 대 중반으로 보이는 깔끔한 인상의 직원이 빠른 걸음으로 다가와 인사했다.

“이사님, 오셨어요.”

“네, 민 차장님. 일단 안에 들어가서 얘기할까요.”

사장실로 들어간 세 사람이 책상에 나란히 앉았다. 잠시 후 노크를 하고 들어온 젊은 여직원이 녹차 세 잔을 내려놓고, 조용히 사장실을 나갔다.

성빈이 두 사람을 소개했다.

"하연 씨, 이쪽은 마케팅부 차장 민 차장님. 그리고 이쪽은 전에 말씀드렸었던 박 실장님."

"박 실장님, 앞으로 잘 부탁드립니다."

낯선 호칭에 하연은 어색한 미소를 띠우며, 민 차장이 내미는 손을 잡았다. 단정하고 깔끔한 인상이었다. 하연과 간단히 인사를 마친 민 차장이 서둘러 중요하게 진행할 프로젝트와 결재 건을 성빈과 의논했고, 얼마간의 대화가 이어졌다.

그동안 하연은 사장실을 둘러봤다. 책장에 가득 꽂혀 있는 책들 사이로, 종이 냄새가 코끝으로 번져들었다. 기분 좋은 나무 향이었다. 대화를 끝낸 민 차장과 성빈이 자리에서 일어났다.

민 차장이 먼저 사장실을 나갔고, 성빈도 잡혀 있는 일정이 빠듯해 시간을 확인하며 하연에게 말했다.

"잘 적응하고 있어. 이따 퇴근할 때 데리러 올게."

"전 걱정하지 말아요."

"안 해. 잘 할 거라고 생각해. 그럼 이따 봐."

하연이 사장실 문을 열고 나가는 성빈을 자연스럽게 배웅하며 어설픈 연기에 들어갔다.

"아무쪼록 운전 조심하고 이따 봐요. 어떻게 그때까지 우리 성빈 씨 기다리지."

"갑자기 왜 이래."

하연의 과한 애드리브에 거북함을 느낀 성빈이 인상을 찌푸
리며 작게 속삭였다. 하연이 뻔뻔하게 픽 웃었다.

"왜요? 그쪽이 주문 넣었던 설정대로 좀 제대로 맞춰 주려는
건데. 부담스러워요?"

"적당한 애교와 과한 설정은 차이가 크지."

하연이 비웃음을 머금고 콧방귀를 꼈다.

"진짜 연인이라도 된 양 착각에 빠진 여자처럼 안 덤빌 테니까
걱정하지 말아요. 저 이래 봬도 쿨해요."

"눈물 나게 고맙군."

"그쪽이 절 선택한 이유, 잘 알아요."

성빈의 눈초리가 늘어졌다.

"내가 당신을 선택한 이유? 그게 뭔데."

"주제 파악이 빠르다는 거. 성빈 씨랑 단지 하룻밤을 보냈다
고 큰 의미를 부여하지 않는 것처럼, 적어도 이 여자는 질척거리
는 일은 없겠구나, 판단했던 거 아니에요? 그리고 사실이기도 하
고요."

하연의 제멋대로 해석에 성빈의 입가에 비웃음이 걸렸다. 성
빈이 여자의 손목을 잡아당겨 그대로 닫힌 문에 밀친 채, 두 눈
을 똑바로 응시했다.

"이봐, 박하연 씨."

성빈의 미소는 제법 가벼웠지만, 눈빛만큼은 더없이 진지했다.

"난 그런 순수한 마음으로 당신을 내 옆자리에 쉽게 앉힌 거 아니야."

"……그럼요?"

"당신에게 내준 그 블랙카드가 절대 공짜는 아니라는 소리야."

하연이 강하게 쏟아져 내리는 성빈의 시선을 회피하며 속으로 구시렁거렸다.

'조만간 이 남자 눈빛에 타 죽지 않으면 다행이야. 작은 거 하나에도 왜 이렇게 화르르 타올라.'

"공짜 아닌 거 알아요."

"그래?"

성빈의 집요한 시선 아래로 하연이 부드러운 미소를 쪼갰다.

"노력할게요. 지금은 많이 어설플지 몰라도."

"……."

"성빈 씨를 바라보는 애절한 눈빛, 사근한 말투, 수줍은 행동 하나까지도."

"……."

"누가 봐도 깊이 사랑하고 있다고 느낄 수 있을 정도로."

여자의 그윽한 목소리에 잠시 휘말려 들었던 성빈이, 다음 말을 듣는 순간 정신을 차렸다.

"연기 학원을 다녀서라도 완벽하게 터득해서 모두를 속일 수 있도록 노력할게요! 아자, 화이팅!"

성빈이 뒤도 돌아보지 않고 계단을 성큼성큼 내려가기 시작했다.

*   *   *

혼자 남은 하연이 사무실을 구경하며, 나른한 시간을 보내고 있었다. 책도 읽고, 음악도 들으며 따뜻한 커피 한 잔으로 입가심을 했다. 그때 밖에서 노크 소리가 들리고 민 차장이 팀원들을 대동해 사장실로 들어왔다.

"박 실장님. 마케팅부 팀원들 소개 좀 시켜 드려야 할 것 같아서요."

"아, 네."

간단히 팀원들의 소개가 이어졌다.

"이쪽은 유라희 팀장입니다. 마케팅 전반적인 실무 업무를 담당하고 있고, 외부 미팅이나 작가님들 관리를 집중적으로 하고 있습니다."

유라희 팀장이 살갑게 인사를 건넸다.

"박 실장님, 안녕하세요."

뒤이어 이현 대리와 사원 태희에 대한 간단한 소개가 이어졌다. 이현 대리의 경우에는 광고에 대한 기획 쪽 분야를 맡고 있었고, 막내인 태희는 홈페이지 관리와 그 밖에 자잘한 업무를 전담하고 있었다.

팀원들이 모두 나가고, 하연이 작게 한숨을 내쉬었다. 역시 사람 상대하는 일은 첫 스타트가 가장 어렵고 피곤했다.

오늘 에어로빅에 가서 신나게 스트레스나 풀어야지 싶은 하연이, 어제 배운 동작을 복습하기 시작했다.

달수와 헤어진 뒤 나날이 심신만 지쳐 가던 찰나. 더 이상 이렇게 살면 안 되겠다는 생각에 시작한 에어로빅이, 어느 샌가 그녀의 삶에 가장 큰 낙이 되었다. 한창 몰입하고 있는 찰나 성빈에게서 전화가 걸려 왔다.

[하연 씨, 지금 밖에 도착했어. 준비하고 나와.]

"아직 퇴근 시간 아닌데요."

[아까도 말했지만 당신은 적당히 얼굴만 잠깐 비치면 돼. 그런 거 지킬 필요 없으니까 나와.]

"알겠어요. 십 분만 기다려요."

성빈의 단정한 이마가 구겨졌다.

[십분 씩이나?]

"네."

[당장 나오라고. 나 기다리는 거 못 하는 사람이야.]

하연이 못마땅하게 입술을 실룩거렸다.

"처음 만났을 때부터 알고는 있었는데. 그쪽 성격 진짜 급한 거 알아요?"

성빈은 답도 없이 전화를 뚝 끊어 버렸다.

허공에 대고 성빈이 긴 한숨을 내뱉고 있는데, 정확히 십 분 뒤 하연이 건물 안에서 모습을 나타냈다. 느긋해 보이는 여자의 표정이 무척이나 얄미웠다.

"정말 딱 십 분 채워서 나오는 고집스러움이 대단하군."

"제가 시간 개념 하나는 제대로 박혀 있거든요."

하연이 차에 오르며 뻔뻔하게 싱긋 웃었다.

"근데 집에 데려다주려고 온 거예요?"

"첫날이기도 하고, 어쨌든 식사나 한 끼 하는 게 맞는 것 같아서 예약 잡아 놨어."

휴대폰을 꺼내 시간을 확인한 하연이 곤란한 표정으로 말했다.

"시간이 좀 애매해서 그런데 식사는 나중에 하면 안 될까요?"

"왜."

"중요한 일이 있어요."

계획이 틀어진 성빈이 눈썹을 찡그렸다.

"중요한 일이 뭔데?"

"사실 에어로빅 학원에 가야 돼서요. 오늘 배우는 부분이 중요한 부분이라, 빠지기가 좀 곤란하거든요."

한낱 에어로빅에 자신의 호의가 거절당하자, 남자는 결국 언성을 높였다.

"그깟 에어로빅 때문에, 내 식사를 거절해?"

"미안하게 됐어요."

사실 하연에겐 나름대로의 사정이 있었다.

주말에 민경과 함께 케이의 이번 시즌 마지막 공연을 보러 가기로 약속이 잡혀 있었다. 공연이 끝난 후 치르는 뒤풀이 자리가 있는데, 매번 억지로 떠밀려 나가 노래며, 막춤을 몇 번 선보인 적이 있었다. 혹시 몰라 그날을 대비해, 학원에서 배우는 걸 그룹 댄스에 집중을 하고 있었다.

일말의 여지가 없는 하연의 단호박 같은 태도에, 성빈의 분위기가 착 가라앉았다. 하연의 시선이 살며시 남자에게 닿았다.

"아니면 학원 앞에서 간단하게 먹을래요? 제가 살게요."

"됐어."

"일부러 시간 뺀 거 아는데 어떻게 그냥 보내요. 저도 후딱 먹고 수업 들어가면 돼요."

대답이 없는 성빈이 속으로 콧방귀를 뀌었다. 퍽이나, 배려심 한번 깊군. 누가 그쪽이랑 밥 한 끼 못 먹어서 안달이라도 난 줄 아나 보지?

동네로 들어서자, 하연이 학원 근처에 위치한 공영주차장으로 방향을 알려 줬다. 차에서 먼저 내린 하연이 주차를 끝내고 입구로 걸어 나오는 성빈에게, 정면에 위치한 허름한 가게 하나를 가리켰다.

"저기가 무려 십 년은 더 된 전통 있는 부대찌개 집이거든요. 정말 맛있어요. 어때요?"

포장마차에 이어 절대 제 스타일이 아닌 성빈이 대충 고개를 끄덕였다.

"어차피 어디든 똑같을 것 같은데, 아무 데나 가지."

"부대찌개 별로면 다른 데 갈래요?"

어디에서, 뭘 먹든, 이 동네 수준 정도는 뻔히 감이 잡히는 성빈이 두말없이 직행했다. 아직 이른 저녁이라 그런지 가게 안이 제법 한산했다. 구석에 자리를 잡은 두 사람 앞에 곧 부대 냄비가 올려졌다. 성빈이 퉁명스럽게 물었다.

"원래 사람 상대할 때 밀당 자체를 즐기는 편인가 보지."

"누가요? 제가요?"

하연이 화들짝 놀랐다.

"저 그런 거 전혀 못 해요. 하다못해 연애할 때도 밀당이란 거 자체를 해 본 적이 없는 걸요."

"그건 본인 생각이고."

"근사한 데서 저녁 사 준다고까지 했는데, 여기로 끌고 와서 그런 생각이 든 거예요?"

하연이 먹음직스럽게 익은 라면과 건더기를 앞 접시에 골고루 담아 성빈의 앞에 놔 주었다. 그 모습을 지켜보던 성빈은 아무리 생각해도 여자의 핑계거리가 말이 되지 않는다는 결론에 도달했다.

"그 많은 학원 중에 에어로빅이라. 역시 남다르다 했더니, 적어도 진부하진 않네."

"그만 구시렁대고 면발 부니깐 얼른 들어요. 나중에 맛있는 거 사 준다고 하면, 발 벗고 따라나설게요."

성빈이 무정한 얼굴로 단호하게 선을 그었다.

"미안한데, 다음번은 없어."

"흥, 치사해."

"서운한 척 연기 그만하고 바쁜 일정 소화하려면 그쪽이나 얼른 먹지 그래."

이 남자, 눈치 한번 진짜 빠르네. 하연이 허기진 배를 채우고자 분주하게 젓가락을 움직이기 시작했다. 성빈 입장에서도 어쨌든 저를 배려한다고 없는 시간 쪼개서 데리고 온 걸 잘 알기에, 앞 접시에 담긴 건더기를 굼뜨게 입으로 가져갔다.

"성빈 씨, 깨작깨작 먹네요. 입에 영 안 맞아요?"

"먹을 만해."

성빈이 적당히 대꾸했다.

"운동하기 전에 많이 먹으면 배 아픈데. 먹다 보니 밥 한 그릇을 다 비웠네."

완전히 비워진 제 밥그릇과는 달리, 거의 그대로인 남자의 밥그릇을 확인한 하연은 괜히 미안한 마음이 들었다. 계산을 마치고 가게에서 나온 하연이 성빈을 올려다봤다.

"저녁, 덕분에 잘 먹었어요."

"계산은 그쪽이 했잖아."

"어쨌든 혼자 먹을 저녁 같이 먹어 줬으니 고마운 거죠. 그럼 전 이만 가 볼게요. 성빈 씨, 운전 조심히 해요."

인사를 마친 하연이 멀지 않은 학원 건물을 향해 발걸음을 옮기기 시작했다. 그런 하연의 태연한 뒷모습을 팔짱을 낀 채 응시하던 성빈이 중얼거렸다.

"저 여자는 도대체 뭐가 저리 태연한 거지. 이쯤 되니 짜증 날 정도네."

＊　　＊　　＊

퇴근 준비를 마친 하연이 사장실 문을 열고 나왔다.

"불타는 금요일인데 정시 퇴근들 안 하세요?"

"실장님까지!"

아까 점심 먹을 때까지만 해도 단정했었던 하연의 의상이 어느새 바뀌어 있었다. 흰색 스키니 진에 날렵한 은색 운동화, 배꼽 근처로 내려온 핑크색 면 티 위로 카디건을 헐겁게 걸쳐 입었다. 유팀장이 탄성을 내질렀다.

"실장님! 복장 뭐예요? 완전 대학생 같은데요?"

"정말요? 그래 보여요?"

유 팀장의 반응이 마음에 드는지, 하연이 신나서 어깨를 들썩여 보였다.

"사실 오늘 친한 동생 공연 마지막 날이라 이태원에 놀러 가기로 했거든요. 그래서 좀 상큼 발랄하게 분위기 좀 내 봤는데. 정말 괜찮아요?"

"정말 잘 어울리세요! 그러고 보니까 공연장 가 본 지가 언젠지 기억도 안 나네. 어떤 공연하는 건데요?"

가방을 뒤적거린 하연이 휴대폰을 꺼내 동영상을 보여 줬다.

"주로 이태원이나 대학로 근처에서 공연하는 록 밴드예요. 라이브 클럽이나 소극장 잡아서 이미 소규모 콘서트도 여러 번 열었고요."

동영상에서 눈을 못 떼는 유 팀장을 보며 하연이 고개를 기울였다.

"팀장님 약속 따로 없으시면 같이 보러 갈래요?"

"가 보고 싶긴 한데…… 오늘은 좀 그렇고요. 다음 공연 때 팀원들하고 다 같이 보러 가요."

"그래요, 그럼."

하연이 휴대폰을 거둬 가방에 도로 넣는데, 작업 중이던 유 팀장의 모니터가 눈에 들어왔다.

"어? 이 작가님 이번에 신간 출간하세요? 저 완전 팬인데."

"실장님 말도 마세요. 저 요즘 이 작가님 때문에 얼마나 고생 중인데."

"그게 무슨 소리예요?"

유 팀장에게 대충 상황을 전해 들은 하연이 잠시 고민에 빠졌다. 그때 가방에서 벨소리가 울렸다.

*　　*　　*

임원 회의가 생각보다 장시간으로 늘어진 탓에 성빈이 늦게

야 모습을 나타냈다. 정구가 미리 준비해 놓은 블루베리 생과일 주스를 내밀었다. 성빈이 건조한 목을 축이며, 스케줄 표를 확인했다.

"다음 일정은 왜 없어."

"회의가 언제 끝날지 몰라서 일단 전부 미뤄 뒀습니다."

성빈이 고개를 끄덕였다.

"수고했어. 이만 퇴근해."

"사장님도 피곤하실 텐데, 오늘은 집에 들어가셔서 좀 쉬시지 그러세요. 그래도 나름 불금인데."

홀가분한 마음으로 퇴근하고 싶은 정구가 사장을 꼬드겨 봤지만, 그는 손을 휙 내저어 보일 뿐이었다. 정구가 집무실을 나가는 동시에 성빈은 휴대폰을 확인했다. 진욱에게서 여러 통의 전화가 들어와 있는 것을 확인한 성빈이, 귀찮다는 얼굴로 통화 버튼을 눌렀다.

[김성빈. 통화 한번 하기가 왜 이렇게 힘들어?]

"연달아 회의 있었어. 무슨 일인데."

연결음 너머로 들려오는 진욱의 주변이 제법 시끄러웠다.

[너 오늘 동창회인 거 잊었어? 내가 몇 번이나 말해 줬었는데, 또 건성으로 들었지?]

"그게 오늘이었어? 몰랐네."

성빈이 심드렁하게 대꾸했다.

[너 요즘 너무 안 와서 얼굴 까먹겠다고 다들 난리들이야. 하

던 거 정리하고 빨리 넘어와.]

"글쎄. 뭐, 알겠어."

통화를 하며 가볍게 들여다보던 서류를 내려놓은 성빈이 대답을 했다. 이어 진욱이 능청스럽게 물었다.

[저번에 네가 말했던 그 여자 오늘 볼 수 있는 거야?]

자리를 털고 일어난 성빈이 재킷을 낚아채 집무실을 빠져나갔다.

"일단 물어보고."

[궁금하니까 되면 꼭 데리고 와. 그런데 이름이 뭐랬지?]

"박하연."

[맞다, 하연 씨. 아무튼 서둘러 출발해!]

친구와의 짧은 통화를 마친 성빈이 여자에게 전화를 걸었다.

[네, 성빈 씨.]

"밖인 것 같은데, 퇴근 중인가."

[네. 성빈 씨는요?]

하연의 목소리가 왠지 모르게 들떠 보였다.

"나도 지금 호텔 나가려던 참이야. 집으로 곧장 가는 거면 잠깐 시간 좀 내."

[저 선약이 있어서 오늘은 좀 곤란한데. 무슨 일인데요?]

호텔 로비 중앙으로 걸어가는 성빈이 인사를 건네는 직원에게 눈짓을 해 보였다.

"나도 잊어버리고 있었는데, 오늘 동창회가 잡혀 있었어."

[중요한 모임이에요?]

"당신이 안 빼먹고 꼭 가야만 하는 에어로빅만큼은 아니야."

남자의 뒤끝 어린 발언에 하연이 지하철 개찰구를 빠져나가며 웃음을 삼켰다.

"아무튼 뭐 알겠어. 사실 갈 수 있을 거라는 기대는 별로 안 했어."

[다음번엔 미리 말해 주면 시간 비워 놓을게요.]

지하철 상가에 위치한 미니 커피숍에서 주문을 하고 있는 민경이 저 멀리 보였다. 하연이 작게 중얼거리는 말이 성빈의 귀에 들려 왔다.

[좀 늦을 거 같다더니 벌써 도착했네?]

"누가."

[오늘 보기로 한 친구요. 성빈 씨, 여튼 동창회 잘 갔다 오고 나중에 또 통화해요.]

성빈과의 통화를 마친 하연이 친구에게로 다가갔다. 주문한 커피를 받아 들던 민경이 하연을 발견하고 싱긋 웃었다.

"자, 네 아이스 카페모카."

"잘 마실게."

"하연이 너 오늘 의상 죽인다?"

"제대로 놀려고 신경 좀 썼어. 케이가 하도 못 논다고 구박해서."

하연이 휘저은 휘핑크림을 입으로 가져갔다.

"하여간 박하연 귀엽기는."

"늦겠다. 빨리 가자."

민경에게 팔짱을 낀 하연이 공연장으로 향했다. 제법 인기몰이 중인 '레드 앤 블랙'이 공연할 건물 앞에는 이미 많은 사람들이 들어가기 위해 줄지어 대기하고 있었다.

입구 앞에 서 있는 공연 매니저에게 도끼 모양이 새겨져 있는 빨간 카드를 내밀었다. 케이에게 미리 받아 둔 것이었다.

안내를 받아 안으로 들어서자, 귀신의 집 버금가는 음침한 보라색 조명이 끈적하게 흐르고 있었다. 이런저런 수다를 떨며 기다리고 있는데, 밖에서 대기하고 있던 사람들이 시끌벅적 입장하기 시작했다.

스태프가 자리를 돌아다니며 반짝이는 야광봉을 사람들에게 나눠 주었다. 대기 시간이 길어질수록 다들 설레는 마음으로 주인공들이 등장하길 기다렸다.

그때 공연장 전체를 비추던 조명등이 순식간에 꺼지고, 몇 초간의 정적이 무겁게 흘렀다. 모두들 기대감이 가득 찬 눈빛으로, 숨죽여 끓어오르는 열정을 참아 내며 그 순간을 즐겼다.

"우린 당신들에게 모든 걸 바친다. 영혼까지도."

허스키하고도 음산한 케이의 목소리가 공연장에 잔잔하게 퍼졌다. 그리고 무대 양쪽으로 파란색의 작은 불길이 치솟더니, 분수처럼 뻗어 나가기 시작했다.

"우리를 원하는가?"

아까보다 더 스산한 케이의 음성에 모두 터질 듯한 가슴을 움켜쥐고 '네!'하고 있는 대로 소리를 질러 댔다. 하연과 민경은 서로를 바라보며 떨어지려는 귀를 막으며 깔깔 웃었다.

그 순간 공연장 전체에 스며드는 빨간 조명이 파바박 터졌다. 무대를 감싸고 있는 사방의 스크린에 피가 흐르는 영상이 비쳐지는가 싶더니, 고스 분장을 한 '레드 앤 블랙'의 모습이 나타났다.

"꺄아아아악!"

웬만한 아이돌 버금갈 정도로 무섭게 터져 나오는 사람들의 고함 소리에 하연이 두 손으로 귀를 막았다. 오랫동안 철저히 준비한 만큼, 케이는 자신의 모든 걸 내려놓고 무대 위에서 방방 뛰기 시작했다.

*　　　*　　　*

한편 모임 장소에 도착한 성빈을 진욱과 친구들이 반갑게 맞았다. 그런데 유난히 옆구리가 허전해 보이는 친구의 등장에 진욱이 고개를 옆으로 틀며 물었다.

"우리 하연 씨는 어쩌고 달랑 혼자야?"

"약속 있대."

"그래? 하긴, 갑자기 시간 빼기는 어려웠겠지. 그래도 보고 싶었는데 아쉽네."

양주를 따라 주려는 진욱의 손길을 성빈이 거절했다. 동창회 모임이라고는 해도 말 떼기 시작한 어린 시절부터 워낙에 자주 보던 얼굴들이고, 사업적으로 겹치는 부분이 많았다. 들른 김에 따로 만날 예정이 있는 지인들과 가볍게 대화를 나누기 시작했다.

*　　　*　　　*

레드 앤 블랙의 화려한 공연이, 마지막 앵콜 무대와 함께 아쉬움을 남긴 채 끝이 났다. 관객들이 전부 빠져나간 공연장 안에는 밴드 멤버들과 스태프, 초대를 받아서 온 지인들만이 남았다.

휘황찬란한 조명 아래. 진짜 파티는 이제부터 시작이었다. 케이와 자주 어울렸던 하연과 민경은 안에 있는 사람들과도 제법 친분이 있었다. 차가운 병맥주를 입에 문 하연이 시원하게 전해지는 목 넘김에 살짝 어깨를 떨었다.

"사람 좀 빠지니까 살 거 같다. 그치?"

하연이 고개를 끄덕였다. 곧 놀러 온 타 밴드의 자발적인 공연이 시작되고, 두 여자는 리듬에 몸을 타기 시작했다. 밤이 깊어질수록 지하 공연장의 열기는 뜨거워졌다. 그때 초대한 지인들을 한 바퀴 돌고 온 케이가 그녀들에게 다가왔다.

"누나들. 재밌게 즐기고 있어? 오늘 공연은 어땠어?"

"케이 넌 언제나 최고야."

알콜도 들어갔겠다, 흥이 잔뜩 오른 민경이 케이의 목덜미에 팔을 둘러 꽉 껴안아 줬다. 하연도 느끼한 눈빛으로 엄지를 들어 올리더니, 이내 화장실이 급해 자리를 떠났다. 그때 테이블 위에 올려놓은 하연의 휴대폰에 불빛이 들어왔다.

*　　　*　　　*

"아무튼 성빈이 네가 알아서 방향만 잘 잡아 줘. 우리 쪽은 맞춰서 진행할게. 아, 자기야. 왔어?"

요즘 한창 추진 중인 해외 지사 풀빌라 오픈 건에 대한 대화가 끝나 가는 와중에 친구의 연인이 도착했다. 정장 단추를 잠그며 일어난 성빈은, 젠틀하게 인사를 건넨 뒤 그곳을 벗어났다.

주변을 가만히 둘러보는데, 오늘따라 다들 약속이라도 한 듯 파트너를 한 명씩 대동해 모임에 참석을 했다. 요즘 집안에서 후계자 테스트로 압박을 받는 진욱이, 평소 친하지 않던 동창들과도 대화를 나누며 발을 넓히기 위해 부단히 노력하는 게 눈에 띄었다.

"김성빈. 바쁘신 분께서 오늘 웬일로 행차하셨대?"

막 도착한 현아가 성빈의 어깨를 치며 눈을 가늘게 치켜떴다. 귀신같이 제 애인을 발견한 진욱이 성큼 다가와 가볍게 입을 맞추며 반겼다.

"왜 이렇게 늦었어. 외로워 죽을 뻔했잖아."

"입에 침이나 바르고 거짓말해. 그나저나 성빈이 네 애인은 안 데리고 나왔어?"

오늘 이 질문을 벌써 몇 번째 듣는 건지, 성빈은 몹시 짜증스러웠다. 재계 쪽에서도 유명 셀러브리티인 현아에게 의도적으로 연애 사실을 흘린 건 맞지만, 벌써 주변에 모르는 사람을 찾기 어려울 정도로 소문은 급속도로 퍼져 있었다.

"선약이 있어서 못 데리고 나왔어."

성빈이 앵무새처럼 무미건조하게 대답했다. 현아의 눈빛이 재미있다는 듯이 반짝였다.

"연애 초엔 한시도 떨어져 있지 않으려고 하는 게 정상인데, 너희 커플은 애정이 참 메말랐구나."

순간 성빈의 자존심에 묘하게 금이 갔다. 왠지 모를 답답함이 밀려들어, 남자는 두 사람을 지나쳐 테라스로 나갔다.

시원한 밤바람이 귓가를 스쳐 지나갔다. 성빈이 정장 주머니를 뒤져 휴대폰을 꺼냈다. 시간을 확인해 보니 벌써 자정을 향해 가고 있었다. 그는 휴대폰을 물끄러미 쳐다봤다. 이 여자는 이 시간이면 집이겠지? 벌써 자고 있으려나?

잠시 고민하던 성빈이 복잡하게 생각할 게 뭐 있나 싶어 통화 버튼을 눌렀다. 연결음이 한참 동안이나 이어졌다. 잠자리에 들었다고 생각한 성빈이 끊으려는 순간, 낯선 음성이 툭 튀어나왔다.

[여보세요?]

남자의 목소리였다. 성빈의 눈썹이 무섭게 일그러졌다.

"박하연 씨 휴대폰 아닙니까?

주변이 시끄러워도 정도가 있지 귀가 먹먹할 정도로 소음이 굉장히 심했다.

[뭐라고요?! 지금 누나 잠깐 자리 비웠어요!]

"이봐."

[잘 안 들린다고요! 나중에 전화하세요!]

상대가 계속 못 알아듣자, 성질머리가 급한 남자는 결국 참지 못하고 윽박을 내질렀다.

"당신 누군데 지금 이 여자 전화를 받는 거냐고! 똑바로 대답 안 해?!"

귓전을 때리는 거친 고함 소리에 케이가 인상을 쓰며 발신자를 확인했다.

'김성빈?'

잠시 생각하던 케이가 예전에 서점에서 만났었던 남자를 떠올렸다.

[성빈이 형? 저 케이에요! 기억 안 나요?]

"뭐?"

[저 케이라고요! 이제 좀 들리죠?]

공연장 스피커에서 가장 멀찌감치 떨어진 곳으로 자리를 옮긴 케이가 목소리를 높였다.

"케이가 누군지 내가 어떻게 알아."

[저번에 서점에서 인사했었잖아요! 이제 기억나죠?]

어렴풋이 기억이 나려고 했지만, 지금의 성빈에겐 중요하지
않았다.

[하연이 누나 지금 잠깐 자리 비웠어요. 전화 왔었다고 전해
줄까요?]

"시끄럽고, 이 번호로 거기 주소 좀 찍어."

눈치라면 백단이고 소싯적 좀 놀아본 성빈의 레이더가 무섭
게 발동하는 순간이다.

[여기 오려고요?]

"지금 출발할 테니깐 당장 찍어 놔."

*   *   *

제 할 말을 하고 전화를 끊은 성빈은 신경질적으로 뒷머리를
쓸어 털었다. 건물을 빠져나온 성빈이 카마로에 올랐다. 시동을
걸고 정면을 노려보던 남자가 전속력으로 엑셀을 밟기 시작했다.

얼마쯤 앞만 보고 내달렸을까. 이태원 공연장 앞에 도착한 성
빈이 카마로에서 내렸다. 그대로 안으로 들어가려는데, 앞에서
담배를 태우고 있던 매니저가 중얼거렸다.

"저대로 세워 놓으면 바로 견인당할 텐데."

지갑을 꺼낸 성빈이 매니저의 손에 지폐를 쥐어 주며 부탁을
했다.

"금방 나올 테니 잠깐만 봐줘요. 부탁 좀 할게요."

말을 마치고 안으로 들어가 버리는 성빈을 보며 매니저가 짜증스럽게 혀를 찼다.

"사람을 뭐로 보고 돈 몇 푼에 저런 거나 지키고 있으라는 거야. 참나."

투덜대며 고개를 떨어트리는 순간, 매니저의 두 눈이 휘둥그레졌다. 딱 한 장뿐인 지폐에 새겨진 공은 무려 여섯 개였다.

한편 공연장 안으로 들어선 성빈은 제 촉이 맞아떨어졌음을 인지했다. 퇴폐적인 분위기의 공간 안에는 여자를 찾는 게 가뭄에 콩 나듯 찾기 어려웠고, 말 그대로 온통 고추밭이었다.

"이 여자는 도대체 어디 있는 거야."

성빈의 혼잣말이 끝나기가 무섭게 무대 조명이 바뀌더니, 섹시한 멜로디가 흘러나오기 시작했다.

고개를 돌린 성빈의 얼굴이 삽시간에 굳어졌다.

탁—

무대 위를 비추는 한줄기의 빛이 한 여인을 감싸고 있었다. 성빈의 두 눈이 가늘어졌다. 무대 위의 여자는 하연이었다.

비록 형식적이지만 제 여자가, 평소와는 다른 낯선 모습으로, 무대 위에서 리듬에 맞춰 현란한 몸짓을 선보이고 있었다.

*　　*　　*

성빈이 도착하기 전, 상황을 전혀 모르는 하연이 화장실에서 나왔다. 원래 자리로 돌아가려는 그녀를 '블랙 앤 레드'의 드러머 멤버가 재빨리 붙잡았다.

"하연 씨! 지금 딱 노래 한 곡 뽑기 기똥차게 좋을 타이밍인데, 어때요?"

"저 그럼 노래 말고 춤출게요."

"와우, 정말요?"

"요즘 에어로빅 다니는데 거기에서 신곡 하나 배웠거든요."

"완전 기대되는데요? 음악은 어떤 걸로 틀어 드릴까요?"

선곡을 마친 하연이 카디건을 벗었다. 곡선이 유려하게 잡혀 있는 여자의 허리 라인이 유난히 돋보였다. 올라가기 전에 가볍게 몸을 풀고 있는데 노래의 반주가 흐르기 시작했다. 요즘 가장 핫한 곡인 만큼 사람들의 반응이 뜨거웠다.

하연이 무대 한가운데로 올라가자 모든 사람들의 시선이 집중됐다. 은색 운동화의 날을 세워 포즈를 잡은 하연이 살짝 입꼬리를 올렸다. 진달래색으로 발색된 입술이 조그맣게 '원, 투, 쓰리!'를 세더니 마음껏 끼를 발산하기 시작했다.

그런 여자의 모습을 지켜보는 성빈의 입에서 낮은 신음이 새어 나왔다. 주변을 둘러보는데 시커먼 사내 녀석들이 무대에서 눈을 떼지 못하고 입을 반쯤 벌린 채 기계적으로 박수를 치고 있었다.

여자 아이돌 부럽지 않을 환호성에 한층 신이 난 하연이 더욱 과감하게 웨이브를 타고 있었다.

"젠장! 박하연, 저 여자가 정말!"

속에서 천불이 치솟은 성빈의 입에서 욕설이 튀어나왔다. 그때 남자의 눈에 이성의 끈을 결국 끊어 버릴 수밖에 없는 장면이 포착됐다. 하연이 엄지를 척 올려 입술을 슥 비벼대며, 뇌쇄적인 유혹의 눈빛을 허공에 띄어 보내고 있었다.

차갑게 입술이 뒤틀린 성빈이 거침없이 무리 속을 헤치고 무대로 직행했다. 옆으로 난 계단을 오르기 시작하는 그 순간까지도 하연은 눈치채지 못하고 춤에 집중하고 있었다.

"박하연, 지금 장난해?"

그때, 손목이 강하게 잡혀 몸이 돌아간 하연이 놀란 토끼눈으로 성빈을 올려다봤다. 얼음처럼 차갑지만, 태양보다도 뜨거운 동공이 그녀에게 꽂혀 있었다.

"성빈 씨?"

하연의 물음에 성빈은 대답하지 않았다. 일단 저 시커먼 놈들의 시선에서 이 여자를 떼어 놓는 게 우선이라고 판단한 성빈이 하연을 끌고 계단을 내려오기 시작했다.

알 수는 없지만 괜히 그에게 미안한 마음이 들어, 놀란 마음에도 하연은 순순히 따라 내려갔다. 그때, 서두르던 그녀의 스텝이 꼬여 버렸다.

"어? 어어, 성빈 씨!"

우악스럽게 잡고 내려가던 성빈이 여자의 괴성에 뒤를 돌았다. 휘청거리던 하연의 몸이 앞으로 쏠렸다. 하연의 움직임에 의

해 덩달아 뒤로 넘어갈 뻔한 성빈이, 힘을 줘 가까스로 겨우 중
심을 잡았다. 몸이 반으로 접힌 하연을 잡아 주는데, 괴로운 신
음이 귀를 스쳤다.

"아야…… 아."

성빈이 발목을 부여잡고 주저앉는 하연을 따라 다리를 접으
며 물었다.

"발목 접질린 거야?"

"살짝요."

"어디 좀 봐."

제 발목을 감싸고 있는 하연의 손을 거두며 성빈이 이리저리
살폈다. 하지만 조명은 어둡고, 주변은 시끄럽고, 정신이 하나도
없는 성빈이 결국 하연을 품에 들쳐 안았다.

"서, 성빈 씨! 저 걸을 수 있어요. 내려 줘요!"

"일단 나가서 얘기해."

속수무책으로 밀어붙이는 남자의 행동에 하연이 낮게 신음을
흘렸다. 바짝 밀착된 성빈에게서 시원한 향기가 은은하게 배어
나왔다. 건물을 빠져나오자 차를 맡겨 둔 매니저가 성빈을 반겼
다.

"생각보다 금방 나오셨네요?"

"수고했어요."

짧게 대답한 성빈이 조수석 문을 열어 하연을 조심히 앉혔다.
반대편으로 걸어가 카마로에 오른 성빈이 차에 시동을 걸었다.

차를 출발시키려던 성빈이 성미를 못 참고 신경질적으로 하연에게 고개를 돌렸다.

"왜 그렇게 쳐다봐요? 제 얼굴에 뭐라도 묻었어요?"

"지금 몰라서 물어?"

하연도 지지 않고 쏘아 붙였다.

"여긴 도대체 어떻게 알고 온 건데요?"

"지금 그게 중요한 게 아니잖아."

성빈이 여자의 굴곡진 허리를 따라 훤하게 드러난 배꼽으로 시선을 고정했다.

"이 허리가 다 드러나는 의상은 뭐며, 아까 그 말 같잖은 춤은 도대체 무슨 생각으로 춘 거지? 사내자식들 보라고 대놓고 작정한 건가?"

저속한 공격에 하연이 인상을 찌푸렸다.

"무슨 말을 그렇게 해요? 뒤풀이 자리에서 춤 좀 춘 게 뭐 대수라고."

"뭐?"

"그냥 즐거운 자리에서 돌아가면서 분위기 좀 띄우는 건데, 그게 이렇게까지 오버할 일이에요?"

갑갑함을 느낀 성빈이 창문을 열었다. 서늘한 새벽바람에도 좀처럼 기분이 가라앉질 않았다.

"이봐, 하연 씨. 공식적으로 당신은 지금 솔로가 아니야."

"알아요. 그쪽이랑 가짜 연애 중이잖아요."

"그리고 지금 당신이 상대하고 있는 남자가 평범한 사람 아니라는 것도 잘 알잖아."

하연이 속으로 콧방귀를 꼈다.

"어딜 가서든 구설수에 오를 만한 말과 행동은 저지르기 전에 일단 생각부터 하고 진행해야 하는 거야."

"성빈 씨."

허울 좋게 제 식대로 설득하는 남자를 하연이 조용히 불렀다.

"말해."

"성빈 씨 주변 지인들 중에 이런 데 올 만한 사람 있어요?"

성빈이 침묵했다.

"아니면, '이렇게 헤프게 노는 애인을 뒀단 말이야? 잘 걸렸군!' 하면서 성빈 씨한테 이를 가는 저격수 기자라도 따로 있어요?"

"무슨 말이 하고 싶은 건데."

성빈이 퉁명스럽게 되물었다.

"그러니까, 저로서는 성빈 씨가 화내는 부분이 솔직히 이해가 안 간다는 말이에요."

이해가 안 가? 조금만 입장을 바꿔 생각해도 바로 답이 나오는 것을?

"그럼 조금 더 솔직하게 얘기해 주지."

"그래요."

"난 있지. 당신이 진짜 내 애인이 아니라고 할지라도, 이런 식의 자유로운 행동은 마음에 안 들어."

여전히 이해가 안 가는 하연이 성빈의 뒷말을 기다렸다.

"난 소유욕이 강한 사람이야. 내 손길이 닿는 거라면, 그게 뭐든 남에게 쉽게 노출되는 거, 몹시 별로야."

"참나, 제가 물건도 아니고……."

"차라리 그편이 낫겠다는 생각도 드네. 하지만 틀렸어."

성빈이 차를 출발시키며, 담담한 어조로 말했다.

"박하연, 당신은 현재 내 여자야."

"……."

"다른 남자들이 당신을 쳐다보는 것도, 관심 갖는 것도, 하다 못해 대화하는 것조차도 달갑지 않아."

하연이 황당한 얼굴로 성빈을 쳐다봤다.

"뭘 그렇게 보는데. 아직도 설명이 부족해?"

이 남자, 지금 자신이 질투하는 중이라고 대놓고 선포라도 하는 건가?

하지만 혼란스러운 하연과는 달리 그는 별생각이 없어 보였다. 하연이 다시 차창으로 고개를 돌렸다. 잠시 침묵하던 성빈이 하연의 발목이 떠올라 입을 열었다.

"발목은 좀 어때. 상태 많이 안 좋아?"

"아뇨, 그냥 살짝 삐끗한 것 같아요."

"병원 가야 할 정도면 바로 말하고."

"내일 가 볼게요. 정말 괜찮아요."

하연의 동네로 들어서기 전, 번화가에 위치한 큰 병원 앞에 성빈이 카마로를 멈춰 세웠다. 병원에서 운영하는 24시 약국에 들러 뿌리는 파스와 압박 붕대, 진통제를 골라 계산을 하고 나왔다.

차에 오르던 성빈의 눈에, 추운지 맨 팔뚝을 쓸어내리고 있는 하연의 모습이 비쳤다. 그는 속으로 '뭐가 예쁘다고.' 구시렁대면서도 정장 재킷을 벗어 하연에게 건네줬다.

"이거라도 입어."

"괜찮은데. 그래도 성격 급한 성빈 씨 때문에 공연장에 카디건 놓고 왔으니, 염치없지만 잘 입을게요."

재킷을 어깨에 걸치며 하연이 옅게 웃었다. 어느덧 녹색 문 앞에 도착을 하고, 성빈이 먼저 내려 반대편으로 걸어가 문을 열어줬다. 하연이 절뚝거리며 차에서 내리자, 성빈은 마음이 영 불편했다.

"계단 올라가려면 불편할 텐데, 아니면 내……."

"아, 아뇨! 걸을 수 있어요."

"누가 또 안아 준대? 노골적으로 질색해하긴. 자, 잡아."

성빈의 다그침에, 하연이 민망한 얼굴로 자세를 낮추는 그의 어깨에 손을 둘렀다. 쇠문을 열고 성빈이 여자를 부축해 천천히 계단을 오르기 시작했다. 이따금씩 일그러지는 하연의 얼굴이 유난히 신경 쓰였다.

마지막 계단까지 오른 뒤, 여자를 계단에 앉힌 성빈이 약봉지를 꺼냈다. 하연이 손사래를 쳤다.

"성빈 씨, 집에 들어가서 제가 해도 돼요."

"잠자코 있어 봐."

타이트하게 묶여 있는 운동화 끈을 헐겁게 푼 성빈이 조심스럽게 발을 꺼냈다. 그로서는 집중력을 최대한으로 높여 섬세한 작업 중이었다. 양말을 벗겨 제 무릎 위에 다리를 올린 성빈이 파스를 뿌리기 시작했다.

촤아아아, 허공에 흩날리는 지독한 파스 향에 두 사람이 동시에 인상을 찌푸렸다. 그는 파스 통을 바닥에 내려놓고, 하연의 가느다란 발목을 살피기 시작했다.

"역시나 제법 부었네. 일단 붕대로 고정해 놓을 테니깐 내일 정형외과에 꼭 들러."

"알겠어요."

성빈이 압박 붕대로 발목이 최대한 움직이지 않게 단단히 휘어 감았다. 그 모습을 물끄러미 지켜보는 하연의 눈꼬리가 부드럽게 내려갔다.

"성빈 씨. 안 피곤해요?"

자연스럽게 흘러내리는 남자의 머리칼을 넘겨 주고 싶었지만, 하연이 참는 쪽을 택했다.

"피곤해. 당신 때문에 더더욱."

"치……."

"다 됐으니까 한번 움직여 봐."

하연이 쭉 뻗은 다리를 요리조리 움직여 봤다. 고정 한번 야무

지게 잘했네.

"피가 안 통할 만큼 잘 고정됐어요."

"그럼 됐어. 피곤할 텐데 이만 들어가 봐."

성빈의 손에 몸을 일으킨 하연이 현관에 열쇠를 꽂았다.

"성빈 씨도 운전 조심해서 가요."

"그래."

하연을 집에 안전하게 귀가시키는 미션을 무사히 마친 성빈이, 미련 없이 뒤돌아 계단을 내려갔다. 그 뒷모습을 지켜보던 하연이 나지막이 그를 불렀다.

"……성빈 씨."

바람을 타고 귓가를 스치는 청아한 음성에 성빈이 고개를 돌렸다. 하연이 잠시 머뭇거리다가 운을 뗐다.

"물어보고 싶은 게 있어요."

"뭔데?"

반신반의의 설렘, 그 진심은 본인만이 알겠지.

"성빈 씨, 혹시 저 좋아해요?"

"……."

남자는 침묵했다. 잘생긴 뒤태가 한동안 움직임이 없었다. 석고상처럼 굳어 있던 성빈이 다시 고개를 돌리곤 계단을 내려가기 시작했다. 그 태도에 하연의 이마에 깊은 주름이 잡혔다.

저 남자 뭐야? 지금 내가 하는 말 무시하고 그냥 가는 거야? 아니면 대답할 필요성도 못 느낀다는 건가?

용기 내 어렵게 물어본 만큼 자존심에 스크래치가 난 하연이 창피함에 얼굴을 두 손으로 감쌌다. 양 볼이 후끈거렸다. 어느새 저 멀리 콩알만큼 작아진 노란색 범블비를 차갑게 쏘아보았다.

현관문을 열고 집안으로 들어서자 극심한 피로가 밀려들었다. 일단 씻고 누워야겠다고 생각한 그녀가, 곧장 화장실로 직행해 부지런을 떨기 시작했다.

세면대 거울을 멍하니 응시하며 양치질을 하는데 점차 가속이 붙기 시작했다.

'자기 것에 대해 소유욕이 강해? 그러면서 자기 여자니까 다른 남자랑 눈 마주치는 것도 싫어? 그딴 멘트로 사람을 오해하게 만들었으면, 왜 그런 감정이 드는지 똑바로 이유를 대야 할 거 아냐!'

하연이 열정적으로 입안에 쑤셔 넣던 칫솔을 홱 빼내더니, 거품을 잔뜩 튀기며 소리를 질렀다.

"이거 완전 나쁜 남자 아냐!"

거실로 나온 하연이 침대로 다이빙을 했다. 보드라운 이불에 얼굴을 부비적대고 있자니, 기분이 한결 나아졌다. 몸을 뒤집어 천장을 올려다보는데, 전신에 긴장이 풀리며 축 늘어졌다. 하연이 붕대가 감긴 다리 한쪽을 번쩍 들어 보였다.

"사람 다리 이렇게 만들어 놓고, 뭐가 그리 당당해. 못됐어, 정말."

그때 협탁에 올려놓은 휴대폰에 '띠링' 알림이 울렸다. 하연이 꿈틀이처럼 손을 뻗어 휴대폰을 확인하는데, 입술이 신경질적으로 비틀렸다.

「하연 씨, 나도 방금 도착했어. 잘 자요.」

애써 평화를 찾았던 마음이 폭발하고 말았다. 하연이 휴대폰을 집어던져 버렸다.

"뭐라는 거야! 지가 무슨 성시경이라도 되는 줄 착각이라도 하는 거야?! 짜증나는 인간이야, 진짜!"

3장
리얼 픽션

맨션에 도착해 간단히 샤워를 마치고 나온 성빈이 탄산수를 입에 물었다. 탁자에 올려놓은 휴대폰을 집어 답장이 왔나 확인을 해 보는데, 연락이 없었다.

"벌써 자는 건가."

밀린 업무를 보기 위해 이 층 서재로 올라가는 성빈은 생각이 많았다. 아까 여자가 했던 질문이 떠올랐다.

성빈 씨, 혹시 저 좋아해요?

그 여자를 좋아하냐고?

만일 그렇다면 제 스스로를 완벽하게 납득시키기 어려운 대답이 될 것이고, 아니라고 하기엔 찝찝한 감이 없잖아 있었다. 확신이 없는 감정은 성빈에겐 '아니다'와 다를 바 없기에 그는 일단 고개를 저었다.

*   *   *

성빈은 하연이 눈을 뜨기도 전에 연락을 해 왔다. 이른 아침부터 전화를 쉴 새 없이 걸어 대는 통에, 하연이 힘겹게 일어나 정형외과에 들러야만 했다. 엑스레이를 찍은 뒤 졸면서 물리치료를 받고 있는데, 그새를 못 참고 남자에게서 또 전화가 걸려 왔다.

"네, 성빈 씨."

[발목은 좀 어때. 의사는 뭐라는데.]

하연이 하품이 나오려는 입을 막으며 건성으로 대답했다.

"금방 좋아질 거래요. 말했잖아요, 정말 살짝 삔 거라고."

[그럼 다행이군.]

"황금 같은 주말에 아침 댓바람부터 사람 닦달해서, 병원 출근시킨 보람은 있죠?"

성빈이 빠르게 맞받아쳤다.

[비아냥거리지 마. 전부 당신 생각해서 내 딴엔 수고스러움을 무릅쓰고 잔소리하는 거니까.]

"눈물 나게 고맙네요."

하연이 속으로 쓴웃음을 삼켰다.

"아무튼 물리치료 마저 받게, 이만 전화 끊을게요."

[진료 마치면 바로 집에 가나?]

"아마도 그러겠죠?"

[그래. 집에 들어가서 푹 쉬어. 또 전화하지.]

전화를 끊은 하연이 새침한 시선으로 휴대폰을 쳐다봤다. 이런 지극정성이다 못해 극성인 태도가 사람을 오해하게 만든다는 걸 왜 모르는 것일까?

남자의 성격을 완벽하게 파악하진 못했지만, 이런 실없는 관심을 쉽게 내비치는 스타일은 아닌 게 분명한데. 그게 아니라면 정말 순수하게 몸에 배인 매너와 호의인가?

아, 만약 그렇다면 그게 더 재수가 없다.

더 이상 깊게 생각하고 싶지 않았기에, 그녀는 서둘러 진료를 마무리하고 정형외과를 나섰다. 트레이닝복 차림으로 터덜터덜 집으로 걸어가는데, 저 멀리 녹색 문 앞에 낯선 승용차 한 대가 눈에 띄었다.

하연이 별 생각 없이 지나치려는데, 반가운 얼굴들이 차에서 내렸다. 김천이 고향인 그녀의 친구 아름과 동네 오빠 동원이었다. 두 사람은 남매 사이였고, 어렸을 적부터 하연의 집과 가까워 각별히 친하게 지냈었다.

"아름아! 어, 동원 오빠도 왔네요?"

예상치 못한 방문에 깜짝 놀란 것도 잠시, 제 차림새와 민낯이 부끄러운 하연이 얼굴을 붉혔다. 학창 시절에 가슴앓이 좀 했었던 첫사랑 강동원의 등장에 평온했던 심장이 쿵쾅거리기 시작했다.

역시나 세월이 지나도 이 오라버니는 여전히 멋있구나.

"오랜만이야 하연아! 아침부터 어디 다녀오는 길이야?"

아름이 반갑게 손을 흔들자, 하연이 붕대로 칭칭 감긴 다리를 내밀며 머리를 긁적였다.

"어쩌다가 다리를 좀 다쳐서 정형외과 다녀오는 길이야. 두 사람은 연락도 없이 웬일이야? 너무 반갑다."

하연의 다리를 살피던 아름이 대답했다.

"서울 잠깐 들렀다가 여유가 생겨서, 하연이 네 얼굴이나 잠깐 보고 가려고 들렀지."

"미리 연락을 주지 그랬어."

"사실 너 집에 없으면 그냥 가려고 했었어. 바로 시간 내라고 하기도 좀 그래서. 그나저나 다리는 많이 불편한 거야?"

하연이 싱긋 웃으며 고개를 저었다.

"아니, 살짝 접질린 거야. 괜찮아, 괜찮아. 집은 대접할 게 너무 없는데, 동네 근처에서 식사나 할까?"

"하연아. 비싸고 맛있는 데로 안내해. 오빠가 사 줄게."

동원의 다정한 한마디에, 하연의 눈이 마시멜로처럼 녹아내렸다.

"오빠도 정말 오랜만에 보니 반갑네요. 전보다 더 멋있어 지신 것 같아요. 원래도 멋있었지만."

"그럼 뭐해, 실속이 없는데. 이제 나이도 삼십대 중반인데, 빨리 여자부터 만나야지."

아름이 장가 갈 생각을 안 하는 제 오빠를 구박하며, 승용차에 올라탔다. 하연은 동네 근처에 무난하게 먹기 좋은 샤브샤브 집으로 두 사람을 안내했다.

갖은 종류의 야채들과 고기, 반찬들이 먹음직스럽게 세팅이 되었다. 동원이 나서서 냄비에 야채를 잘라 넣기 시작했고, 하연과 아름이 그동안 밀린 수다를 떨며 연신 웃음보를 터뜨렸다.

"그나저나 너 남자친구랑은 잘 사귀고 있어? 그 다, 달순가 하는?"

"아."

샐러드를 입으로 가져가던 하연이 순간 동작을 멈췄다. 하지만 곧 차분한 어조로 대답했다.

"아니, 헤어진 지 좀 됐어."

"정말? 왜?"

"그냥 좀 성격이 안 맞아서."

구구절절 얘기할 필요성을 못 느낀 하연이 적당히 대답했다. 하지만 듣는 입장에선 어지간히 궁금할 터.

"너 처음엔 이성으로 안 보인다더니, 점점 더 좋아진다고 그랬었잖아. 그래서 오래갈 줄 알았는데."

"그러게, 어쩌다보니 그렇게 됐네."

동원의 앞에서 더 이상 실패한 연애담을 시시콜콜하게 늘어놓고 싶지 않았던 하연이 적당히 말을 끊었다. 잘 익은 야채와 소고기, 만두를 담아 하연에게 건네주며 동원이 부드럽게 말했다.

"하연아, 많이 먹어."

"오빠도 얼른 드세요. 잘 먹을게요."

하연의 뒤를 이어 동원에게 앞 접시를 건네받은 아름이 국물을 떠 입으로 가져갔다.

"그러면 너 김천으로 내려오면 되겠다."

"응?"

"사실 그 남자 친구 때문에 서울에 있는 거지, 고향 내려와서 살고 싶다는 말을 입에 달고 살았었잖아."

틀린 말은 아니었다. 하연은 늘 기회가 된다면 고향으로 내려가고 싶은 마음이 컸었다.

유일한 가족인 고모와 어렸을 적부터 함께했던 절친한 친구들, 정이 넘치는 동네, 이웃집 분들. 모든 것이 그리웠다. 한 박자 느린 삶도 그곳을 동경하는 이유 중 하나였다.

하지만 또다시 내려가지 못하는 이유가 생겨 버렸다. 하연은 성빈을 떠올렸다. 젠장, 영양가 없는 그 남자가 도대체 뭐라고. 그때 아름이 타이밍 좋게 채근해 물었다.

"아니면 너 새로운 남자라도 생긴 거야?"

"응?"

하연이 똥 씹은 표정으로 이내 고개를 끄덕였다.

"응, 새로 만나는 사람 있어."

"벌써?"

"그렇게 됐어."

심드렁하게 대답하는 친구 하연을 바라보는 아름은 의아했다.

"그런데 표정이 왜 그래?"

"내 표정이 왜?"

"사귄 지 얼마 안 된 사이일 텐데, 표정이 영 시원찮다?"

하연이 덤덤하게 입꼬리를 올렸다.

"나 원래 조용하게 연애하는 편이잖아."

"그래도 그렇지."

"담아 놓은 거 식겠다. 일단 먹고, 천천히 얘기해."

아름의 어리둥절한 시선을 외면하며, 하연은 먹는 것에 집중했다. 동원과도 소소한 대화를 나누며 부지런히 식사를 하다 보니, 어느새 큰 냄비가 바닥을 드러냈다. 아름이 볼록 튀어나온 배를 두드렸다.

"간만에 정말 잘 먹었다."

"나도. 오빠는 입맛에 맞았어요?"

동원이 만족스러운 미소를 지어 보였다.

"응, 하연이 덕분에 맛있게 먹었네."

"그럼 이만 일어날까요? 우리 커피 마시러 가요."

가게 밖으로 나오던 하연이, 트레이닝복 주머니에서 느껴지는 진동에 휴대폰을 꺼냈다. 헌데 순간 휴대폰 전원이 꺼져 버렸다. 병원에 들렀다가 곧장 집으로 돌아갈 예정이었기에, 배터리가 간당간당했어도 그냥 들고 나왔었다.

에라, 모르겠다. 어차피 스팸 전화겠지.

그런데 문득 그 스팸 전화가 성빈일 거라는 생각이 번쩍 뇌리를 스쳤다.

＊　　＊　　＊

"사장님. 좀 늦었습니다."

양손에 부피가 큰 상자를 든 정구가 대표실 문을 열고 들어왔다. 책상에 반쯤 걸터앉아 경제학 관련 서적을 읽던 성빈이 뻐근한 뒷목을 풀며 자리에서 일어났다.

"원적외선 족온기로 마사지랑 찜질 겸용인데, 공기로 압박을 해서 다리의 혈액순환을 돕고 다리를 풀어 준다고 하네요."

"수고했어."

정구가 책상에 올려 둔 상자를 건성으로 쳐다보며, 성빈은 정장 재킷을 챙겨 입었다. 어젯밤부터 신경 쓰였던 하연을 아침에 혼자 병원에 보내 놓고도 계속 마음이 안 좋았다. 결국 그는 일정을 빼 직접 찾아가기로 마음을 먹었다.

호텔에서 나와 카마로에 올라탄 성빈이 출발하기 전에 하연에게 전화를 걸었다. 연결음이 한참 이어지다가 뚝— 끊기더니, 휴대폰이 꺼져 있다는 멘트가 흘러나왔다.

별로 신경 쓰지는 않았다.

가뜩이나 다리도 불편한데 어디를 가겠어, 그래 봤자 집에서 쉬고 있겠지.

성빈이 운전을 하면서 조수석에 둔 족온기를 곁눈질로 쳐다봤다.

병 주고 약 주는 것도 아니고, 김성빈 네놈도 참 가지가지 한다. 당분간 여자를 멀리하겠다며 일부러 계약한 파트너인 게 분명한데. 애인 이상으로 신경 쓰고 있는 이 사태를, 도대체 어떻게 스스로 납득시킬 것이란 말인가.

하연의 집 앞에 도착한 성빈이 상자를 들고 카마로에서 내렸다. 계단을 오른 남자가 요란한 소리의 초인종을 누르는데, 안에서 인기척이 없었다. 몇 번이나 다시 눌러봐도 대답이 없었다.

"뭐야. 집에 없는 건가."

성빈의 단정한 이마가 구겨졌다. 전화를 걸어 보았지만, 꺼져 있다는 안내 멘트만 앵무새처럼 반복될 뿐이었다. 성빈은 다시 계단을 내려온 뒤, 카마로에 비스듬히 기대 여자가 오기를 기다렸다.

"잠깐 슈퍼에나 갔겠지, 뭐."

5분이 지나고. 그래, 인심 써서 10분이 지나고. 참을성이 부족한 남자가 20여 분의 기다림 끝에, 자신이 왜 이러고 있는지 이해가 안 돼 차 문을 거칠게 열어젖혔다.

"이 여자는 다리도 불편하면서 대체 어딜 이렇게 싸돌아다니는 거야!?"

시동을 건 성빈이 강하게 액셀을 밟았다. 골목을 벗어나면서 짜증스럽게 족온기를 노려보는데, 익숙한 얼굴이 눈에 박혔다. 성빈이 차를 끼익 멈춰 세웠다. 옆 차창 너머로 박하연, 그 여자가 입에 손을 올린 채 환하게 웃고 있었다.

카페 앞에 차를 멋대로 세운 성빈이 주저 없이, 여자가 있는 카페 안으로 들어갔다. 아이스 카페모카를 쭉 들이키던 하연이 갑작스러운 남자의 등장에, 두 눈을 연속으로 깜박였다.

"……성빈 씨?"

함께 자리하고 있던 아름과 동원의 시선 또한 남자에게로 향했다. 성빈의 눈엔 두 사람은 들어오지 않았다. 테이블 아래로 시선을 떨어트린 그는 붕대에 감겨 있는 하연의 발을 보더니, 작게 한숨을 내쉬었다.

"발목 계속 움직이면 안 된다고, 전문의가 경고 안 했어?"

"했어요."

"그리고 전화는 왜 또 꺼져 있는 건데."

"……배터리가 나갔어요."

그때 카페 직원이 화르르 불타오르고 있는 성빈의 어깨를 소심하게 툭 건드렸다.

"저기요, 손님."

"뭡니까."

"저 노란색 차 손님 차량 맞으시죠?"

"그런데요."

성빈이 하연에게서 시선의 끈을 놓지 않으며 잘라 대답했다.

"주차를 다시 해 주셔야 할 거 같아요. 입구 쪽에 대 놓으셔서."

"그러죠."

본인의 차로 돌아가는 성빈의 뒷모습을 보며 하연이 고개를 설레 저었다. 저놈의 성질머리하고는. 혼자 열 내느라 제법 힘들 텐데, 아이스 아메리카노라도 시켜 줄까 하는 심산으로 하연이 카운터로 향했다.

금방 만들어진 차가운 아이스커피를 들고 하연이 자리로 돌아왔다. 아름이 궁금해 죽겠다는 얼굴로 하연의 어깨를 흔들었다.

"저 잘생긴 남자 누구야? 새로운 남자 친구?"

태연한 척하는 동원도 내심 하연의 대답을 기다렸다. 성격 급한 성빈이 신의 스킬로 주차를 마치고, 다시 카페로 들어오는 게 보였다. 하연의 눈에 복수의 불꽃이 튀었다. 아름이 다시 재촉해 물었다.

"하연아, 말 좀 해 봐. 저 남자랑 무슨 사이냐니깐. 남자 친구 맞아?"

"무슨 사이냐고?"

하연이 억양에 힘을 줘 되물었다. 성빈의 반질한 구두코가 멈춰 섰다. 하연이 한쪽 입꼬리를 끌어올리더니, 양어깨를 슥 들어보였다.

"별 사이 아니야. 그냥 비즈니스 차원의 적당한 파트너 관계랄까."

성빈의 기분이 착 가라앉았다. 허공에서 부딪힌 두 남녀의 눈빛이 서로를 매섭게 노려보았다. 아름이 하연의 시선을 따라 자기 등 뒤에 서 있는 성빈을 발견하고 인사를 건넸다.

"좀 앉으세요. 하연이가 아이스커피 시켜 놨어요."

"네, 감사합니다."

성빈이 애써 화를 억누르며 가식적인 미소를 지었다. 하연의 옆자리에 앉은 성빈의 눈에 그제야 두 사람이 들어왔다.

"안녕하세요. 강아름이라고 해요. 하연이 동네 친구예요."

"아, 네."

"저는 강동원이라고 합니다."

아름에게 향해 있던 성빈의 시선이, 경계의 빛을 띠며 동원에게로 넘어갔다. 선이 굵고 남성미가 물씬 풍기는 외모가 인상적이었다. 성빈이 일단 아름에게로 다시 시선을 맞추며, 친절하게 인사를 건넸다.

"반갑습니다. 김성빈이라고 합니다."

그리고 동원에게로 넘어가면서, 한겨울만큼이나 싸한 분위기로 제 위치를 소개했다.

"하연 씨 남자 친구 되는 사람입니다."

남자의 당당함에 하연이 기가 찼다. '아니라며?' 아름이 하연을 바라보며 작게 속삭였다. 어색한 분위기 속에 하연의 앞에 놓인 아이스커피를 가리키며, 성빈이 다정하게 물었다.

"하연 씨, 이 커피 내 꺼야?"

"마셔요."

"잘 마실게. 점심은 먹었어?"

되도 않는 자상한 남자친구 컨셉을 잡는 성빈 때문에 하연의 손발이 오그라들었다.

"동원 오빠가 사 줘서 먹었어요."

동원과 눈이 마주친 하연이 반달 눈웃음을 지었다. 그 장면을 지켜보는 성빈의 속이 부글거렸다.

"저 이제 우리 슬슬 일어나야 할 것 같은데."

시간을 확인한 아름이 서둘러 핸드백을 챙기며 말했다. 카페에서 나온 세 사람은 간단히 작별 인사를 했다.

"하연아, 조만간 김천에 꼭 놀러 와."

"응, 짬 내서 한번 내려갈게. 오빠도 오늘 만나서 반가웠어요. 운전 조심히 해요."

동원이 하연의 머리를 장난스럽게 흐트러뜨렸다.

"발목 관리 잘하고, 다음에 또 봐."

성빈의 표정은 점점 썩어만 갔다. 참으로 눈물 나는 작별 인사로군. 소외당하며 그림자로 변해 가고 있는 성빈을 눈치 빠른 아름이 챙겼다.

"성빈 씨도 하연이랑 같이 김천에 한번 내려와요."

"그럴게요."

"하연아, 그럼 전화할게. 간다."

두 사람이 탄 승용차가 점차 멀어져 갔다. 작은 카페 앞에 덩그러니 남은 성빈과 하연이 서로를 응시했다. 성빈이 먼저 입을 열려는 찰나, 하연이 선수를 쳐 가로막았다.

"성빈 씨, 이런 식은 곤란해요."

"뭐가."

"쉬는 날까지 이렇게 성빈 씨 얼굴 보는 거 솔직히 연장 근무하는 기분이에요. 그 전에 다녔던 직장들도 다 오 일 근무제로 맞춰 줬었는데."

기가 찬 성빈이 신경질적이게 뒷머리를 쓸어 털었다.

"걱정돼서 달려 온 사람한테 무슨 말을 그렇게 해."

"그런데 이건 뭐예요?"

차에 타기 위해 조수석 문을 연 하연이 상자를 보며 물었다.

"족온기야. 비켜 봐, 뒷자리로 옮겨 줄게."

"발 찜질하는 거예요?"

자리를 비우고 하연을 앉힌 성빈이 운전석에 올랐다.

"수시로 족온기로 찜질해 주고, 안 움직이면 금방 나을 거야."

성빈이 덤덤히 대꾸하자, 하연이 입술을 닫았다. 아침부터 병원이며 족온기까지 챙겨 주는 그의 모습에, 어쩐지 조금 미안하고 고마운 마음이 들었다. 슬쩍, 그의 눈치를 보던 하연이 조그맣게 말했다.

"……신경 써 줘서 고마워요."

한동안 대화가 없는 적막한 차 안에서 갑자기 꼬르르 배꼽시계가 울렸다. 하연이 자연스럽게 남자의 배를 쳐다봤다.

"방금 성빈 씨 배에서 난 소리예요?"

"아마도."

"점심 안 먹었어요?"

성빈이 대수롭지 않다는 얼굴로 대꾸했다.

"이따 먹으면 돼."

"혹시 저랑 먹으려고 굶은 거예요?"

남자는 대답이 없었다. 곧 녹색 문 앞에 도착을 하고, 성빈이 뒷좌석에서 상자를 꺼내 계단을 오르기 시작했다.

"이만 갈게. 들어가서 쉬어."

아까 반 장난 식으로 선을 확 그어 버린 탓일까. 성빈이 사뭇 식어 버린 냉연한 분위기로 몸을 틀었다.

하연이 제 발밑에 놓인 상자를 바라봤다. 잠시 망설이던 하연이 남자를 불러 세웠다.

"성빈 씨, 라면 먹고 갈래요?"

*　　*　　*

구두를 벗고 안으로 들어선 성빈이 집안 내부를 스캔했다. 혼자 살기에 아늑하고, 아기자기하게 손수 꾸민 살림들이 제법 돋보였다. 노골적으로 둘러보는 것도 예의가 아닌 것 같아, 성빈은 이내 관심을 접었다.

"성빈 씨, 그쪽 탁자 앞에 앉아요. 마실 것 좀 줄까요?"

성빈이 작게 고개를 끄덕이자, 하연이 오렌지 주스 두 잔을 쟁반에 담아 그와 마주앉았다.

"목마를 텐데 좀 마셔요."

"잘 마실게."

"라면 끓여 줄게요. 잠시 만요."

다시 몸을 일으키려는 하연의 손목을 성빈이 낚아채 도로 앉혔다.

"됐어. 그깟 한 끼 안 챙겨 먹는다고 안 죽어. 발목 그만 움직이고 쉬어."

"그럼 우리 뭐라도 시켜 먹어요."

하연이 탁자 위에 올려 둔 광고 책자를 들어 뒤지기 시작했다.

"성빈 씨, 어떤 종류 좋아해요?"

"아무거나 상관없어."

사실 성빈의 입맛이 보통 까다로운 게 아니었다. 그런데 하연이 넘기고 있는 광고 책자는 대충 눈대중으로만 봐도, 어떤 걸 고르든 제 입맛에는 안 맞겠다는 생각이 들었다.

"우리 짜장면 먹을래요?"

"그래."

"탕수육도 콜? 아니면 골라 봐요. 먹고 싶은 거 시켜 줄게요."

밀가루 음식이라면 평소 입에 잘 안 대는 성빈이 일단 책자를 건네받았다. 메뉴를 쭉 보다가 다시 건네 줬다.

"하연 씨 좋아하는 걸로 시켜. 난 아무거나 괜찮아."

"알겠어요."

여자가 중국집에 주문을 하는 동안, 성빈에게 큰 회장의 전화가 걸려 왔다. 요즘에 바빠 가족 모임을 소홀이 했더니, 정구를 통해서 몇 번이나 불호령이 떨어졌다.

일단 수신 거부로 돌린 성빈이 전화를 끊은 하연에게 물었다.

"하연 씨. 다음 주 가족 모임에 같이 나가야 할 것 같아."

"가족 모임이요?"

"그래 봤자 머릿수도 몇 안 되고, 간단하게 식사만 하는 자리야."

하연이 오렌지 주스를 홀짝였다.

"조금 부담스럽긴 한데…… 뭐, 알겠어요. 이런 자리 때문에 제가 필요한 걸 테니."

"그냥 적당히만 연출하면 돼."

성빈이 답답한지 와이셔츠 단추 두어 개를 풀어헤쳤다.

"더워요?"

"이제 여름이잖아. 안 더운 게 이상하지."

하연이 며칠 전에 꺼내놓은 선풍기를 끌어와 성빈 쪽 방향으로 틀어 줬다.

"이제 좀 나아요?"

"응. 그나저나 라임사 직원들하고는 어때. 어울릴 만해?"

"네, 다들 잘해 줘요. 사람들도 괜찮고."

성빈이 건성으로 고개를 끄덕였다.

"그럼 다행이네."

"신경 안 써도 돼요. 제가 알아서 잘 적응할게요."

그때 현관벨 소리가 울렸고, 성빈이 몸을 일으켰다.

"성빈 씨, 제가 나갈게요."

"그냥 앉아 있어."

계산을 마친 성빈이 배달된 음식을 잔뜩 들고 다시 들어왔다. 하연이 미안한 표정을 지었다.

"제가 사 주려고 한 건데."

"당신이 산 걸로 쳐. 잘 먹을게."

탁자 가운데에 탕수육을 세팅하고 하연은 짬뽕, 성빈은 짜장면 랩을 뜯어, 먹기 좋게 비비기 시작했다. 후르륵— 사실 별로 내키지는 않았지만, 여자가 챙겨 준 성의를 봐서 성빈이 크게 한입을 말아 입으로 가져갔다.

홍합 껍데기를 발라내던 하연이 그 모습을 보며 픽 웃었다.

"많이 허기졌었나 봐요. 먹을 만해요?"

성빈이 대답 대신 젓가락으로 한입 먹기 좋게 말아 앞으로 내밀었다.

"머, 먹어 보고 싶어서 그런 게 아니라 그냥 물어본 거예요."

"사람 입맛이 다 다른데, 직접 먹어 봐야 알지."

하연이 당황하며 엉겁결에 받아 먹었다. 성빈이 천연덕스럽게 물었다.

"어때."

"제 입맛엔 괜찮은데요?"

"나도 먹을 만해."

장난인 걸 알아챈 하연이 성빈을 얄밉게 흘겨봤다.

"빨리 들어. 짬뽕 다 불겠다."

하연이 마저 홍합을 다 발라내고 면을 건져 먹기 시작했다. 사실 아까 샤브샤브를 많이 먹어서 오히려 배부른 상태였지만, 의외로 잘 들어갔다. 진작 짜장면 그릇을 비워 낸 성빈이 느긋하게 하연의 먹는 모습을 지켜봤다.

그릇을 들어 빨간 국물을 한 모금 넘기는 하연의 입가에 만족스러운 미소가 번졌다. 성빈의 입꼬리가 살짝 올라갔다.

"하연 씨 나도 한 입 줘 봐. 가는 게 있으면, 센스 있게 오는 게 있어야지."

"이 남자가 진짜."

"하연 씨 먹는 거 보니깐 진짜 짬뽕 맛이 궁금해서 그래."

느슨하게 앉아 있던 성빈이 자세를 바로 하더니, 하연 쪽으로 다가갔다.

"여기요. 먹어 봐요."

하연이 성의 없는 손길로 짬뽕 그릇을 내밀었다. 성빈이 눈썹을 찌푸렸다.

"하연 씨. 이렇게 정 없게 굴 거야?"

"뭐가요?"

"수고스러움을 들여서 손수 먹여 준 사람한테 태도가 그게 뭐야."

본인 마음에 안 드는 건 단 하나도 쉽게 넘어가는 법이 없는 남자 때문에 하연은 피곤했다. 속으로 하얀 깃발을 든 하연이 젓가락으로 면발을 말아 내밀었다.

　"자, 여기요. 아아— 해요."

　하연이 제 딴에는 비아냥거리는 거였는데, 남자는 넙죽 잘 받아먹는다. 그리고 한술 더 떠서.

　"하연 씨, 국물도."

　성빈의 진상에 하연이 속으로 혀를 차며, 먹기 좋게 그릇을 반쯤 기울여 줬다. 짬뽕 국물까지 하연의 따스한 손길에 의해 맛을 본 성빈이, 흡족한 표정을 지었다. 마치 애정결핍 걸린 아이가 사랑을 되찾은 것처럼.

　　　　　*　　　*　　　*

　"그럼 그 건은 제가 이번 주 내로 확인할게요."

　회의 자료 마지막 건까지 체크를 마친 하연이 그제야 숨을 돌렸다. 마케팅부 직원들이 각자 일어나 제 자리로 돌아갔다. 마지막으로 남은 민 차장이 성빈에게 받아야 할 중요한 결재 건을 하연에게 넘겼다.

　"실장님. 급한 건이 좀 있어서, 빠르게 처리 좀 부탁드릴게요."

　"네. 이사님 오늘 보기로 했으니까 바로 전달해 드릴게요."

　대화를 마무리 짓고 민 차장이 자리에서 일어났다. 나가려던 그가 다시 뒤를 돌았다.

"아, 실장님. 혹시 다음 주 주말에, 시간 괜찮으세요?"

"왜요?"

"저희 라임사가 분기별로 산행을 하는데, 다음 주에 일정이 잡혔거든요."

"되도록 참가하도록 할게요."

민 차장까지 나가고 혼자 남은 하연이 쭉 기지개를 켰다. 자리에서 일어나 몸을 풀며, 휴대폰을 집어 확인을 했다. 성빈에게 방금 출발했다는 메시지가 들어와 있었다. 거의 일주일 동안 못 본 남자의 얼굴이 흐릿하게 떠올랐다.

"그럼 나도 슬슬 준비해야지."

＊　　＊　　＊

서울 외곽으로 얼마쯤 달렸을까. 한옥으로 된 고급스러운 분위기의 한정식 집에 곧 도착했다.

방문이 열리고 성빈과 하연이 들어서자, 이미 식사를 시작한 이들의 시선이 모아졌다. 조신하게 자리에 앉는 하연을 유심히 쳐다보는 할아버지가, 성빈이 말한 그 요주 인물임이 분명했다.

"오랜만에 얼굴 보네. 오는 데 차는 안 막혔어?"

따듯한 미소로 인사를 건네던 중년 여성이, 성빈을 뒤따라 들어오는 하연을 쓱 위아래로 한번 훑어보더니 이내 표정이 굳어졌다.

생각했던 것보다 한층 불편한 분위기 속에 하연이 마른침을 삼켰다.

"아가씨는 몇 살이고?"

"네, 할아버지. 저 올해 스물아홉입니다."

하연이 눈웃음을 지으며 싹싹하게 대답했다. 큰 회장이 아랫입술을 쭉 내밀며 고개를 끄덕였다.

"고향은?"

"서울에서 태어났는데, 어렸을 적엔 김천에서 살았어요."

"부모님은 뭐 하시나?"

하연이 최대한 밝은 톤을 유지하며 대답했다.

"두 분 다 제가 어렸을 때 교통사고로 돌아가셨어요. 그래서 독립할 때까지 고모님이 길러 주셨어요."

큰 회장이 중얼거렸다.

"흠. 그럼 고아 엇비슷하다는 건데, 그게 단점이 될 수도 있겠지만 반대로 장점이 될 수도 있지."

성빈이 결국 못 참고 할아버지에게 한마디 했다.

"할아버지, 말 좀 가려서 하세요. 그렇게 초면부터 막말하는 건 예의가 아니잖아요."

"내가 이 나이를 어떻게 먹었는데 젊은 것한테 하고 싶은 말도 못 해? 그리고 넌 끼어들지 말어. 아가씨랑 오붓하게 담소 나누고 있는데 방해되게."

성빈을 외면하며 큰 회장이 하연에게 음식을 권했다.

"아가씨. 허기질 텐데, 일단 들어."

말을 마친 큰 회장이 다시 젓가락을 움직이기 시작했다.

"네. 할아버지도 많이 드세요. 그리고 어, 어머님도요."

자신의 존재를 철저하게 무시하고 있는 김 여사에게도 하연이
살갑게 말을 붙였다.

"하연 씨도 얼른 들어."

"네, 당신도요."

하연이 소고기 육전 하나를 집어 성빈의 포슬한 밥 위에 올려
줬다.

"자, 먹어 봐요. 성빈 씨 입맛에 맞을 거예요."

하연이 콧소리를 내며 과장된 눈웃음을 발사했다.

"하연 씨."

성빈이 큰 회장과 김 여사를 등지고, 하연에게 왜 이러냐는 표
정을 지어 보였다. 그에 반해 하연은 두 눈에 하트를 담은 채, 남
자를 한껏 사랑스럽게 바라봤다.

"요즘 성빈 씨 일에 치여서 잘 못 챙겨 먹는 게, 저 너무 속상해
요."

"정말 왜 이래."

손발이 사라질 위기에 처한 남자가 작게 속삭였다.

"그러지 말고 자, 먹여 줄게요. 아— 해요."

하연이 육전을 올린 숟가락을 들어 성빈의 입가로 가져갔다.

여자 딴에는 저번 짬뽕 사건에 대한 나름대로의 복수였다.

당사자의 의사는 전혀 반영 안 된 채 욱여넣어지는 숟가락.

큰 회장의 흰 눈썹이 언짢게 일그러졌다.

"사내 자식이 지금 뭐하는 거야?"

식도까지 들어찬 음식을 씹으며, 성빈이 하연을 쏘아봤다. 상냥한 겉웃음 뒤에 여자의 비열한 속내가 보여, 성빈은 뒷골이 당겨 왔다.

"할아버지, 죄송해요. 챙겨 주는 게 버릇이 되다 보니까."

큰 회장이 혀를 찼다. 하지만 내심 두 사람의 애정 넘치는 모습이 나쁘지 않았다.

"성빈 씨, 저 떡갈비 좀."

하연이 손에 닿지 않는 곳에 놓여 있는 떡갈비를 가리켰다. 포기한 성빈이 떡갈비를 집어 하연의 밥 위에 올려 줬다.

"많이 먹어. 또 먹고 싶은 거 있으면 말해."

"챙겨 줘서 고마워요."

그 모습을 매의 눈으로 지켜보던 큰 회장의 눈이 날카롭게 빛이 났다.

'이상하구만. 저런 건 성빈이 녀석 스타일이 절대 아닌데 말이지.'

아무리 생각해도 이상한 큰 회장이 하연을 떠봤다.

"우리 집안이 손이 귀한 건 알고 있지? 아가씨가 꽃뱀이든, 저 녀석을 정말 좋아하든, 그런 건 관심 없어. 내가 아가씨라면 저 녀석 애부터 가질 거야."

노골적인 발언에 하연이 입에 담고 있던 것을 뿜어냈다.

"푸웁!'

성빈이 붉으락푸르락 성난 얼굴로 큰 회장에게 소리쳤다.

"할아버지 제발 적당히 좀 하세요!"

큰 회장이 수정과를 들이켜며 구시렁댔다.

"어린애들도 아니고 알 거 다 알면서 내숭들은. 그런데 너는 어떻게 된 게, 아들이 여자를 데리고 왔는데 살갑게 말 한번을 안 붙이냐?"

표적이 바뀌었다. 조용히 식사하고 있는 김 여사에게 큰 회장의 시선이 돌아갔다. 김 여사는 그저 담담하게 대답했다.

"저 원래 낯 많이 가리는 거 삼촌도 아시잖아요. 어차피 또 볼일도 없는 사람한테 말은 붙여 뭐하게요."

큰 회장이 고개를 설레설레 저었다.

"어휴, 저 성질머리하곤. 맞다. 내 너한테 써먹으려고 요즘 유행하는 단어 하나 배워 온 게 있어. 뭐더라? 아, 비호감. 너 정말 비호감이야."

입맛이 떨어진 성빈이 젓가락을 내려놓았다. 그리고 정면에 앉아 있는 김 여사를 원망스럽게 쳐다봤다.

'저 강철 같은 고집 때문에 누나가 지금 얼마나 힘든지 잘 알면서.'

멀지않은 과거의 일들이 후회스럽지는 않은지, 되돌리고 싶지는 않은지, 성빈은 앞에 앉은 어머니에게 묻고 싶었다. 이번엔 성빈이 그녀를 꺾을 차례였다.

"안 그래도 저희 지금 동거 중이에요."

"풉!"

하연이 토끼 눈으로 성빈을 쳐다봤다.

"동거? 없는 사실 만들어 내지 말고. 너 진짜야?"

하연만큼이나 놀란 김 여사를 똑바로 쳐다보며 태연한 얼굴로 고개를 끄덕이는 성빈이다.

"하연 씨, 우리 지금 동거 중 맞나?"

라는 물음에, 얼떨결에 하연이 고개를 끄덕였다. 할아버지가 가만히 듣고 있다가 운을 띄었다.

"내 생각엔 성인들이기도 하고, 결혼 전에 살아보는 것도 나쁘지 않다고 봐."

김 여사가 냉소적인 얼굴로 대꾸했다.

"삼촌, 제 자식이에요."

"그래, 성빈이 네 아들이야. 그동안 네 자식들 네가 알아서 잘하겠거니 하고 말없이 지켜봤었는데, 성하 그렇게 되고 내 얼마나 속상했는지 알아?"

큰 회장 또한 물러서지 않고 고압적인 투로 경고했다.

"또 한 번 그런 일이 일어나면 그땐 내가 가만 안 있을 테니 그런 줄 알아."

김 여사는 대답하지 않았다. 그때 문이 열리고, 트레이닝복 차림을 한 늘씬한 젊은 여자가 들어왔다.

"세라 왔냐?"

할아버지가 환하게 웃으며 세라를 반겼다. 할아버지를 뒤에서 와락 끌어안은 세라가 애교 섞인 말투로 말했다.

"보고 싶어 죽는 줄 알았어. 할아버지도 세라 많이 보고 싶었지?"

"그럼. 맨날 TV로만 봐서 내 새끼가 맞나 싶었는데, 이렇게 안기는 거 보니 우리 세라가 맞구먼."

세라가 들어오는 순간 하연은 제 눈을 의심했다.

바로 어제까지도 즐겨 봤었던 황금 시간대 드라마의 여주인공이 문을 열고 들어오는 것이 아닌가. 트레이닝복에 화장기가 거의 없는 내추럴한 상태지만, 빛나는 아우라는 TV에서 보던 것과 같았다.

이십 대 초반에 아이돌로 데뷔해 몇 년 동안 기반을 단단히 다진 세라였다.

얼마 전부터 연기를 시작해, 하는 작품마다 너무 잘 돼서 운이 좋게도 단 세 작품 만에 톱배우 반열에 올랐다.

웬만한 배우 못지않은 그녀의 명품 연기도 한몫했다. 요즘 어딜 가나 CF며, 드라마며, 안 나오는 곳이 없었다. 그러다 세라의 눈길이 성빈에게 향했다.

"어머. 오빠 왜 이렇게 얼굴 보기가 힘들어?"

"오늘 봤으면 됐지."

성빈의 시크한 대답에 눈을 흘기더니, 옆에 앉은 하연에게 시선이 닿았다.

세라가 살짝 고개를 까닥거렸다. 하연도 환하게 웃으며 아는 척을 하는데, 영 관심 없다는 표정으로 무심하게 시선을 돌렸다.

"아. 진짜 배고파. 나 오늘 한 끼도 안 먹었어."

"식기 전에 빨리 먹어. 생선 발라 줄까?"

"역시 우리 고모밖에 없어. 아 맞다. 오빠 유선 언니랑 헤어졌다며? 진짜야?"

세라가 메밀전병을 한입 베어 물며 성빈에게 물었다.

성빈이 하연을 슬쩍 쳐다보며 세라에게 그만하라는 눈치를 줬다. 하지만 세라는 하연이 안중에도 없는 건지, 아니면 일부러 들으라고 그러는 건지는 몰라도 능청스럽게 말을 이어 갔다.

"오빠 나 곧 있으면 생일인 거 알지? 친구들이 오빠 솔로 된 거 귀신같이 냄새 맡아서 데리고 나오라며 난리들이니까 꼭 와야 돼?"

큰 회장이 하연을 가리켰다.

"성빈이 저 자식 옆에 앉아 있는 아가씨 안 보이냐. 이번에 새로 데리고 온 걸프렌드인데 할아버지가 볼 때는 괜찮은 거 같은데, 세라가 볼 땐 어떠냐."

세라는 못 들은 척을 하며 김 여사가 밥 위에 발라 주는 생선을 건져 먹기 시작했다.

하연은 평소에 자기가 좋아하던 여배우가 본인의 존재 자체를 깡그리 무시해 버리니 괜히 서글퍼졌다. 이런 게 바로 재벌가 텃세구나. 입안에 쓴맛이 돌았다.

"하연 씨, 조금 더 들지 그래."

"아뇨, 아뇨, 괜찮아요. 다 먹었어요."

그러는 도중에도 큰 회장의 대화는 계속 이어졌다.

"그나저나 세라 너희 아빠는 전에 봤던 그 젊은 년이랑 아직도 사귀냐?"

"그럼요. 딸은 내팽개쳐 놓고 저번 주 주말부터 둘이 크루즈 여행 갔는 걸요."

"정신 빠진 놈. 거시기 달린 놈 치고, 이 집안엔 제대로 된 놈이 한 명도 없어."

할아버지가 성빈을 쓰윽 쳐다보며 물었다.

"날도 좋은데 밥 먹고, 이제 니들은 뭐하냐?"

"데이트해야죠. 할아버지."

대답을 선수 친 하연이 빙그르 웃으며 대답했다.

"데이트 참말로 좋지. 그거 해 본 지도 언제 적인지. 무슨 데이트할 건데?"

하연이 골똘히 생각하다 성빈을 바라보며 말했다.

"성빈 자기, 공원 어때요? 날이 좋아서 돌아다니기에도 좋고, 사진 찍기에도 좋고."

"그래. 그럼 너희들 사진 찍어서 한 장 나한테도 보내 줘라."

성빈이 질색해하며 물었다.

"저희 사진을 할아버지가 왜요?"

"풋풋한 너희들 사진 보면서 옛날 소싯적 잘 나가던 때 기분이라도 느껴 보려고 그런다. 잘못됐냐?"

"아무튼 저희는 이만 일어나 볼게요."

성빈과 하연이 나가자, 일부러 내색하지 않았던 김 여사의 표정이 어두워졌다.

다른 것보다 '동거'한다는 말이 아무래도 마음에 걸렸다. 그런 김 여사의 심란한 마음을 알아차린 세라가, 먹던 걸 얼른 삼키고서 말했다.

"고모. 아까 그 여자랑 성빈오빠 진짜 사귀는 거, 내가 볼 때 절대 아니에요."

"세라 네가 볼 때도 이상하긴 하지?"

세라가 확신을 담아 말했다.

"오빠 스타일을 잘 아는데, 아까 그 여자는 오빠랑 같이 가볍게 놀 상대도 못 돼요. 그래도 영 찝찝하면 사람이라도 붙여 보던가요."

* * *

하연이 말없이 운전대를 잡고 있는 성빈을 빼꼼 쳐다봤다. 별 표정이 없는 얼굴은 화가 나 보이기도 했고, 그저 깊은 생각에 빠진 것 같기도 했다.

"성빈 씨 무슨 생각을 그렇게 해요?"

누나에 대한 생각에 잠겨 있던 성빈이 빠르게 현실로 돌아왔다.

"아무것도 아니야."

"그나저나 할아버지는 듣던 대로 정말 대단하신 분이시더라고요. 애부터 가지라니."

성빈이가 미리 경고했었던 요주 인물인 할아버지의 캐릭터는 생각보다 셌다. 거침없이 직구로 날리는 솔직함에, 몇 번이나 긴장했던 하연이 유쾌한 웃음을 내뱉었다.

"당신은 가만히 보면, 참 긍정적인 스타일이야."

성빈의 입장에서는 고마우면서도 여자의 반응이 참 신기했다. 그리고 문득 드는 정답…….

진짜가 아니기에, 조금 더 가볍게 즐길 수 있는 연극 같은 상황인 걸까.

"성빈 씨, 그런데 세라 씨랑 친척 사이인 거예요?"

"응."

"아까 보니깐 정말 예쁘더라고요. 아우라가 장난 아니네요. 역시 연예인은 달라."

성빈이 비웃었다.

"세라 그 녀석 안 고친 데가 없는데 아우라는 무슨."

"고쳐도 밑바탕이 예뻐야 그 정도로 나오는 거죠. 피부도 정말 백옥 같고, 눈도 크더…….”

하연의 끝없는 칭찬에 성빈이 결국 잘라 말했다.

"하연 씨도 투자 좀 하면 그 정도는 쉽게 나와. 그나저나 내가 준 카드는 계속 묵혀 둘 건가? 도대체 왜 안 쓰는 건데."

하연이 입술을 쭉 내밀며 부풀렸다.

"걱정 말아요. 나중에 저한테 카드 맡긴 거, 그쪽이 뼈저리게 후회할 날이 올 거예요. 크게 한방 긁어 줄게요."

하연이 배시시 웃으며 장난스럽게 말하자 성빈은 픽 웃을 뿐이었다. 그때, 차선을 바꾸려고 백미러를 보는데, 익숙한 차 한 대가 뒤로 따라붙는 게 보였다.

성빈이 잘못 봤나 생각하며 확인 차 일부러 차선을 바꿨다. 그러자 뒤에 있는 차도 점차 속도를 높이는 게 보였다.

"이쯤 되면 확실하군."

"뭐가요?"

하연이 고개를 갸우뚱거렸다.

"아무래도 사람을 붙였나 봐."

"할아버지가요?"

"글쎄, 누가 됐든 감시당한다는 게 중요한 거겠지."

성빈이 미간을 좁혔다.

"하연 씨."

"네?"

머리를 굴린 성빈이 제안을 했다.

"오늘 시간 괜찮아?"

"저야 뭐."

"보여 주기 식으로 진짜 데이트라도 해야 할 것 같은데."

기분 전환도 할 겸 하연에겐 나쁘지 않았다.

"전 좋아요. 그럼 날도 좋은데 아까 말도 꺼낸 김에, 공원 가서 산책이라도 할까요?"

"밖은 귀찮은데."

"안에서 노는 건 뻔하잖아요. 영화 보고 커피 마시고."

성빈이 픽 웃으며 머리를 쓸어 넘겼다.

"좋아. 이렇게 된 마당에 뭐…… 대신 공원에 가서 하고 싶은 게 있어."

"뭔데요."

"일단 하겠다고 약속해."

수상쩍은 눈빛의 하연이 쿨하게 대답했다.

"공원에서 할 만한 게 몇 개나 된다고. 좋아요. 콜! 뭔데 그래요?"

성빈이 악마와 같은 미소를 띠었다.

"번지점프."

*   *   *

강렬한 여름 햇살 속에 주차를 마친 두 남녀가 차에서 내렸다. 평일인데도 불구하고 공원에 사람들이 제법 많았다. 훅 올라오는 열기에, 하연이 손부채질을 하며 말했다.

"평일인데도 사람 정말 많네요. 번지점프도 이미 마감되지 않았을까요?"

성빈이 와이셔츠 팔목을 걷어 올리며, 하연의 말에 조소를 머금었다.

"일단 물어보기라도 해야지."

"성빈 씨. 사실 저⋯⋯."

걱정이 앞서는 하연이 성빈의 손목을 붙잡았다.

"고소공포증 있어요."

"정말?"

"네."

"나도 있는데. 같이 의지하면서, 뛰어내리면 되겠네."

하연이 울상을 지었다.

"성빈 씨 너무해."

"일단 예약되는지 물어보고 올게. 기다려."

성빈의 뒷모습을 쫓던 하연이 고개를 들어 하늘을 올려다보았다. 구름 한 점 없는 새파란 하늘이 참으로 예뻤다. 눈부신 햇살 아래로 두 눈을 질끈 감은 하연은 그 순간을 즐겼다.

금세 예약을 마친 성빈이 다가왔다.

"예약하고 왔는데, 한 시간 정도 여유 있어. 당신 아까 식사 제대로 못 한 거 같은데, 벤치에서 간단히 샌드위치라도 먹고 가."

두 남녀가 공원 산책로를 따라 나란히 걷기 시작했다.

보기 좋게 조성된 나무들 사이로, 쏟아지는 햇살이 눈을 간지럽혔다. 공원 가운데를 끼고 있는 큰 호숫가에는 천둥오리와 백조들이 여유로운 몸짓으로 헤엄을 치고 있었다.

공원 초입부분으로 걸어가는 길에 작은 아이스크림 가게가 눈에 띄었고, 성빈이 꽃모양의 젤라또를 주문해 하연에게 하나 건넸다. 모양이 너무 예뻐 조심스럽게 할짝 맛을 본 하연이 만족스러운 얼굴로 성빈에게 말했다.

"정말 맛있네요. 제 건 잎사귀는 요거트고, 가운데는 자몽이에요. 성빈 씨 거는요?"

"글쎄, 쿠앤크? 가운데 이 맛이 뭐였더라."

하연이 남자 손에 들려 있는 젤라또에서 가운데 위치한 노란색 아이스크림을 가리켰다.

"혹시 망고 아니에요?"

"눈빛이 탐내하는 것 같은데 직접 먹어 보든지."

성빈이 젤라또를 건네자, 살짝 망설이던 하연이 입을 갖다 댔다.

"음. 맛있어요, 망고 맞아요."

"더우니까 먹을 만하네. 저쪽 그늘진 곳으로 걷지."

나무가 울창하게 우거져 다른 곳보다 그늘이 드문드문 져 있는 산책로를 걸으며 하연이 물었다.

"요즘에 많이 바빴어요?"

"바쁠 것도 없는데, 그냥 챙겨야 할 게 많아서 골머리 좀 썩었어."

젤라또를 머금었던 하연이 행복한 표정으로 입술을 뗐다.

"아, 맞다. 그리고 성빈 씨, 저 사이버 대학 등록했어요."

"그래?"

"성빈 씨가 호텔 운영하니까 고민할 거 없이 그냥 호텔경영학과 지원했어요. 그러니까 나중에 평생직장 꼭 보장해 줘야 돼요?"

성빈의 미소가 바람을 타고 시원하게 번졌다.

"보장하도록 하지. 단 올 에이 못 받아 내면 복도 청소 담당하게 될 테니 그런 줄 알아."

"뭐라고요? 이런 억지가 어디 있어요?"

하연의 실망이 섞인 투덜거림에, 성빈의 입꼬리가 호선을 그리며 올라갔다.

"성빈 씨, 벤치에 좀 앉을까요?"

"그래."

하연이 비닐에 정갈하게 담겨져 있는 샌드위치를 꺼냈다.

"가만히 보면 성빈 씨는 입이 짧은 편인 거 같아요."

"그렇긴 해."

"식사는 잘 챙겨 먹어요? 삼시 세끼 말이에요."

성빈이 꽉을 열어 재빠르게 샌드위치를 꺼내더니 조잘대는 하연의 입에 '앙' 물게 만들었다.

"잔소리 좀 그만해."

그런 다음 본인도 반쪽을 집어 한입 크게 베어 물었다.

오랜만에 야외로 나와 반짝이는 햇살과 살랑이는 여름향기를 담은 바람결을 느끼고 있자니, 그동안 쌓였던 스트레스가 풀리는 성빈이다.

본인이 물린 커다란 샌드위치를 입에 문 채, 주스 병뚜껑을 열려고 연신 힘을 주고 있는 여자를 발견했다. 잘 안 열리는지, 얼굴까지 벌게져 끙끙대며 기합을 넣는 모습이 귀여웠다.

"이리 줘."

하연에게서 병을 빼앗은 성빈이 가볍게 힘을 줘 뚜껑을 열어 다시 건넸다.

샌드위치를 해치운 두 사람이 자리를 털고 일어났다. 성빈이 소매를 걷어 시간을 확인했다.

"지금 가면 되겠네."

여유롭게 말하는 성빈의 뒤를 초조하게 뒤따라가던 하연이 물었다.

"성빈 씨. 번지점프 진짜, 정말, 꼭 뛰어야겠어요?"

성빈이 심드렁하게 대꾸했다.

"사실 그쪽이 생각하는 것보다 시시할 거야. 뛰어내린 다음 눈한번 질끈 감으면 이미 끝나 있을 거야."

번지점프대 근처에 도착한 하연이 까마득하게 높은 위를 올려다보며 울상을 지었다.

'완전 높아! 제대로 망했다! 저기에서 어떻게 뛰어내리란 말이야!'

이미 성빈이 안내 데스크에서 예약 확인을 받고 직원이랑 나왔다. 엘리베이터에 올라탄 하연이 최대한 불쌍한 얼굴로 성빈을 올려다봤다.

그런 여자를 향해 어깨를 쓱 올려 보이며 코웃음을 치는 성빈이다.

같이 올라가던 직원이 파랗게 질려 굳어 있는 하연을 발견했다. 직원이 온화한 얼굴로 싱긋 웃으며 말했다.

"생각하시는 것보다 별로 안 무서워요. 그런 데다 커플로 뛰실 때는 여자분이 남자분한테 의지하면서 떨어지시기 때문에, 너무 걱정 안 하셔도 돼요."

하연이 경직되어 있는 입 주위 근육을 어색하게 풀며 작게 고개를 끄덕였다.

정상에 도착하자 살랑거렸던 바람은 온데간데없고 마치 허리케인처럼 강한 바람이 하연의 머릿결을 세차게 흩날렸다.

최대한 아래를 내려다보지 않으려고 노력했지만, 계속 밑으로 향하는 눈동자를 막을 길이 없었다.

"떠, 떨어질 것 같아! 어떡해!"

하연은 난간을 붙잡고 한발 한발 조심스럽게 줄을 매고 있는 남자에게 다가섰다.

"난 다 했어. 이제 하연 씨도 안전띠 매면 돼."

"성빈 씨, 이거 진짜 해야겠어요? 밑에서는 할 수 있을 거라고 마음먹고 올라왔는데, 막상 뛰려니까 못 하겠어요!"

성빈이 하연의 팔을 잡아 일으켰다.

"여기까지 왔는데 시도라도 해 봐야지. 해 보고 정 못하겠으면, 억지로 안 시킬게."

결국 성빈의 말에 안전띠까지 단단히 맨 하연이, 한쪽 구석에서 난간을 붙잡고 쭈그리고 앉아 있었다. 성빈이 그런 여자를 보며 씩 웃더니 다가와 손을 건넸다.

"잡아 줄 테니 일어나."

"못 일어나겠어요! 으허헝, 이제 현기증까지 나요. 나 어떡해!"

"일단 천천히 일어나 봐."

성빈의 큰 손이 하연의 손목을 붙잡고 천천히 일으켜 세웠다. 입을 꾹 다문 하연이 큰 결심을 하고 성빈이 이끄는 점프대에 위에 위태롭게 섰다.

앞에는 공원을 거닐고 있는 개미만큼 작은 수많은 인파들이 눈에 띄었다.

번지점프를 구경하는 사람들도 제법 있었고, 바로 정면으로는 금방이라도 빨려 들어갈 것만 같은 푸른 호수와 풍경들이 보였다.

"하연 씨, 괜찮아?"

이 자리에 서게 만든 장본인이 그 어느 때보다도 부드러운 어조로 뒤에서 속삭였다.

'나쁜 놈! 거지같은 놈! 요괴 같은 남자!'

고래고래 소리를 질러 주고 싶었지만, 지금 이 사람이 없으면 안 된다는 생각에, 마음과는 반대로 그를 있는 힘껏 움켜잡았다.

"괜찮아, 별거 아냐. 한 번만 붕 뜨면 되는 건데. 박하연, 이까

짓 게 뭐라고. 그치?"

"혼잣말 잘하네?"

이어 성빈의 악마와 같은 웃음소리가 하늘에 퍼졌다.

진짜 나쁜 놈이다.

당장에 정강이를 걷어차 버리고 이곳을 벗어나고 싶지만 이 남자에게 질 수는 없지!

하연이 앞을 바라보며 크게 심호흡을 했다. 성빈이 조금씩 티 나지 않게 하연을 앞으로 밀었다. 아주 조금씩. 은밀하게.

"성빈 씨, 죽을래요?"

"얼마나 더 기다려. 정 못 하겠으면 포기하든지."

하연이 단호하게 고개를 저었다. 그렇다고 당장에 뛰어내릴 생각도 없어 보였다. 성빈이 뒤에 서 있는 직원에게 속삭였다.

"지금 바로 뛰어내려도 되죠?"

성빈의 물음에 직원이 씩 웃으며 따봉을 치켜세웠다. 성빈이 머리를 쓸어 넘기며, 투덜거리기 시작했다.

"하연 씨는 나란 남자를 그렇게 못 믿어?"

"그런 문제가 아니잖아요!"

"내 줄이 끊어진다한들 당신은 살게 해 줄게."

얼떨결에 아래를 내려다본 하연의 심장이 두려움에 금방이라도 터질 것 같았다.

"성빈 씨, 장난치지 말아요!"

순간 성빈의 얼굴이 단단하게 바뀌었다.

"완벽하게 용기를 내야 할 이런 타이밍에서 난, 절대 망설이지 않아. 그러니까 나란 남자를 믿고 뛰어내려."

말을 마친 성빈이 하연의 허리에 긴 팔을 두르더니 그대로 떨어졌다. 마음의 준비도 못한 하연은 그대로 바닥으로 곤두박질치는 느낌에 괴성을 있는 대로 질러 댔다.

"으아아아아아아!"

그런 여자를 성빈이 부드럽게 품 안에 가두며, 다소 상기된 목소리로 외쳤다.

"귀청 떨어지게 소리 좀 그만 질러! 눈 좀 떠서 주위를 좀 둘러 봐!"

"으아아…… 무서! 으아악…… 아…….."

하연의 괴성이 더욱 커지는가 싶더니 천천히 사그라졌다. 눈물이 송골송골 맺힌 눈이 슬며시 뜨더니 주변을 살피기 시작했다.

번지점프대보다는 많이 낮아진 위치였지만, 아래에서는 느낄 수 없었던 자연의 경관은 색다르게 다가왔고, 눈물과 함께 아름답게 번져 눈에 담기기 시작했다.

하연이 자신을 감싸 안고 있는 남자를 올려다봤다. 마찬가지로 자신을 내려다보고 있는 성빈과 눈이 마주쳤다.

"내가 말했잖아. 생각보다 별거 아니라고."

하연이 얼른 고개를 다시 푹 숙였다. 아까 뛰어내리기 전의 두려움과는 다른, 알 수 없는 감정으로 빠르게 두근거리는 마음을 진정시키기 위해.

아마도 위험한 상황에 처했을 때, 상대에게 의지하며 착각을 하는 감정 오작동이겠지.

"이봐, 하연 씨. 눈물 닦는 척하면서, 와이셔츠에 콧물 묻히는 거 같은데."

"뭐라고요?"

성빈의 장난스러운 물음에 하연이 고개를 번쩍 치켜들고 노려 봤다.

'왠지 억울해!'

아래로 내려온 두 사람은 벤치에 앉아 숨을 돌렸다.

아직 채 안 마른 눈물자국을 느낀 하연이 거울을 들여다봐야 겠다는 생각에 화장실을 다녀오겠다며 일어났다.

성빈이 다리를 꼬고 앉아 멍하니 지나가는 사람들을 바라보기 시작했다.

아이들과 같이 놀러 나온 가족부터, 한창 깨소금이 쏟아지는 커플들, 마실 나온 산책하는 어르신들까지 참 평온해 보였다.

조금 떨어진 곳에서 자기 얼굴보다 큰 파란 솜사탕을 받아 들고 신나하는 어린 남자아이가 눈에 들어왔다.

'병 주고 약 주고 라는 말이 괜히 있는 건 아니지. 달콤한 거 좋아할 거 같은데 저거나 쥐여 줄까……'

성빈이 주머니에 손을 빼며 자리에서 일어났다. 솜사탕을 열심히 만들고 있는 인상 좋은 아저씨에게 다가가 어색한 미소를 띠며 말했다.

"솜사탕 하나만 주실래요?"

"크기는?"

"음…… 제일 큰 걸로 주세요."

아저씨가 파스텔 톤으로 놓여 있는 설탕을 집으려다 다시 물었다.

"무슨 색으로 해 줄까?"

"기본으로 해 주세요."

"이거 쥐여 줄 애인이 남자야, 여자야?"

아저씨의 농담에 성빈이 파안대소를 터트렸다.

"분홍색으로 해 주세요."

솜사탕이 만들어지는 과정을 지켜보고 있는데, 익숙한 벨소리가 귀에 흘러들었다.

노팅힐 ost인 'she'의 멜로디였다. 이 벨소리를 지정해 둔 인물은 단 한명밖에 없었다.

성빈이 넋을 놓고 휴대폰을 바라보고 있는데, 금세 완성된 솜사탕이 그의 손에 들려졌다. 그는 계산을 하고 끊긴 휴대폰에서 시선을 못 떼며, 천천히 발걸음을 옮겼다.

그때 꺼졌던 화면에 다시 불빛이 반짝 들어왔다.

정유선

익숙한 이름 세 글자가 눈에 박혀들었다. 그의 굳은 눈꺼풀이 점차 내려앉더니, 한숨을 작게 내쉬며 통화 버튼을 눌렀다.

[나야, 성빈 씨.]

차분한 말투의 여성스러운 그녀의 음성이, 휴대폰을 타고 성빈의 마음을 휘저었다.

"알아."

[왜 이렇게 통화가 어려워?]

속삭이듯 조곤조곤하게 물어 오는 그녀의 말투는, 마치 몇 시간 전까지 통화를 나눈 것처럼 일상적이고 덤덤했다. 마치 오래된 연인의 모습을 담은 듯한 그녀의 목소리에, 성빈이 무미건조하게 대답했다.

"우리 두 사람 통화할 이유. 이제 없잖아."

몇 초간의 침묵 끝에 흘러드는 그녀의 한숨 소리가 유난히 힘들어 보였다.

[성빈 씨. 당신이 이렇게까지 안 해도, 내가 한 실수에 대해서 뼈저리게 후회하고 있어.]

"이미 끝난 얘기 그만해."

유선으로선 힘들게 연결된 이 통화가 절박했다.

[성빈 씨 믿음 깨트린 거 정말 미안해. 그런데…… 그런데 성빈 씨, 나 지금 너무 힘들어…….]

성빈이 유선의 말을 차갑게 끊었다.

"그건 너 스스로가 감당해."

[성빈 씨, 이러지 마.]

"힘들고 아프고 그리운 거? 우스워서 말도 안 나오는군. 내가 느꼈던 감정, 정유선 네가 안다면 이렇게 쉽게 연락 못 해."

성빈은 솟구치는 화를 억눌렀다.

[알았어. 쉽게 풀릴 거라는 기대, 애초부터 안 했어. 성빈 씨 방황하는 거 끝날 때까지, 어떻게든 참아 볼게. 대신…… 꼭 돌아와.]

여자의 마지막 말에서 작은 떨림이 전해졌다.

"정유선 재미없어. 그만해."

여자의 말을 듣는 내내 무의식적으로 주먹을 꽉 쥐고 있던 성빈이, 그런 자신의 모습을 발견하고 천천히 손을 폈다. 울먹거리는 유선의 목소리가 그를 흔들었다.

[이 세상에 나 하나만 있으면 살아갈 이유가 충분하다고 했었잖아. 내가 무슨 짓을 해도 이렇게 밀어낸 적 없었잖아.]

그때 하연이 종종걸음으로 오더니 성빈의 손에 들려 있는 솜사탕을 발견하고 싱긋 웃었다.

"솜사탕이네요?"

성빈이 몸을 살짝 틀어 보이자, 그제야 하연이 귀에 갖다 댄 휴대폰을 발견했다.

"통화하는 줄 몰랐어요. 미안해요."

슬며시 몸을 옆으로 뺀 하연이 멀찍이 걸어갔다.

[옆에 여자야?]

"그래."

성빈의 대답에 잠시 말이 없던 유선이 차분하게 말했다.

[여자 기다리겠다. 그만 끊자.]

"어."

부정하지 않는 성빈의 대답에, 유선의 목소리가 차갑게 내려 앉았다.

[즐거운 시간 보내. 대신 적당히만 놀아.]

끊긴 휴대폰에 시선을 거두지 못한 성빈이 그 자리에 한참 동 안 목석처럼 서 있었다. 멀찍이서 통화가 끝난 걸 지켜본 하연이 성빈에게로 발걸음을 옮기다가 점차 걸음을 멈추었다.

'왜 저런 얼굴을 하고 있는 거지.'

곧게 뻗은 울창한 나무 곁에 넋을 놓고 있는 성빈의 앞으로 많 은 사람들이 지나가고 있었다.

밝고 환한 미소를 머금고 있는 수많은 사람들 사이로, 내리쬐 는 햇볕에 가장 잘 어울리는 남자는 그와 반대로 괴로운 눈빛을 하고 있었다.

축 처진 그의 손에 힘없이 쥐어져 고개를 떨어트린 분홍 솜사 탕이 눈에 들어왔다.

*　　*　　*

"사장님, 늦으셨네요."

성빈이 복도를 걸어가며 정구가 건네는 회의 자료를 건네받았 다.

"참석은 빠짐없이 모두 한 거야?"

"정 이사님은 해외 출장 때문에, 보고서만 전달 부탁드리고 빠지셨어요."

문을 열고 들어가자 기다렸던 임원진의 시선이 한데 모아졌다. 가운데 자리에 자리를 잡은 성빈이 빠르게 회의를 진행했다.

"회의 시작하죠."

여름 시즌을 준비하는 중요한 회의였다. 두 시간에 걸친 긴 회의 속에 각 부서가 알차게 준비한 현황들이 줄지어 발표되었다. 마지막 마케팅 부서의 보고만이 남았다.

"매년 이벤트성으로 진행했던 '썸머 클럽 야외 수영장 파티'는 전년과 동일하게 8월 초에 개장 예정이고, 첫 일주일은 VIP 고객들만 이용할 수 있습니다. 요즘 가장 핫한 아이돌 샤크, D.S.N 그룹과 지노스탁 등 섭외를 마친 상태입니다."

성빈이 화면에 떠 있는 영상 자료를 진지하게 살펴보더니 고개를 끄덕였다.

"그대로 진행하죠. 더 이상 보고할 사항은 없는 겁니까?"

오랜 회의 끝에 급격한 피로감을 느낀 성빈이 정구에게 시선을 보냈다. 그의 오케이 사인이 떨어지자, 성빈이 뻐근한 목을 매만지며 자리에서 일어났다.

"다들 수고하셨습니다. 이만 회의 마치죠."

집무실로 들어선 성빈이 의자에 몸을 기대앉았다.

"하연 씨랑 가족 모임 나간 건 어떠셨어요?"

"알면서 뭘 물어."

"큰 회장님이 사진 찍어서 안 보냈다고, 저한테 전화해서 뭐라고 하시던데."

성빈이 혀를 찼다.

"아무튼 노인네, 특이해."

"그나저나 이번에도 야외수영장 개장 전에 하루 이용하실 거예요?"

사장의 무반응에, '일단 비워 놓을 게요.' 짧게 말을 매듭짓는 정구의 마음이 편치 않았다.

*   *   *

"실장님. 방금 내린 원두커피인데 향이 너무 좋아요."

태희가 책상 위에 머그컵을 내려놓으며 수줍게 말했다.

"고마워요."

태희가 나가는 뒷모습을 지켜보던 하연이 머그컵을 들어 진하게 밀려드는 커피 향을 맡았다.

"정말 좋다."

원두 향을 따라 뜨겁게 넘어가는 커피 맛이 참 좋았다.

하연이 출근하기 전, 태희는 늘 한발 빨리 사무실 정돈을 끝내 놓았다. 때때로 커피나 간식을 건네주러 사장실에 자주 들어오곤 했는데, 사장실 청소는 자기가 하겠다고 하연이 몇 번이나 말렸지만, 소용이 없었다.

사이버 대학에서 '호텔경영학과' 를 선택한 하연이 천천히 이수 과정을 훑어보고 있는데, 휴대폰 진동이 울렸다. 발신자를 확인한 하연이 이틀 만에 보는 이름에 반갑게 받았다.

　"성빈 씨, 잘 지냈어요?"

　[나야, 뭐.]

　"목소리가 피곤해 보여요. 아, 맞다. 성빈 씨, 이번 주 토요일에 시간 돼요?"

　간단한 서류를 챙겨보던 성빈이 만년필을 내려놨다.

　[토요일에는 왜.]

　"이번 주 토요일에 라임사 산행하기로 했는데, 우리 같이 가요."

　[산행?]

　"네. 맑은 공기도 좀 쐬고, 라임사 직원들이랑 성빈 씨도 같이 어울리면 좋잖아요."

　성빈이 정중히 사양했다.

　[하연 씨, 난 됐어. 라임사 직원들도 상대하기 피곤하고 차라리 좀 쉬고 싶어.]

　"이러기에요?"

　꼭 남자를 데리고 가고 싶은 하연이 밀어붙였다.

　"저번에 성빈 씨가 고집 부렸던 번지점프도 군말 없이 뛰어내려 줬는데, 이렇게 의리 없이 굴 거예요?"

　번지점프 뛰기 직전, 공포에 질린 하연의 얼굴이 떠올랐다. 성빈은 저절로 픽 실소가 터졌다.

[좋아. 오랜만에 몸 좀 풀지, 뭐.]

성빈의 쿨한 대답에 하연이 사악한 미소를 지었다.

'내가 얼마나 산을 못 타는데. 이 남자야, 고생 좀 해 봐라.'

"아무튼 성빈 씨, 그럼 수고해요."

[그래. 하연 씨도.]

통화를 끝낸 성빈이 휴대폰을 가소롭다는 듯 쳐다봤다. 노크 소리와 함께 정구가 식사를 거른 사장을 위해 간단한 요깃거리를 챙겨서 들어왔다.

"사장님. 표정이 왜 그러세요?"

"별거 아냐. 그나저나 너 돌아오는 토요일 일정 좀 대 봐."

"저요? 할 거 없는데요? 아아, 아, 맞다. 중요한 일을 깜박했네!"

성빈을 힐끔 눈치를 보며, 미꾸라지처럼 빠져나가는 정구다.

'업무의 연장은 절대 있을 수 없다. 특히 이번 주말엔 더더욱!'

"내가 납득할 만한 이유를 대 봐."

"개인적인 일이에요."

"말 안하면 토요일에 출근이야."

'이 인간! 평소에는 관심도 없더니 오늘따라 무지 집요하다. 무슨 일인지는 몰라도 이번 주말만큼은 절대 안 되는데. 하는 수 없다!'

"사실 저 이번 주 토요일에 소개팅 잡혔어요."

"정말? 곤란하네."

잠시 고민하는 사장의 입술에 정구가 초 집중했다.

"다음으로 미뤄."

"아, 왜요!"

"라임사 산행에 가기로 했는데, 네가 서포트 좀 해 줬으면 해."

뜬금없는 일정에 정구가 의아한 표정을 지었다.

"라임사는 갑자기 왜요?"

"말하자면 복잡해. 꼭 빠져야하면 어쩔 수 없는데, 가능하면 시간 좀 내."

사장은 더 이상의 일언반구도 없었다. 정구는 들리지 않게 툴툴거리며, 대표실을 나왔다. 그때 진동이 느껴져 휴대폰을 받아 들었다.

"네. 이정구입니다."

[정구 씨.]

낯익은 차분한 여자의 음성에, 큰 보폭으로 신경질적이게 걸어가던 그가 걸음을 멈췄다.

"……오랜만이에요. 유선 씨."

[잘 지내죠?]

"저야, 뭐……."

[아뇨, 성빈 씨말이에요.]

순간 방심했다.

'이 여자는 항상 이런 식이었지. 그래도 착각한 김에 내 안부도 좀 물어봐 주면 안 되나?'

"사장님이야 잘 지내시죠."

[그래요. 이번 년 썸머 야외파티 개장 언제죠?]

"전년과 동일하게 팔월 초 오픈합니다."

[그 전날, 성빈 씨가 대여했나요?]

"별다른 지시 없으셔서 일단 비워 놨습니다."

[알겠어요.]

제 할 말만 하고 끊어 버린 휴대폰을 정구가 쏘아봤다.

"예전부터 늘 그래 왔지만 아무튼 제멋대로라니깐."

* * *

하연이 커튼을 걷어 날이 좋은지 창밖을 살폈다. 뭉게구름 사이로 적당히 비추는 햇살이 부담스럽지 않게 빛나고 있었다. 전신 거울을 한 바퀴 돌아보며 확인한 후 등산화를 신고 현관을 나섰다.

편안한 운동복을 갖춰 입은 성빈이 그녀를 반겼다. 정구가 하연을 향해 깍듯하게 고개를 숙여 인사를 건넸다. 그녀는 성빈이 열어 주는 뒷좌석에 엉덩이를 붙였다.

얼마 안 가 도착한 산 입구에 라임사 직원들은 이미 팀별로 대기하고 있었고 민 차장이 다가왔다.

"이사님. 오셨어요?"

"네. 저희가 많이 늦은 건 아니죠."

민 차장이 모자를 눌러 쓰며 고개를 저었다.

"아닙니다. 저희도 산행할 코스 의논을 막 끝냈던 참입니다."

"그래요?"

"각 팀별로 다른 코스를 정해서 올라가기로 했는데, 저희 마케팅 부서는 세 번째 코스로 정했습니다."

성빈이 선글라스를 벗으며 민 차장이 건네는 지도를 확인했다.

정상까지의 길은 네 개의 각기 다른 코스로 나뉘어져 있었다. 그중 가장 오르기 험한 코스가 세 번째 코스였다. 그래 봤자 예정 시간이 두 시간도 안 돼, 크게 부담은 없었다.

다른 팀들은 이미 올라갈 채비를 마친 후였기에 먼저 출발을 했다. 마지막으로 남은 마케팅 부서 직원들도 짝을 지어 산을 타기 시작했다.

"간만에 산에 오르네."

성빈의 여유로운 말투에 하연이 피식 웃었다.

"다 제 덕분이죠?"

"말이나 못 하면 얄밉지나 않지."

"성빈 씨, 오늘 고생 좀 하게 될 걸요?"

하연을 얄밉게 흘끔 쳐다보던 성빈이 낮게 중얼거렸다.

"무슨 소리야?"

"제가 산을 정말 못 타거든요. 가끔 집에 계단 올라가는 것도 벅찰 때가 있어요."

정확히 30분 뒤. 하연의 손목을 붙잡고 올라가는 성빈의 팔뚝에 힘줄이 바짝 섰다.

성빈의 팔에 매달려, 바람 빠진 풍선처럼 흐느적거리며 한발씩 내딛는 하연의 숨소리가 거칠었다. 당장 절벽에서 뛰어내리고 싶을 정도로 벅차고 힘들었다.

"하연 씨. 일단 가방 이리 줘."

성빈이 하연의 가방을 뺏어 둘러멨다. 생각보다 무거운 무게에 미간이 종잇장처럼 구겨졌다.

"제 몸 하나도 못 가누면서, 뭘 이리 바리바리 싸 들고 왔어?"

"하악! 학……! 이것저것 넣다 보니까요."

하연과 성빈이 근처 큰 돌담에 걸터앉아 마른 목부터 축였다. 하연이 가방을 뒤져 주섬주섬 오이를 꺼내 남자에게 내밀었다.

"등산할 때 오이 먹으면 수분 보충에 좋대요. 먹어요."

"운동 안 해 본 사람들이 꼭 이런 거 챙겨 오지."

하연에게 건네받은 오이를 아삭 한입 베어 물며 성빈이 타박을 줬다.

"차라리 이런 짧은 코스는 물통 하나 들고 바짝 스피드 내서 올라갔다가 내려오는 게 빨라."

"잔소리할 거면 이리 내놔요."

오이를 뺏으려고 허공으로 뻗는 하연의 손길을 피하며 성빈이 야들하게 웃었다.

"하여간 이 여자는 가만히 보면 허당이야."

그때 멀리서 태희를 챙겨 올라오는 정구를 향해 성빈이 손을 흔들었다.

"저기 사장님네 보이네요."

"저 때문에 정구 씨가 고생해서 어떡해요."

"에이, 레이디를 챙기는 건 당연한 건데요. 미안해하지 마요."

정구가 올라가던 걸음을 멈추고 가방을 뒤져 태희에게 물을 건넸다. 마시고 다시 건네주는 생수 한 통을 다 비우고 한숨을 돌렸다.

"날씨 좋은 주말에 이게 뭐하는 짓이람. 소개팅 잡혔다고 눈치를 줬는데도 굳이 끌고 오다니, 잔인한 사장님."

"오늘 소개팅 잡혔는데 취소한 거예요?"

"아니에요. 빠져 보려고 머리 좀 굴린 건데. 뭐 아무튼 상사 잘 둔 덕분에 이런 공기 맑은 곳으로 등산도 오고 좋죠, 뭐."

정구의 말에 뼈가 있음을 알아채고 태희가 낮게 웃었다.

"아. 맞다. 그러고 보니 태희 씨 왜 나 페이스북 친추 안 해 줘요?"

"네? 저, 저 페이스북 안, 안하는데요."

당황한 기색이 여실히 드러나는 태희를 보며 정구가 휴대폰을 꺼내 페이스북에 접속했다.

"이거 태희 씨 아니에요? 페이스북에서 진짜 유명하던데."

"네?"

정구가 내미는 휴대폰 사진을 콩닥거리는 마음으로 확인한 태희의 얼굴에 핏기가 가셨다.

"반응이 왜 그래요? 이 사람 태희 씨 아니에요?"

"저, 저 맞긴 한데. 다른 사람들은 저 페이스북 안 하는 줄 알거든요."

사실 그도 그럴 것이 태희에게는 사실 큰 비밀이 있었다. 그녀는 요즘 유행하는 페이스북의 유명인이었다.

소심한 성격 탓에 나이에 맞지 않게 수수하게 하고 다닌다는 소리를 많이 들어왔다.

누군가에게 본인의 꾸며진 모습이 돋보인다는 것 자체가 부담스러운 그녀였다. 그런 자신의 존재를 부담 없이 펼쳐 보일 수 유일한 공간이 온라인 가명의 페이스북이었다.

팀원부터 친구들에게까지 철저하게 비밀로 했던 은밀한 취미 생활이, 전혀 뜬금없는 사람에 의해서 판도라의 상자처럼 열려 버렸다.

누구도 알아채지 못했는데, 이 사람은 어떻게 귀신같이 알고 친구 추가를 한 거지?

"근데 사진들 포토샵을 너무 해서, 태희 씨인지 못 알아볼 법한 사진도 많더라고요."

"못 알아보는 게 당연해요. 정구 씨, 다른 사람들한테는 비밀로 해 줄래요?"

그때 그들의 뒤에서 이현 대리가 고개를 쑥 내밀었다. 그가 정구의 손에 들려 있는 휴대폰을 빤히 들여다보더니 눈을 크게 치켜떴다.

"진짜 예쁘네요. 정구 씨 애인이에요?"

"네? 아하하."

'거 봐. 매일 붙어 있는 팀원조차도 못 알아보잖아. 창피해!'

*   *   *

"하연 씨. 제발 다리에 힘 좀 줘 봐."

손목을 잡아끌고 올라가는 데 십 분, 긴 막대기를 쥐여 주고 짚으며 올라가는 데 십 분, 이제는 뒤에서 밀어도 도통 속도가 안 나 죽을 판이다.

"헉, 허억! 성빈 씨, 우리 그냥 여기서 같이 뛰어내릴래요?"

성빈의 체력이면 이 정도의 산행은 아무것도 아니었다. 하지만 이 저질 체력의 여자 때문에 뫼비우스의 띠를 무한대로 걷는 기분이었다.

"성빈 씨, 전 여기까지인가 봐요. 전 그냥 두고 혼자 올라가요."

"지금 영화라도 찍자는 거야? 발에 힘 제대로 안 줄래?"

당근보다는 채찍을 쓰는 남자 때문에 하연이 울컥했다.

"그만큼 힘들단 말이에요! 어? 비, 비 오나?"

설상가상으로 맑던 하늘이 어느새 어두워지고 빗방울이 하나 둘 떨어지기 시작했다.

"내려가는 길이 더 한참일 텐데, 사람 환장하겠네."

"정상에 꼭 도착하고 싶었는데."

"하연 씨, 꽉 잡아. 이제 쉬는 타임 따위 없으니까 그런 줄 알아."

말이 끝나기가 무섭게 하연의 손목에 전기가 짜릿하게 올라올 정도로 강한 힘이 들어갔다. 하연은 성빈의 손에 이끌려 마지막 젖 먹던 힘까지 쥐어짜 내 올라가기 시작했다.

성빈의 손아귀에 붙들린 채, 나무 막대기를 짚으며 얼마쯤 올라갔을까. 비를 머금은 시원한 바람이 살랑, 그녀의 귓가를 기분 좋게 스쳤다. 성빈의 머리 위로 부서지는 흐릿한 햇살을 확인하며, 하연이 기뻐 소리쳤다.

"우와! 드디어 정상에 도착했다!"

"여기 언덕만 올라가면 진짜 꼭대기니까 아직 호들갑 떨기는 일러."

없던 힘이 어디서 났는지, 깡충깡충 뛰며 앞서 나가던 하연이 돌부리에 걸려 중심을 잃었다.

"어? 어어어? 와악!"

그대로 언덕으로 굴러떨어질 뻔한 하연을 순식간에 성빈이 낚아챘다. 평지로 가까스로 방향을 튼 성빈이 하연의 아래로 그대로 곤두박질쳤다.

"윽!"

성빈의 뒤통수가 바닥에 부딪혔다. 반사적으로 튕겨 오른 성빈의 얼굴이 바로 앞에 있는 하연의 입술로 향했다. 그 순간 콱. 하연의 아랫입술을 깨물어 버린 성빈이다.

하연의 터진 입술에 붉은 피가 맺혔다.

성빈이 나지막이 한숨을 내쉬며 두 눈을 감았다. 체력이 방전돼 기운이 하나도 없었다. 하나를 하면 꼭 두 개를 보태는 여자 때문에 피곤함이 밀려들었다.

"하연 씨."

"미안해요. 정상에 도착했다는 거에, 너무 흥분했었나 봐요."

성빈이 낮은 한숨을 뱉었다.

"당신은 왜 매번 이렇게 걸리적거려? 도대체 쉬운 게 하나도 없잖아."

하연의 얼굴이 달아올랐다.

성빈이 도톰한 아랫입술 사이로 터진 피를 바라보며 미간을 좁혔다. 이 여자랑 함께할 때면 왜 이렇게 쉽게 가는 법이 없는지. 피곤하고, 거슬린다. 그런데 왜 자꾸…….

"피 안 멈추니까 그만 조잘대. 당신 때문에 머리가 어지럽잖아."

그녀의 입술을 지그시 바라봤다.

일단 멈춰야겠다, 일단은.

성빈의 붉은 입술이 갈라지더니, 하연의 피가 맺힌 아랫입술을 감싸 포갰다.

성빈의 예상치 못한 스킨십에 두 눈이 커진 하연이 순간 굳었다. 따뜻하게 감싸 오는 남자 입술의 촉감이 참 달콤했다.

한참 닿아있던 입술이 천천히 떼어졌다.

찢어진 상처 사이로 배어드는 따끔거림에 저절로 눈살이 찌푸려졌다. 하연이 성빈의 가슴팍을 짚고 상체를 빠르게 일으켰다.

"성빈 씨, 방금 뭐 한 거예요?"

"일단 피부터 멈춰야겠다는 생각이 들었어."

금붕어처럼 입만 벙긋거리는 하연을 말없이 응시하던 성빈이 가방 주머니를 뒤져 물티슈를 꺼냈다.

"아직 피 나니까 입술 이리 대 봐."

성빈이 고개를 틀어 하연의 터진 입술을 바라보며 물티슈로 살살 꾹 눌렀다.

"매사에 이렇게 칠칠맞으니 몸이 고생을 하는 거잖아."

"제가 할게요."

하연이 성빈의 손에 들려 있는 물티슈를 건네받아 입술을 닦으며 몸을 일으켰다. 그제야 정신을 차린 하연이 성빈을 째려봤다.

"성빈 씨는 원래 이런 스킨십을 쉽게 하나 봐요?"

"자."

실수한 걸 스스로도 잘 아는 성빈이 뺨을 들이댔다.

"따귀 때리고 싶으면 해."

"이 남자가 정말!"

"실수한 거 인정해. 당신 화 날만 하니깐, 망설이지 말고 때려."

두 남녀가 한창 옥신각신 하고 있는데, 툭…… 투둑…… 한두 방울 내리던 빗방울이 결국 세차게 쏟아지기 시작했다.

"난감하네."

성빈이 하늘을 올려다보며 앞머리를 쓸어 넘겼다.

"하연 씨, 내려갈 때 속도 좀 내야 할 거 같은데."

"네, 우리 얼른 출발해요."

하연이 성빈의 등을 떠밀며 내려가기 시작했다. 올라올 때보다야 훨씬 수월했지만 얼마 전에 접질렸던 발목에 무리가 갔는지 시큰거렸다. 하연이 티 나지 않게 작게 신음을 내뱉었다.

"하연 씨. 잘 따라오고 있어?"

앞서 내려가던 성빈이 뒤를 돌았다. 뒤에 바짝 따라 오는 줄 알았던 여자가 생각보다 뒤처져 있었다. 성빈이 그런 하연에게 다가갔다.

"성빈 씨, 저 잘 따라가고 있었어요."

"어디 불편해 보이는데."

비에 젖어 물에 빠진 생쥐 꼴을 하고 있는 하연의 모습이 거슬렸다. 성빈이 제 바람막이를 벗어 하연에게 걸쳐 주고 모자를 씌워 줬다.

"제대로 좀 챙겨 입지 그랬어."

"성빈 씨, 저 정말 괜찮은데. 여름이지만 그렇게 얇게 입고 비 맞으면 감기 걸려요."

성빈이 들은 척도 안하며, 하연의 손을 잡고 내려가기 시작했다. 하연이 성빈에게 붙들린 자신의 손을 쳐다봤다.

찬 빗줄기와 산림에 내려앉은 안개 속에서, 그의 손이 유난히 따뜻했다. 하연이 옅은 미소를 지었다. 매번 툴툴거려도, 모든 신경을 쏟아 늘 배려해 주는 젠틀한 남자.

하연에게 집중해 내려가던 성빈이 그녀의 걸음걸이가 어색하다는 걸 눈치 챘다.

"하연 씨, 아까 넘어지면서 다리 다친 거야?"

"저번에 발목 접질린 부분에 충격이 조금 간 거 같긴 한데. 살짝 당길 뿐, 괜찮아요."

성빈이 등을 보이며, 다리를 접었다.

"업혀."

"성빈 씨, 비도 오는데 미끄러지기라도 하면 어떡해요. 걸을 수 있어요."

"두 번 말하게 하지 말고 빨리 업혀."

하연이 엉거주춤 성빈의 넓은 등짝에 와락 업혔다. 하연의 엉덩이에 손을 받쳐 일어난 성빈이 다리에 힘을 줘 걷기 시작했다.

"성빈 씨, 많이 무겁죠?"

"응, 생각보다."

망설임 없는 성빈의 대답에 하연의 눈이 옆으로 늘어졌다. '하여간 빈 말은 죽어도 못 하는 성격이라니까.' 하연이 입술을 삐죽거렸다.

"성빈 씨, 내려가면 흑가마에서 우리 몸 좀 녹여요."

"난 더운 거 별로야."

"사람 말 좀 들어요. 개도 안 걸리는 여름 감기 걸려서 골골거리고 싶어요?"

성빈이 어이가 없어 타박을 줬다.

"비유를 해도 참나."

"직설적인 표현 좋아하는 거 같아서 알아듣게 말해 준 거예요. 어? 저기 민 차장님 보이네요."

어느덧 입구에 도착했는지 라임사 직원들이 옹기종기 모여 있는 모습이 보였다. 성빈이 안도의 한숨을 내쉬었다.

*　　　*　　　*

산을 탄 피로를 찜질도 하며 어느 정도 풀어 낸 라임사 직원들이 단체 회식에 들어갔다. 성빈도 함께 자리에 앉아 있는데, 큰 회장과 통화를 끝내고 온 정구가 다가왔다.

"사장님. 큰 회장님이 왜 전화 안 받느냐고 노발대발하시던데요?"

"지금 받을 상황이 안 되잖아."

성빈이 짜증스럽게 대꾸했다.

"그리고 하연 씨랑 같이 있다고 말씀 드리니까, 사진 한 장 찍어서 빨리 보내시래요."

"정말 피곤한 스타일이야. 알겠어."

주머니를 뒤져 휴대폰을 꺼낸 성빈이 곧장 자리에서 벌떡 일어났다. 그는 유 팀장의 옆에서 조곤조곤 수다를 떨고 있는 하연의 팔을 낚아 채 일으킨 다음 카메라를 켰다.

"어? 성빈 씨 왜요?"

성빈이 카메라 상태를 체크했다. 어두워서 잘 안 나오자 플래시를 켰다.

"옆으로 좀 바짝 붙어."

"네?"

전국구로 왁자지껄한 라임사 직원들이 한 명씩 그 둘에게 시선을 집중하기 시작했다.

"할아버지가 당장 사진 찍어서 전송하라서."

"아, 정말요?"

하연이 각도가 잘 나오게 고개를 살짝 틀어 성빈의 옆으로 붙었다. 몇 차례 셔터를 눌렀지만 어딘가 부족한 남자가 못마땅한 표정을 지었다.

"분위기가 어색해. 포즈도 마음에 안 들고."

"음, 그럼."

성빈이 하연의 허리에 손을 둘러 확 끌어당긴 다음 볼을 내밀었다.

"입술 좀 갖다 대 봐."

이사의 거침없는 주문에 다들 한번 놀라는데, 성빈은 멈추지 않았다.

"그렇게 어설프게 말고, 제대로."

"읍! 이렇게요?"

다소 거리를 두고 입술을 닿을락 말락 대는 하연의 머리를 성빈이 지그시 눌렀다.

"사랑받는 여자 같은 표정 좀 예쁘게 짓고."

하연이 투덜거렸다.

"사랑을 못 받는데, 억지로 어떻게 지으라는 거예요!"

성빈이 여자의 양쪽 입꼬리를 손가락으로 잡아 쭉 올렸다.

"이 남자 품에서 죽어도 여한이 없다고 생각할 정도로 이런 행복한 표정 말이야. 모르겠어?"

직원들은 사랑받는 여자를 강요하는 집착에 두 번 놀라고 말았다.

"그렇게 잘하면 성빈 씨가 직접 보여 주지 그래요?"

말이 끝나기 무섭게, 성빈이 휴대폰을 든 채 하연의 목덜미에 손을 둘렀다. 저를 보게끔 여자의 얼굴을 고정시킨 성빈이 볼을 살짝 꼬집었다.

"우리 하연이 오늘따라 정말 사랑스럽네."

"성빈 씨, 미쳤어요?"

기습 공격에 하연의 속이 울렁거렸다. 남자의 눈빛은 더없이 다정하고 사랑이 넘쳐났다.

"깨물어 죽이고 싶을 만큼 귀여운데, 대신 뽀뽀로 참아 볼게."

라임사 사람들은 공포 영화에서나 나올 법한 이사의 다른 인격체에 결국 세 번을 놀랐다.

오글거림을 못 참고 한발 물러서려는 하연을 안 놔주며, 성빈의 고개가 교차했다. '쪽!' 하얀 볼에 노골적인 마찰음 소리가 날 정도로 성빈이 강하게 입술을 찍어 내렸다.

"어디 보자."

성빈이 휴대폰을 확인했다. 질색해하는 하연의 표정이 거슬렸지만, 대체적으로 만족스러웠다. 입술을 잔뜩 부풀리고 있는 하연에게 사진을 보여 줬다.

"어때. 하연 씨는 실물보다 괜찮게 나온 것 같은데."

사진을 보는 하연이 짜증이 솟구쳤다. 사진 속의 자신은 못난이 인형 저리 가라 할 정도로 못생김의 도를 넘어서고 있었다.

그 시각 저녁 식사를 마친 큰 회장이 정원을 한 바퀴 느릿하게 거닐고 있었다. 띠링. 주머니에서 휴대폰을 꺼낸 큰 회장이 성빈이 보낸 사진을 확인하더니 인상을 구겼다.

"저녁에 먹은 거 올라오려고 하네."

큰 회장이 성빈을 자체적으로 모자이크 하며, 하연의 얼굴을 찬찬히 들여다봤다. 온화하며 잘 웃는 인상에, 찡그리고 있지만 그 미소마저도 유순한 느낌이라, 마음에 들었다.

성빈이 만나 왔던 그 전의 여자와는 많이 다른 스타일에 한편으로는 안심이 되면서도, 성빈이의 속내가 궁금했다. 사진은 접수했으니, 유명한 관상쟁이를 서둘러 찾아가야겠다고 마음먹었다.

*　　*　　*

하연이 허브차를 우린 머그컵을 들고 탕비실에서 나왔다.

"점심시간 넘었는데, 다들 식사하러 가세요."

"실장님은요?"

"저는 아침에 먹은 토스트가 얹혔는지 속이 좀 불편해서요."

태희가 지갑을 챙기며, 중얼거렸다.

"이 대리님은 식사하고 들어오시려나. 아까 미팅 끝났다고는 했는데."

팀원들이 다 나간 한산한 사무실. 유 팀장의 책상에 내려놨던 머그컵을 들고 하연이 사장실로 향하는데, 툭― 구두에 뭔가가 걸렸다.

"웬 수첩이지?"

하연이 바닥에 나뒹구는 빨간 수첩을 들었다. 누구 건지 확인하기 위해 맨 뒷장을 펼쳤다. 그런데 이름 대신 알 수 없는 별명이 적혀 있었다.

"원래는 열쇠로 잠겨 있었나 보네."

하연이 수첩 옆에 떨어져 있는 작은 열쇠를 집어 들었다. 그녀가 잠시 고민을 하고 있는데, 외근을 마친 이현 대리가 모습을 나타냈다.

"이 대리님. 밖에 많이 덥죠?"

"장난 아니에요. 근데 실장님은 식사하러 안 가셨네요?"

이현의 눈길이 자연스럽게 하연의 손에 들려 있는 빨간 수첩으로 향했다. 입이 쩍 벌어지더니, 소리 없는 신음을 내뱉었다.

"대리님 표정이 왜 그래요? 아, 이 수첩 바닥에서 주웠는데, 이 대리님 거예요?"

이현 대리가 말을 더듬었다.

"호, 혹시 실장님 그 수첩 보셨어요?"

장난을 좀 칠까 싶은 심보로 하연이 고개를 끄덕였다.

"네, 봤어요. 이 대리님 그렇게 안 봤는데."

"네?! 아…… 아아……."

이현 대리의 표정이 점차 경악스럽게 바뀌었다. 이상함을 느낀 하연이 한 발 다가와 수첩을 내밀었다.

"여기요, 이 대리님 수첩. 사실은 안에 안 봤……!"

"실장님, 저 경멸하시죠?"

하연이 대답할 겨를도 없이 멘붕이 온 이현 대리가 횡설수설하기 시작했다.

"제, 제가 민 차장님을 좋아하는 게 아니라요. 그게 동경 그거 비슷한……! 아, 뭐라는 거야. 아무튼 남자가 남자를 좋아한다는 게…… 실장님 입장에선 이해가 안 되시겠지만…… 아, 그게."

이현 대리의 말을 집중해 접수하던 하연의 눈이 살짝 커졌다.

"그러니까 이 대리님이 민 차장님을 좋아한다는 그 말이에요?"

"네? 아, 아니…… 그게. 도, 동경하는 그런!"

하연이 이 대리의 말을 자르며 의아한 부분을 꼬집어 물었다.

"그런데 민 차장님 유부남 아니세요?"

"삼 년 전에 이혼하셔서 현재 돌싱이세요."

하연이 볼을 긁적였다.

"그럼 문제없겠네요. 사람이 사람을 좋아하는데, 성별이 무슨 상관이에요? 저랑 친한 동생 한 명도 게이에요."

이 대리의 눈이 연속으로 깜박였다.

"……저, 정말요?"

"네, 그러니까 신경 쓰지 마세요. 비밀로 붙여 줄게요. 아, 그리고 사실."

하연이 사장실을 향해 뒤를 돌며 쿨하게 말했다.

"사실 이 대리님 수첩 안 봤어요. 비밀을 공유하는 사이가 된 만큼 앞으로 친하게 지내요."

이현 대리가 울상을 지었다. 자신의 입술을 손바닥으로 찰싹 내치며, 성급한 제 성격에 분노했다. 박 실장에게 제대로 약점을 잡혔다, 제길.

한편으로는 그게 뭐 대수냐는 하연의 태도가 내심 고마웠다.

*　　*　　*

"저희 디럭스 프리미엄 파티 룸으로 예약 좀 부탁해요."

라페르 호텔 프런트에서 삐딱하게 선 현아가 객실을 예약하고 있었다. 왠지 모르게 짜증이 배인 얼굴이 심기가 불편해 보였다.

"김성빈, 이 자식 일부러 전화 안 받는 거 확실해. 짜증 나는 놈."

오전에 네일아트를 받은 손톱을 매만지며, 현아가 기분을 풀고 있었다. 그때 외부 미팅을 마치고 중앙 로비로 들어오는 성빈이 보였다.

"야, 김성빈!"

소리 나는 쪽으로 고개를 돌렸던 성빈이 다시 정면을 응시했다. 철저히 무시하는 태도였다. 현아가 하이힐을 앞세워 성빈에게 전투적으로 걸어갔다.

"김성빈, 귓구멍이 막혔어? 왜 사람을 보다 말아?"

"그보다 여긴 웬일이야."

아무 일 없다는 듯이 성빈이 평온한 얼굴로 현아를 내려다봤다.

'얄미운 놈. 본인 일 말고는 전혀 관심 따위 없는 이기적인 자식. 이런 걸 친구라고!'

속으로 욕을 한 바가지 퍼부은 현아가 애써 진정하며 물었다.

"너 도대체 전화는 왜 안 받는 건데?"

성빈이 심드렁하게 반문했다.

"그래 봤자 너 룸 잡아 달라고 전화한 거 아니야?"

"뭐?"

"내가 파티 열 궁리만 하는 너처럼 한가한 줄 알아? 저 프런트는 장식으로 있어? 사람 귀찮게 하지 말고 직접 예약해."

참았던 현아가 폭발을 하면서 으르렁댔다.

"김성빈, 너 진짜 이렇게 재수 없게 나올 거지? 십 년 친구 덕 좀 보려고 해도 이건 뭐 남보다 못하게 구니, 정이 뚝뚝 안 떨어지고 배겨? 질린다, 질려."

성빈이 얄밉게 어깨를 슥 들어 보였다.

"남은 정까지 바닥나면, 망설이지 말고 절교 선언해. 기꺼이 받아 줄게."

"너 결국 목숨 저당 잡히고 싶어서 환장했지?"

현아의 눈에서 살기를 느낀 성빈이 이쯤 해야겠다고 판단했다.

"그만 눈에 힘 좀 풀고. 그래서 룸은 잡은 거야?"

"잡긴 했어."

성빈이 소매를 걷어 시간을 확인하며 물었다.

"파티 테마가 뭔데."

"그냥 친구들하고 편하게 방 잡고 한잔하면서 놀려고. 여자들끼리."

연달아 회의에 들어가야 하는 성빈이 적당히 말을 끊었다.

"현아야. 미안한데, 나 지금 회의 들어가 봐야 돼. 아무튼 너희 쪽 신경 좀 쓰라고 따로 얘기 해놓을 테니까 이따 재밌게 놀고."

현아가 소맷자락을 붙잡았다.

"이따가 네 여자 친구도 불러. 같이 어울리면 좋잖아. 궁금하기도 하고."

"물어는 볼게."

별 생각이 없는 성빈을 현아가 자극했다.

"이번에도 안 나오면 너의 리더십을 좀 의심해 볼 필요가 있지 않을까?"

"뜬금없이 무슨 소리야."

"너희 남자들이 허세로 쉽게 말하는 초반에 확 휘어잡는 박력. 너한텐 좀 부족하다고 소문날 거 같은데."

성빈을 확 잡아당긴 현아가 귀에 대고 빨간 입술을 움직였다.

"내 입에서 나오는 소문이, 얼마나 파급력 센지 알고 있지?"

말을 마친 현아가 성빈의 어깨를 한번 툭 치고 로비를 걸어 나갔다. 그런 현아의 뒷모습을 보며 성빈이 콧방귀를 꼈다. 그런데 묘하게 신경 쓰이는 건 뭘까.

*　　*　　*

성빈에게서 연락을 받은 하연은 퇴근 후 호텔로 향했다. 안내를 받고 호텔 파티 룸에 들어간 하연의 입이 벌어졌다. 객실 안에는 수영장, 당구대, 스크린 골프장, 와인바 등 없는 게 없었다. 초호화스러움 그 자체였다.

"하연 씨. 부담 갖지 말고 편하게 어울리면 돼요."

가장 처음 인사한 현아가 와인 두 잔을 들고 와 하연의 손에 들려 줬다.

"신경 써 줘서 고마워요. 성빈 씨랑은 친한가 봐요."

잔에 담긴 붉은 와인을 빙그르 돌리며 현아가 대답했다.

"뭐 이쪽이야 워낙 어렸을 때부터 봐 오는 얼굴들이니까요. 특히 제 남자 친구랑 성빈이가 둘도 없는 절친이거든요."

하연이 고개를 끄덕였다.

"전 사실 아직 성빈 씨를 만난 지 얼마 안 돼서 모르는 게 많아요."

"한편으로는 신기하네요."

청순한 인상의 하연을 보며 현아가 살짝 고개를 기울였다.

"성빈이 녀석한테 관심은 없지만, 좋아하는 타입 정도는 파악하고 있었는데. 하연 씨 보니까 이상형이 확실히 변했구나 싶어서요."

하연의 자존심에 묘하게 금이 갔다.

"원래는 성빈 씨가 어떤 스타일을 좋아 했었는데요?"

"섹시한 타입."

일부러 강조해 물었는데, 현아의 대답엔 망설임이 없었다.

"그럼 제대로 저 고른 거 맞는데요?"

하연의 능청스러운 대답에, 현아가 웃음을 터뜨렸다.

"하연 씨 재밌네."

"외모만 섹시한 건 글쎄요. 사람이 반전이 있어야 매력이 있죠."

현아의 기에 밀리고 싶지 않은 하연이 무리수를 뒀다.

"나중에 성빈 씨한테 한번 물어봐요. 왜 저를 좋아하냐고."

"그럴까요?"

"아마 섹시하거나 예뻐서. 둘 중 하나로 대답할 것 같긴 한데."

결국 현아가 한 번 더 웃음을 터뜨렸다.

'박하연 이 여자, 생각보다 재미있네.'

그 뒤, 현아는 모임 여자들과 하연이 어울릴 수 있도록 도왔다. 사실 그녀들 입에 오르는 가십거리와 시시한 수다는 하연에 겐 별로 흥미롭지 않았다. 하연이 화장실로 들어가 변기 뚜껑을 닫고 엉덩이를 붙였다.

"하아…… 힘들다. 졸려 죽겠네."

졸린 눈을 부비며 하연이 시간을 확인했다. 벌써 자정을 넘기고 있었다. 그때, 몇 명이서 짝지은 무리가 우르르 화장실로 들어왔다.

"이제 스파에서 마사지 좀 받아야지."

"성빈이네 호텔은 시설이 다 최신식이어서 마음에 들어."

그중에 한 여자가 화장을 고치며, 의아한 말투로 말을 꺼냈다.

"근데 성빈이 애인이라고 온 여자 말이야. 정말 평범한 여자 야? 우리가 알 만한 집안이 전혀 아닌 건가?"

대답을 하는 여자도 이해할 수 없다는 뜻을 내비쳤다.

"나도 그게 이해가 안 돼. 전 여자 친구도 집안에서 만나게 했 던 걸로 아는데."

"그런 데다 여자도 성빈이 스타일 맞아? 다소 심심하던데?"

화장을 다 고친 여자가 파우더를 닫으며 비꼬았다.

"그냥 한 마디로 급이 낮던데, 뭐."

하연이 입술을 꾹 다물었다. 오늘 의도치 않게 여기저기에서 제대로 까인다.

'자기들은 잘나면 얼마나 잘났다고 이렇게 사람을 호두까기 인형처럼 까?'

자존심이 상했다.

요즘 세상에 평범하게 잘사는 것도 힘든 판국인데, 금수저 물고 태어났다고 사람을 하대하는 것도 정도가 있지. 타이밍 좋게 민경에게서 전화가 걸려 왔다.

진동으로 해 놨던 하연이 휴대폰을 꼭 쥐고 힘을 줬다. 그리고 통화 버튼을 눌렀다.

"어? 민경아?"

밖에서 수군거리던 여자들이 깜짝 놀라 입을 다물었다. 하연은 일부러 목소리를 높였다.

"나 지금 성빈 씨네 호텔이야."

민경이 하는 말을 지레 무시하며, 하연이 일부러 밖에 들으라고 지껄이기 시작했다.

"성빈 씨 친구들하고 놀고 있는 중인데, 지루해 죽겠어. 쓸데없이 남한테 오지랖은 장난 아니게 부리고, 자기들 잘난 맛에 사는 부류들이라 아주 피곤해."

하연이 변기에서 일어나 문을 열고 나왔다. 화들짝. 네 명의 여자들이 하연의 매운 눈초리에 움찔했다. 하연이 화장실을 나가며 짜증스러운 말투로 한마디를 보탰다.

"급 낮은 사람한테 앞담화도 제대로 못 하면서 잘난 척들은."

와인바 구석에 앉은 하연이 바텐더에게 양주를 시켰다. 술을 못 마시는 편은 아니었지만, 양주까지는 무리인 그녀지만 지금은 아무래도 좋았다.

그저 평범하다는 이유로 왜 이런 취급을 받아야하는지 속이 상했다. 몇 잔을 연거푸 비우고 있는데 현아가 다가왔다.

"하연 씨. 무슨 술을 이렇게 급하게 마셔?"

"그냥, 목이 좀 말라서요."

하연의 속내를 모르는 현아가 픽 웃었다.

"하연 씨 술 잘 마시나 보다. 나중에 대작 한번 해야겠는데?"

현아의 말이 끝나기가 무섭게, 술기운이 한 번에 확 밀려들었다. 곧게 앉아 있던 하연의 자세가 틀어지고, 눈꺼풀이 무겁게 내려앉았다.

"하연 씨, 괜찮아? 뭐야. 감당하지도 못하는 술을 왜 이렇게 마셨대."

"저 안 취했어요."

손을 허공에 획 내저으며, 반대로 와인바 탁자에 얼굴을 묻었다. 현아가 당혹스러운 표정을 지었다. 잡고 있던 일을 마무리하고 하연을 보러 파티 룸에 들른 성빈이 저 멀리 보였다. 현아가 손짓을 했다.

"네 애인 지금 완전 취했어."

하연의 상태를 확인한 성빈의 이마가 종잇장처럼 구겨졌다.

"마시지도 못하는 여자한테 왜 이렇게 술을 먹였어?"

"내가 안 먹였어. 자기가 마신거지."

억울한 현아가 잘라 말했다. 성빈이 엎드려 있는 하연을 흔들었다.

"하연 씨, 좀 일어나 봐."

익숙한 음성이 들리자 하연이 흐릿하게 떠 성빈을 반겼다.

"……성빈…… 우리 성빈 씨."

칭얼거림이 동반된 애절한 부름에 성빈이 고개를 낮췄다.

"술을 왜 이렇게 마셨어. 일어날 수 있겠어?"

"그럼요. 일어……!"

벌떡 일어나는 하연이 다리에 힘이 풀려 성빈에게 기댔다.

"안 되겠네. 데리고 나갈게."

"야, 김성빈. 진짜 내가 안 먹였어. 오해하지 마라."

현아가 찜찜한 얼굴로 다시 한 번 제 억울함을 호소했다. 성빈이 하연을 품에 안고서 파티 룸을 나왔다. 잠시 고민하던 그는, 본인이 가끔씩 묵는 비즈니스 룸으로 하연을 데리고 들어갔다.

털썩—

하연을 침대에 눕힌 성빈이 허리춤에 팔을 얹고 한숨을 내쉬었다.

"하여간 이 여자, 이렇게 술 마시는 거 진짜 문제야."

성빈이 냉장에서 물을 꺼내 목을 축인 뒤, 나머지 물을 컵에 따라 하연의 옆으로 걸터앉았다.

"하연 씨, 물 좀 마시고 자."

하연의 상체를 일으켜, 메마른 입술 사이로 물을 흘러 넘겨 줬다. 다시 하연의 고개를 내려놓은 뒤, 컵을 갖다 놓으려고 성빈이 자리에서 일어났다. 그때, 모기 소리마냥 작은 웅얼거림이 귓가를 스쳤다.

"성빈 씨…… 좋아……해요."

제 귀를 의심한 성빈이 뒤를 돌았다. 그리고 박히는 한마디.

"당신을 가질……거예요. 제…… 전부를 걸어서……라도."

다시 침대에 걸터앉은 성빈이 여자를 지그시 내려다봤다.

"박하연. 지금 나한테 고백이라도 한 거야?"

대답이 없었다.

취기에 아무렇게나 내뱉은 말이겠지 싶었지만, 아무래도 신경
이 쓰였다. 그때 미동이 없던 하연이 낮게 신음을 흘렸다. 속이
울렁거려 불편한 하연이 인상을 쓰며 몸을 일으켰다.

"……성빈 씨, 저 물 좀 줄래요?"

성빈이 서둘러 생수를 챙겨와 하연에게 따 주었다. 하연이 한
참 물을 벌컥벌컥 들이켰다.

"하아…… 하…… 좀 살겠네. 아윽…… 머리야."

"정신이 좀 들어?"

하연이 손을 홱 내저으며 다시 누웠다.

"죽겠으니깐 말 걸지…… 말아요. 끅."

등을 내보이며 귀찮다는 반응을 보이는 하연의 태도에 성빈이
짜증이 났다.

"하연 씨, 방금 전에 본인이 했던 말. 해석 좀 해 주지 그래?"

"제가 뭐라고 했는데요……? 아, 머리야……."

하연이 건성으로 대꾸했다.

"나보고 좋아한다고."

"킥……!"

성빈이 제 귀에 꽂히는 비웃음소리를 무시하며 말을 이었다.

"나를 가질 거라면서, 당신의 전부를 건다고 했어."

"……키킥……! 푸, 푸하하!"

방 안을 가득 메우는 격렬한 웃음소리에, 성빈의 표정이 썩어 갔다.

"아…… 웃기지도 않아서…… 푸후! 성빈 씨야말로 취했어요?"

열이 뻗친 성빈이 하연을 제 쪽으로 홱 돌렸다. 성빈이 딱딱한 어조로 힘을 줘 말했다.

"조금의 과장도 안 보태고, 정확히 당신 입에서 나온 말이라고."

"그래요?"

하연이 눈물을 쓱 닦으며 되물었다.

"그만하자. 그냥 술김에 나온 실없는 농담이려니 치부할게."

맥이 탁 풀린 성빈이 몸을 일으켰다. 하연이 미안한 얼굴로 성빈의 손목을 붙잡았다.

"성빈 씨. 그냥 아까 속상한 일이 있어서 헛소리를 했나 봐요."

성빈이 하연에게 잡힌 제 손목을 내려다봤다.

"무슨 일이 있었길래 그래?"

"별 건 아니에요."

"아까 그 모임에서 당신 건드린 사람이라도 있었어?"

성빈이 집요하게 물었다.

"파티랑은 상관없어요. 성빈 씨 친구분들 다들 잘해 주고 재밌었어요."

"그럼 다행이고."

힘이 들어갔던 성빈의 눈이 풀렸다.

"그냥 전 성빈 씨 같은 친구가 옆에 있어서 얼마나 든든한지 몰라요. 그래서 좋아한다고 했을 거예요."

성빈의 말문이 막혔다.

"그리고 제 전부를 걸고 성빈 씨를 가지고 말거라고 헛소리 한 건 아마도……."

오기일 것이다. 아까 그 여자들이 말한 우리 두 사람 사이의 간격 따위 개나 줘 버리고 싶은 심리.

하연이 제 속마음을 감추며 장난스럽게 웃었다.

"성빈 씨가 정복력을 느끼게 하는 타입이잖아요. 결코 평범하지 않아서 희귀성도 좀 있고."

성빈은 생각했다. 이 여자가 꿈인지 현실인지 지금 제대로 구분도 못 하는구나.

"하연 씨. 헛소리 적당히 하고, 잠이나 자."

*　　*　　*

정구가 각 부서에서 올린 기획안을 정신없이 정리하고 있었다. 그때, 앞에 드리우는 그림자에 고개를 들었다. 성빈의 전 애인 정유선이었다.

"안에 성빈 씨 있죠?"

"……아, 유선 씨. 오랜만에 뵙네요. 사장님 방금 자리 비우셨는데요."

정구의 대답에 유선이 살짝 미간을 좁혔다.

"그럼 어디 갔는데요?"

"저 그게…… 아니면 제가 사장님께 전화를 드려 볼까요?"

유선이 거절을 했다.

"됐어요. 제가 해 볼게요."

유선이 성빈이 평소에 묵는 객실로 가기 위해 승강기에 올랐다. 예정 없이 찾아온 거라 성빈의 반응이 조금은 두려웠다.

통화 버튼을 누를까 말까, 유선이 고민하는 사이 눌렀던 층수에 도착을 했다. 문이 열리는데 때마침 성빈의 뒷모습이 눈에 들어왔다. 방금 전까지의 초조함도 잊은 채 반가움에 성빈을 부르려는데. 가만히 보니 혼자가 아니었다. 축 늘어진 한 여자를 품에 안고 객실 문을 여는 게 보였다.

유선의 양손이 부들거렸다. 믿을 수 없는 광경이었고, 있을 수도 없는 일이었다. 차갑게 가라앉은 유선의 눈이 유난히 슬퍼 보였다.

*　　*　　*

별장에서 나오는 길, 성빈이 어두운 하늘을 올려다봤다. 종일 내리던 보슬비가 어느새 그쳐 있었다. 주변 나무들과 조경물 사이로 짙은 안개가 꼈다. 어느새 저 멀리 둥근달이 떠, 운치 있는 분위기를 더했다. 카마로에 올라탄 그가 조수석에 두었던 휴대폰을 집었다. 하연에게 전화를 걸어 볼까 하다가 관뒀다.

부드럽게 내달리는 카마로의 창문을 열자 시원한 밤공기가 그의 얼굴을 스쳤다. 차창에 턱을 괸 채 이런저런 생각을 하며 달리다 보니, 하연의 집 앞에 도착해 있었다.

성빈이 차에서 내렸다. 방 안에 불이 켜져 있는 걸 보니, 아직 안 자고 있는 모양이었다. 계단을 오른 성빈이 벨을 눌렀다.

"하연 씨, 나야."

[어머. 성빈 씨가 이 시간에 웬일이에요?]

"그냥."

'당신 얼굴 좀 보려고.'

성빈이 말을 삼켰다.

"잠깐 들어가도 되나?"

잠시 고민하던 하연이 성빈에게 기다리라고 한 뒤 핫초코 두 잔을 타서 나왔다.

"시간도 늦었고, 저도 이거 한잔 마시고 빨리 자야해서 그래요. 내려가요."

"되도 않는 변명은."

성빈이 투덜거리며 하연을 따라 계단을 내려갔다. 조수석에 오른 하연이 성빈에게 핫초코를 건네줬다.

"단거 싫어하죠? 그래도 그냥 마셔요."

입술을 떨며 마시는 하연을 따라 성빈도 한 모금 넘겨 봤다. 예상대로 굉장히 달았다.

"호텔에서 오는 길이에요?"

"아니."

"그럼요?"

"……말하자면 길어."

잠시 망설이던 성빈이 짧게 대답했다.

"성빈 씨 피곤해 보여요."

성빈이 대답 대신 고개를 끄덕였다. 창문 틈으로 들어오는 바람을 느끼며 하연이 기분 좋은 미소를 띠었다.

그런 여자의 옆모습을 바라보는 성빈의 눈초리가 살포시 내려갔다. 굉장히 따뜻하고, 깨고 싶지 않은 평온함이었다.

유독 지친 하루였기에 곧장 집으로 가려고 했지만, 웬일인지 도착한 곳은 그녀의 집 앞이었다. 잠깐이라도 보고 싶은 마음에, 늦은 밤이었지만 욕심내 벨을 눌렀다.

"성빈 씨. 무슨 생각을 그렇게 해요?"

어느새 핫초코를 다 비운 하연이 심심한 얼굴로 물었다.

"음악 틀어도 돼요?"

"아니."

"왜요? 분명 클래식일 테니, 한곡 듣고 올라가서 딱 자면 좋을까 싶었는데."

"틀지 마."

성빈이 단호하게 말했다.

"치, 알겠어요."

잔뜩 부풀리는 하연의 담홍빛 입술이 눈에 들어왔다. 순간 성빈의 머릿속이 틀어지면서 복잡해지기 시작했다. 같이 있으면 아무 생각 없이 즐겁고, 이제 제법 익숙하고, 어느새 편안하게 다가오는 저 여자에게서 느끼는 이 미묘한 감정은 도대체 뭘까?

그저 적당히 편안하게 대하기 쉬운 상대여서일까? 그게 아니라면 가짜 연인임에도 불구하고 뇌가 착각이라도 일으켜 진짜 내 것이라고 생각이라도 하는 걸까?

'젠장!'

평소 눈치 빠른 남자가 이유를 알아채기까지는 그다지 오래 걸리지 않았다.

'무슨 일이 있었나? 오늘따라 유난히 말이 없네.'

하연은 한참 동안 자신을 말없이 바라보는 성빈의 눈길이 부담스러웠다. 그러던 그가 어느새 고개를 돌려 먼 풍경에 시선을 던지고 있었다.

"늦었는데 들어가서 이만 자."

다정한 어투였지만, 하연이 느끼기엔 제법 차가웠다.

4장
내 여자 건들지 마

하연은 휴대폰을 만지작거렸다. 이 주 동안 남자에게서 별다른 연락이 없었다.

'무슨 일이라도 있나?'

궁금했던 차에 민 차장이 성빈에게 결재 받을 서류를 넘겼다. 빠른 처리를 부탁했기에, 하연은 고민 끝에 성빈에게 전화를 걸었다.

"성빈 씨. 바빠요?"

하연이 서류를 물끄러미 바라보며 휴대폰에 귀를 기울였다. 잠시 뜸을 들이던 상대방이 입을 열었다.

[하연 씨, 저 이정구예요. 사장님께서 휴대폰을 두고 나가셨나 봐요. 무슨 일 있으세요?]

"아뇨. 그런 건 아니고 민 차장님이 급하게 결재 처리 좀 부탁해서요."

그때, 정구의 머릿속에 전광석화처럼 사장에게 핑계를 댈 만한 명분이 떠올랐다. 오늘은 큰 회장님이 자리를 지키라고 지시한 백화점 모델 한설주의 촬영 당일이었다.

아마 성빈은 지금 그쪽으로 가고 있는 게 분명했다.

오전에 중요한 미팅 건이 잡혀 있던 정구는 유명 연예인 한설주를 보는 걸 포기했었다. 그런데 생각보다 빨리 미팅이 끝나 촬영장에 가 볼까 고민하고 있던 찰나에 하연에게서 전화가 온 것이다.

[아뇨. 하연 씨, 급한 건이면 빨리 처리를 해야 하니까 일단 제가 라임사로 출발할게요.]

"네? 아니, 굳이 그럴 필요까지는 없을 거 같은데."

[아닙니다. 금방 갈 테니 준비하고 계세요.]

"아, 네. 그래요."

연예인 볼 생각에 신바람이 난 정구가 휘파람을 불며 대표실을 나섰다.

* * *

정구에게 얘기를 듣고 함께 백화점에 도착한 하연은 호기심 반, 걱정스러움 반으로 임시로 만들어진 스튜디오에 들어섰다. 늦잠을 자는 바람에 적당히 챙겨 입은 옷이 아무래도 신경 쓰였다.

사방에 깔린 카메라들과 많은 스태프들이 정신없이 뒤섞여 있었다. 그 사이로 남자가 쏙 박혀 들어왔다.

진지한 얼굴로 조금 전에 촬영을 끝낸 사진들을 세심하게 체크하고 있었다. 한설주도 성빈의 옆에 바짝 붙어 사진을 확인하며 간간히 웃는 게 보였다.

정구가 한걸음에 달려가 사장에게 아는 척을 했다. 집중하고 있던 성빈은 방해받은 게 못마땅한지 무심하게 인사를 받았다.

"하연 씨, 여기요, 얼른 오세요!"

정구가 한설주와 진한 악수 인사를 나누더니, 뒤에 따라오는 하연에게 손을 흔들었다. 그런 정구의 행동에 등지고 있던 성빈의 넓은 어깨가 틀어졌다.

하연이 어색하게 웃으며 걸어갔다.

조명 때문인지는 몰라도 성빈의 피부가 유독 더 하얘 보였다. 그 옆에 서 있는 한설주가 TV에서 봤던 그 이상으로 더 빛나 보였다. 괜스레 어깨가 움츠러드는 하연이었다.

그런 데다 두 사람이 한 폭의 그림처럼 지독하게 잘 어울렸다. 머리 스타일도 평소보다 신경 써서 만졌는지 자연스럽게 넘긴 남자의 모습이 참 세련돼 보였다.

일적인 스트레스로 다소 예민하게 굳어 있던 성빈의 미소가 풀렸다.

"성빈 씨."

"의외의 장소에서 보니 반갑네."

이번에 들어갈 컨셉에 대해 감독과 대화를 나누던 한설주가 고개를 틀어 하연을 쳐다봤다.

'아우라가 장난 아니구나. 같은 여자가 봐도 정말 예쁘다.'

스타일리스트가 길게 뻗은 한설주의 치맛자락을 붙잡고 스튜디오 가운데로 걸어갔다. 정구는 감독의 옆에 찰싹 붙어서 열심히 구경 중이었다.

성빈이 팔짱을 낀 채 '번쩍 번쩍' 쉴 새 없이 터지는 플래시 사이로 아우라를 내뿜고 있는 한설주를 응시했다.

그 옆에서 하연도 촬영을 지켜봤다. 쉬는 타임이 돌아올 때마다 한설주는 끊임없이 성빈에게 자신이 잘하고 있느냐는 액션을 보내 왔다. 성빈도 간간이 고개를 끄덕여 주었다.

'왜 이렇게 오늘따라 이 남자가 얄밉지?'

하연은 느낄 수 있었다. 이 안의 모든 카메라와 관심을 한 몸에 받고 있는 한설주, 저 부러운 여자도 이 남자에게 무심하지는 않다는 걸 말이다.

"성빈 씨 오늘따라 참 친절한 거 알아요?"

"무슨 말이야."

"역시 남자는 예쁜 여자한테 약한 게 맞나 봐요."

하연은 순간 '아차' 싶었다. 저답지 않게 비아냥거리고 말았다.

성빈은 대답이 없었다. 여전히 팔짱을 끼고, 다양한 포즈를 연출하고 있는 한설주에게서 시선을 떼지 못하고 있을 뿐이었다.

그 태연한 모습에, 하연은 짜증이 치솟기 시작했다.

"친절하지 말까."

"……네?"

하연이 고개를 들어 남자를 올려다봤다. 여전히 촬영 현장에 시선을 유지한 채, 성빈이 덤덤하게 말을 이었다.

"다른 여자한테."

성빈의 말에 하연의 심장이 세차게 고동쳤다. 가뜩이나 정신 없는 스튜디오 한가운데서 아찔한 기분마저 들었다. 그때 열심히 구경 중이던 정구가 누군가를 발견하고는 벌떡 일어났다.

"큰 회장님, 나오셨습니까."

정구를 따라 성빈과 하연의 시선도 돌아갔다.

"촬영은 잘 돼 가고 있는 거야?"

성빈이 팔짱을 풀며 큰 회장에게 대답했다.

"네. 생각보다 금방 끝날 것 같습니다."

"그렇구만."

심드렁한 얼굴로 주변을 살피던 큰 회장이 하연을 발견했다.

"아가씨도 있었구먼. 구경 온 거야?"

"네. 할아버지, 그동안 잘 지내셨어요?"

큰 회장의 굳었던 표정이 말랑하게 풀어졌다.

"안 그래도 아가씨 얼굴이 가물가물해서, 성빈이 보고 한번 부르라고 하려 했었는데. 잘 됐구먼."

하연이 옅은 미소를 띠었다.

'다시 봐도 참 유쾌하신 분이야.'

너무 표정을 풀었다고 생각을 했는지, 큰 회장이 다시 근엄한 얼굴로 고치며 성빈에게 말했다.

"유명한 관상쟁이한테 너희 둘 궁합을 봤는데, 아주 좋다고 하더구먼. 아가씨가 손이 귀한 우리 가문에 단비를 내려 줄 귀한 존재가 될 거라고 하더군."

하지만 이내 큰 회장이 곧 미심쩍은 눈빛으로 말을 이었다.

"그런데 묘한 말을 했어. 너희 두 녀석이 어른들 위에서 장난질을 하고 있어서, 아직 궁합을 볼 단계가 아니라고 나중에 다시 오라고 하더군."

하연과 성빈이 마른침을 삼키며 서로를 쳐다봤다.

"뭐 어찌 됐던 성사만 잘되면 이만큼 좋은 궁합이 없다고, 나 보고 바람 좀 잘 넣으라고 하더군. 그런데 아가씨는 몰골이 왜 이래?"

난데없이 치고 들어오는 큰 회장의 직구에 하연의 얼굴이 화끈거렸다.

"아, 할아버지. 제가 오늘 컨디션이 좀 안 좋아서요."

하연을 머리부터 발끝까지 못마땅하게 훑어보던 큰 회장이 성빈을 나무랐다.

"너 애인 관리 이따위로 할래? 아가씨 나 좀 따라와."

"저, 저요?"

하연은 진땀이 다 났다. 큰 회장을 따라가며 하연이 성빈에게 도움의 눈길을 보냈다.

"저도 갈까요. 할아버지?"

"오붓하게 둘이 데이트하려는데, 네놈이 왜 따라 와? 갔다 올 동안 촬영이나 잘 끝내 놔."

하연이 '제대로 망했다!' 속으로 외쳤다. 부담스럽기도 했고, 정곡만 찌르는 큰 회장의 화법에 긴장도 됐다.

그런데 승강기에 오르자마자 큰 회장이 한껏 찌푸렸던 인상을 단숨에 풀었다.

"성빈이 녀석이 그쪽한테 잘해 주나?"

"……네? 아, 네. 잘해 줘요."

"워낙에 가식적인 놈이라 잘해 주기야 하겠지."

큰 회장의 직설 화법에 하연이 다시 한 번 놀랐다.

"그 전에 사귀었던 여자에 대해서는 좀 아나?"

"사실 잘 몰라요."

괜히 아는 척을 했다가 낭패를 볼 수 있기에, 하연이 바른대로 대답했다.

"사실 아가씨가 그 전 여자보다 많이 딸려."

거침없는 큰 회장의 공격에 하연의 표정이 굳어졌다.

"저놈 어미가 비슷한 수준 집안끼리 소개시켜서 만나게 하기도 했고, 나름 알아주는 작가야."

처음 듣게 된 성빈의 전 여자에 대한 얘기가 흥미로웠다.

"글 쓰는 게 직업이라고 해서 마음에 여유 정도는 둘 줄 아는 여자겠거니 했어. 그런데 몇 번 만나 보니 야망이 크고, 자기가 하고 싶은 일에 몰두할 때면 주변 사람은 전혀 신경을 안 쓰는 타입이야."

하연이 큰 회장의 말을 차분히 경청했다.

"난 그게 못마땅했고, 성빈이 녀석은 그 이기적인 성격에 매력을 느껴 하는 눈치였지."

하연이 속으로 중얼거렸다.

'성빈 씨, 전 애인이 작가였구나. 그것도 아주 유명한……'

큰 회장이 말을 이었다.

"성빈이는 사실 후계자니 뭐니 경영 쪽에 아예 관심이 없었어. 서른이 다 되도록 노는 거 좋아하고, 그저 자기 여자만 바라보고, 누나가 계열사 전부 잘 이어 받아 알아서 잘하겠거니, 하고 집안만 믿고 설치는 한량이었지."

예상도 못한 성빈의 과거에 하연이 놀라움을 감출 수 없었다. 큰 회장이 말한 것과는 전혀 반대되는 이미지가 하연에게 박혀 있었기 때문이다.

"작은 출판사긴 하지만…… 성하가 집안에 그 어떤 도움도 받지 않고 '라임사'를 꾸려 나갔을 때 참 기특했어. 그래서 백화점과 리조트도 물려줄 생각을 하고 있었지."

성하를 떠올리는 큰 회장의 눈가가 시큰해졌다.

"분명 경영도 잘 해냈을 거고, 잘 이끌어 나갔겠지. 그런데 그게 어디 마음먹은 대로 쉽게 되나."

하연의 머릿속이 점차 복잡해졌다.

"성하 그렇게 되고, 노는 방법이나 기똥차게 잘 아는 성빈이가 정신을 차렸어야 했지."

'누나가 어떻게 됐길래 그러는 거지?'

큰 회장의 얼굴에 주름이 한층 깊게 패었다.

"사실 성빈이 녀석한테 별 기대도 안 했어. 사람이 천성이라는 게 있고, 살아오던 날이 있는데 한순간에 바뀔까 싶기도 했고."

늘 바빠 보이는 성빈에겐 이유가 있었다.

"그런데 순식간에 사람이 달라지는 거야."

"성빈 씨가요?"

"전문 경영인한테 적당히 조언을 구해 운영하던 자기 호텔부터, 내가 주문하는 일이면 가리지 않고 선뜻 발 벗고 나서서 일하기 시작했지."

큰 회장이 하연을 지그시 쳐다봤다.

"그 작가랑은 왜 헤어졌는지 모르겠지만, 얼마 후 전혀 반대 타입인 아가씨를 데리고 왔어. 그게 뭘 뜻하겠나?"

큰 회장이 본래 말하려던 말을 꺼냈다.

"내가 원래 돌려 말하는 거 별로 안 좋아하니 솔직하게 말하지."

긴장한 하연이 양손을 둥글게 말아 쥐었다.

"아가씨 집안부터 간단히 뒷조사를 좀 해 보니 정말 별게 없더군. 뭐 하나 내세울 것도, 성빈이한테 보탬이 될 만한 거, 아무것도 없어."

하연은 울고 싶었다. 딱딱하게 굳어진 명치끝이 아려 왔다.

'내가 정말 눈치가 없구나. 드라마나, 영화에서 재벌들이 나오면 늘 일관적인 패턴이 있었는데. 난 왜 겁 없이 할아버지의 태도를 단순한 호의로 받아들였을까. 정말 바보 같아.'

어차피 성빈과 진짜 연인 사이도 아닌데, 괜히 서러웠다.

그때 머리에 닿은 따뜻한 온기에 하연이 깜짝 놀랐다. 고여 있던 눈물 한 방울이 툭 떨어졌다.

큰 회장의 손이 그녀의 머리를 쓰다듬었다.

"그런데 난 아가씨가 마음에 들어."

큰 회장이 부드러운 어조로 말했다.

"제 실속만 챙기며, 상대방 희생을 당연하게 생각하는 이기적인 타입은 질색이야. 성빈이 녀석에겐 지금 아가씨 같은 여자가 필요해."

하연이 괜히 창피해 눈가를 쓱 문댔다.

"그만 울어. 누가 보면 내가 한참 어린 아가씨 가지고 놀다가 헤어지자고 통보한 줄 알겠어."

큰 회장의 저질 농담에, 하연의 입에서 픽 웃음이 새어 나왔다. 명품관이 즐비한 층에 내린 할아버지가 왼쪽 팔을 내보였다.

"내가 아가씨 울렸으니까, 앞으로 지원은 확실히 보장해 줄게."

"지금 병 주고, 약 주시는 거예요?"

입술을 쭉 내민 하연이, 엉거주춤 큰 회장에게 팔짱을 꼈다. 백화점 복도를 걸어가는데 느낌이 참 이상했다.

노골적인 점원들의 시선이 두 사람에게 향해 있었다. 제법 우아한 포즈로 곱게 인사를 하는 점원들 덕택에 몸이 배배 꼬였다. 하연이 큰 회장을 올려다봤다.

　태연한 미소로 직원들에게 눈인사를 건네는 큰 회장의 미소가 참 젠틀했다. 남자와 닮아 있었다.

　그런데 하필 또 향한 곳이 성빈이 데려갔었던 옷 코너였다. 둘 다 취향까지 비슷한 건가?

　"어머. 회장님, 나오셨어요."

　전에 그 점원이었다. 카운터를 지키고 있다가 쏜살같이 튀어나와 그들은 반겼다.

　자주 보기 힘든 회장의 등장에 잔뜩 긴장한 모습이었다. 하연과 점원이 눈이 마주쳤다. 순식간에 점원의 눈이 동그래졌다. 하연이 전과 같이 머쓱한 웃음을 띠었다.

　"우리 성빈이 피앙세야. 옷 한 벌 사 주려고 데리고 왔어."

　"저도 두 번째로 봬요. 저번에 사장님하고 같이 나오신 적 있으셔서. 저 기억하시죠?"

　하연이 싱긋 웃으며 고개를 끄덕였다.

　"그럼 전에 골랐던 자네 취향이 있을 테니 집어 봐."

　"저 정말 괜찮은데요, 할아버지."

　"군소리 말고 잡히는 대로 입고 나와 봐."

　하연은 하는 수 없이 심플한 의상 한 벌을 골라 피팅룸으로 향했다. 점원이 밖에서 물었다.

"제가 좀 봐 드릴까요?"

"아뇨, 괜찮아요."

깔끔한 스타일의 원피스를 챙겨 입은 하연이 밖으로 나왔다. 큰 회장이 소파에 다리를 꼰 채 기다리고 있었다. 거만한 포즈와 도도한 눈빛이 인상적이었다.

예리한 눈빛으로 하연을 훑어보던 큰 회장이 마음에 안 드는지 고개를 저었다.

두 번째로 점원이 집어 주는 의상은 좀 남달랐다. 심플한 의상이 아닌 제법 화려한 무늬와, 레이스가 달린 원피스였다.

"심플한 걸 좋아하시지 않을까요?"

하연이 고개를 갸웃거리며 점원이 건네 준 옷을 보며 물었다. 그러자 점원이 싱긋 웃으며 자신 있다는 얼굴로 대답했다.

"지금에서야 기억이 났는데, 전에 회장님이 애인분 데리고 오셨을 때 이런 종류의 옷을 좋아하셨었어요. 색이 화려하거나, 꽃문양이 있다거나. 레이스처럼 여성스러운 걸 선호하시더라고요."

점원의 설명을 듣고 있던 하연이 큰 회장의 취향에 웃음이 새어 나왔다.

하지만 점원의 말이 틀린 것인지, 벌써 여덟 번째나 바꿔 입고 나왔는데 회장은 '다른 것도 입어 봐.' 라는 말만 되풀이했다. 하연의 입에서 짙은 시름이 새어 나왔다.

"일단 그거 입어."

한참만에야 큰 회장의 승인이 떨어졌다. 하연이 피팅룸에 둔 입고 있던 옷을 챙겨 가지고 나왔다. 큰 회장의 손에 쇼핑백이 들려 있었고, 그동안 입고 나왔던 옷들이 전부 담겨 있었다.

"역시 얼굴이 귀여운 상이라 그런지, 이런 레이스가 잘 어울리는구먼. 가지."

"할아버지, 감사해요."

하연이 애교스럽게 웃어 보였다.

"그런데 어깨에 메고 있는 그 포대 자루 같은 가방은 브랜드가 뭔가?"

하연이 제 빅백을 소중하게 쓰다듬으며 대답했다.

"할아버지 포대 자루라뇨? 그래도 이 가방 요즘 인기 있는 스타일인데."

"글쎄, 내가 보기엔 전혀. 따로 좋아하는 브랜드 있나?"

"명품은 잘 몰라요."

"그럼 일단 대충 들어가지."

큰 회장의 구두가 가장 가까운 매장으로 향했다. 점원에게 설명을 듣는 큰 회장을 두고 하연이 가장 싼 가방을 찾아 눈알을 굴리기 시작했다.

'아뿔싸! 보아하니 가방 사 주실 모양인데, 그나마 싼 게 어디 있으려나.'

큰 회장이 하연을 불렀다. 그나마 백만 원 조금 안 되는 미니 크로스백을 들고 달려갔다. 큰 회장의 눈이 하연의 손에 들려 있는 크로스백에 꽂혔다.

"그게 맘에 들어?"

"네! 전 이게 너무 맘에 들어요."

큰 회장이 혀를 찼다.

"촌스럽긴. 수준 좀 높이려면 한참 좀 걸리겠어."

옆에 있던 점원이 다른 가방을 권했다.

"그 제품보다 요즘에 신상으로 나온 예쁜 아이들 많은데, 다른 것도 한번 보세요."

어쩔 줄 몰라 하는 하연을 두고 큰 회장이 매장을 둘러봤다. 그리고는 굉장히 탁한 색깔이 돋보이는 숄더백을 집어 들었다.

"이건 어때? 내가 볼 때 디자인 괜찮은데."

사실 가격을 떠나서 너무 올드해 보이는 스타일에 하연이 대답을 못하고 있었다. 그때 점원이 다가와 친절하게 대답했다.

"회장님. 그건 중년 사모님들이 많이 드시는 제품이에요."

"그래?"

"이건 어떠세요? 이번 시즌에 새로 나온 한정판 클러치 백인데, 젊은 아가씨 분들이 굉장히 좋아하세요."

점원에 손에 들려 있는 클러치 백을 보는데 화사하긴 했다.

고급스러운 바닐라 색상에 그 브랜드를 상징하고 있는 금장이 가운데에 예쁘게 박혀 있었다. 시원하게 뻗은 체인은 팔에 한번쯤 둘러보고 싶다는 생각이 들게 만들었다.

분명 속으로만 침을 흘리고 있었는데, 회장이 어느새 계산대에 서 있었다.

"할아버지, 저 이거 못 받아요."

하연이 단호하게 거절을 했다. 달랑이며 붙어 있는 텍의 가격을 확인한 하연의 눈이 커졌다.

"비싸도 너무 비싸요. 저 그 가방 안 받을 거예요. 차라리 제 마음에 드는 이 가방 사 주세요."

큰 회장이 두말 않고 타박을 줬다,

"내가 그래도 이 백화점 주인인데 그런 싸구려를 사 달라고 하면, 나보고 개망신이나 당하라는 거냐?"

계산을 마친 큰 회장이 쇼핑백을 하연에게 건넸다. 승강기를 향하던 큰 회장이 힘없이 따라오는 하연을 보며 말했다.

"하연이 넌 딱 한 가지 알아 둬야 할 게 있어."

처음으로 불러 준 본인의 이름을 듣고 하연의 두 눈이 깜박였다.

"내가 태생이나, 다른 조건은 안 본다고 했지만, 자리가 사람을 만든다고. 네가 있는 위치를 정확하게 파악하고 행동할 필요가 있어."

하연이 작게 대답했다.

"……네."

"하연이 오늘 너한테 사 준 그 가방쯤은, 네가 마트에서 물건 살 때 덤으로 주는 쇼핑 가방 정도밖에 안 돼, 나한테는. 그러니 그쪽으로는 조금 더 경각심을 가져."

큰 회장의 말이 유독 다정해서일까, 하연에겐 더 큰 부담으로 다가왔다.

"아무튼 조만간 너희 사는 집에 한번 들를 테니 그런 줄 알아."

"네."

성빈이 동거한다고 말했던 게 떠오르는 하연이다.

"그만 성빈이한테 올라가 봐, 할아버지 때문에 고생 좀 했다고 맛있는 것 좀 사 달라고 잔소리 좀 하든가."

말을 마친 큰 회장이 마침 도착한 승강기에 몸을 실었다. 하연이 고개를 숙였다. 인자한 얼굴로 큰 회장이 고개를 끄덕였다.

하연이 순간 힘이 풀린 다리에 힘을 주어 벽에 잠시 기댔다.

아까 큰 회장에게 들었던 의미심장한 얘기부터, 손에 들려 있는 고가의 선물, 그리고 이 모든 걸 감당해야 하는 자신이 두려웠다.

하연이 뭐에라도 홀린 사람처럼 한참 동안 정신 나간 표정을 짓고 있었다.

＊　　　＊　　　＊

한동안 비상계단에서 성빈과 자신에 대해 고민하던 하연은 성빈의 문자를 받고 나서야 스튜디오로 향했다.

"왔네."

화사하게 변한 하연을 보며 성빈의 눈썹이 올라갔다. 분홍 원피스의 가슴 위 나풀거리는 커다란 리본이 눈에 들어왔다. 살짝 비뚤어진 리본의 위치를 고정해 주며 성빈이 말했다.

"할아버지 취향 맞추느라 고생 좀 했겠네."

"아니에요."

성빈이 시원한 미소를 지어 보였다. 밝게 비추던 조명들의 불빛이 하나둘 사그라지고 있었다. 주변 뒷정리를 시작한 스태프들을 보니, 방금 촬영이 끝났나 보다.

"에이, 구경하고 싶었는데, 벌써 끝난 거예요?"

"난 살 것 같은데."

그때, 편안한 복장으로 갈아입은 한설주가 성빈에게로 걸어왔다.

"성빈 씨!"

애교가 넘치는 친근한 말투가 하연의 귀에 거슬렸다.

"한설주 씨, 오늘 고생 많이 했어요."

오늘 처음 본 사이였지만 감독한테 이름까지 알아낸 설주는 '성빈 씨'라며 자연스럽게 부르고 있었다. 마음에 안 들긴 했지만, 또 볼 사이도 아니기에 예의를 갖추는 성빈이다.

"고생 많이 한 대가로, 커피 한잔 사 주시면 좋을 텐데."

"일적으로 전달하실 부분 있으시면, 비서를 통해 연락 주십시오. 그럼 이만."

하연의 손에 들려 있는 쇼핑백을 성빈이 뺏어 들었다.

"하연 씨, 가지."

"네."

성빈이 하연의 어깨를 부드럽게 감싸며 뒤를 돌았다.

"광고주와 모델로 만난 것도 인연인데, 연락 좀 하고 지내는 게 그렇게 힘든 일인가요?"

성빈의 단정한 이마가 종잇장처럼 구겨졌다.

"이봐요, 한설주 씨. 예의는 있으신 분 같은데, 경우는 좀 없으신 것 같군요."

성빈의 높아지는 언성에 한설주가 순간 움찔했다.

"내 옆에 서 있는 여자는 그쪽 눈에 안 들어옵니까?"

"제 말은 그런 뜻이 아니에요. 단지 일적으로 바로 상의드릴 일이 있으면 어떻게 하나 해서…… 아, 뭐라는 거야. 저, 오해하시는 건 아니죠?"

하연이 의도된 상냥한 미소를 지어 보였다.

"네, 설주 씨. 오해는 안 할게요. 그런데 이 이상의 선은 넘지 않게 조심해 주세요. 방금 기분이 살짝 상하려고 했거든요."

노골적으로 기분 나쁜 티를 낸 하연은 그제야 속이 후련했다.

"성빈 씨, 그만 가요."

승강기에 오른 성빈이 신경질적으로 셔츠 단추를 풀어헤쳤다. 거울을 보며 머리를 정돈을 하는 성빈을 보며 하연이 새침하게 말했다.

"한설주 씨가 성빈 씨한테 무척 관심 있는 것 같던데요?"

"그러든지 말든지."

성빈이 여전히 거울에서 시선을 못 떼며 중얼거렸다.

"같은 여자가 봐도 예쁘던데, 왜 그렇게 매몰차게 굴어요?"

"아까 예쁜 여자만 보면 어쩌고 하던 게 누구였지? 그리고 매몰차게 안 굴면, 정말 명함이라도 줬어야 한다는 거야?"

하연이 대답하지 않았다. 성빈이 어느새 하연에게 방향을 틀어 집요하게 물었다.

"대답 좀 해 봐."

"뭘요?"

하연이 시치미를 떼며 입술을 쭉 내밀었다. 성빈의 이마가 구겨졌다.

"내 남자한테, 버젓이 여자 친구인 본인이 분명히 버티고 있는데, 상관없다는 듯 들이대는 여자를 보고 화가 난다거나, 뭐 느끼는 거 없어?"

저돌적인 남자의 질문에 하연이 말문이 막혔다. 성빈이 못 참고 다시 재촉해 물었다.

"사실 내 쪽이 아니라 그쪽이 화가 날 상황이었어야 하는 거 아닌가?"

"제가 왜요?"

하연이 속으로 '아차' 싶었다. 아니나 다를까 성빈의 벌어졌던 붉은 입술이 비틀렸다.

"왜?"

어느새 바짝 다가온 성빈의 미간이 잔뜩 구겨져 있었다.

"그럼 방금 한설주 그 여자한테 당신이 했던 말, 그냥 단순히 연기였어? 대답해 봐."

하연은 이 상황이 차라리 잘됐다 싶었다. 계약 연애, 그 이상의 관계까지 가지 않도록 정리를 분명히 하는 게 서로에게 편하겠다 싶었다. 차라리 내 것이 아니라면 말이다.

하연이 차갑게 쏘아 붙였다.

"왜냐고요? 우리가 진짜 애인 사이도 아닌데, 제가 왜 화가 나야 되는 건데요? 도대체, 왜?"

질러놓고 나니 후련하면서도 왜 이렇게 울컥하는 건지 알 수가 없다. 말도 안 되게, 눈물까지 나오려고 한다. 하연이 물기가 맺힌 눈가를 들키지 않기 위해, 고개를 돌려 버렸다.

"하……."

여자의 고함에 성빈이 입을 다물었다. 둘 사이에 냉랭한 침묵이 흘렀다. 지하 주차장에 승강기가 도착을 하자, 성빈이 저음으로 말했다.

"내가 잠시 착각을 했어. 기분 나빴다면 미안하게 됐어."

먼저 내려 저만치 걸어가는 남자의 등을 바라보고 있자니, 하연의 가슴이 먹먹했다. 카마로에 하연이 올라타자, 성빈이 시동을 걸었다.

"어디로 데려다 주면 되나."

"……집이요."

차창 너머 풍경을 바라보고 있자니, 하연은 조금 진정되는 게 느껴졌다. 한참을 달려 녹색 문 앞에 도착을 했다. 하연이 내리기 전에 쇼핑백을 슬며시 내밀었다.

"성빈 씨, 이거요."

"이게 뭔데."

"할아버지가 사 주신 가방이에요. 아무리 생각해도 받기 좀 부담스러워서 돌려주려고요."

성빈이 무심한 어투로 되물었다.

"할아버지가 하연 씨한테 사 준 걸 왜 나한테 줘."

"그렇긴 하지만……."

"쓰기 싫으면 그냥 버려. 다른 사람 주든가."

성빈의 반응이 선인장처럼 뾰족했다.

"그런 것쯤은 하연 씨 선에서 좀 해결하면 안 되나? 그까짓 가방이 뭔데 어쩔 줄 몰라 하며 쩔쩔매는 건데."

하연은 내밀었던 쇼핑백을 거두며, 속으로 한숨을 내쉬었다. 잠시 두 사람 사이에 침묵이 흘렀다. 오늘 성빈을 찾아간 진짜 목적인 민 차장이 부탁했던 결재 철을 꺼냈다.

"그리고 이건 민 차장님이 좀 빨리 승인해 줬으면 하는 결재인데요."

성빈이 하연이 주는 결재 철을 건네받았다.

"이따 출국 전에, 민 차장이랑 따로 통화해서 해결할게."

"그럼 가 볼게요. 데려다줘서 고마워요."

하연의 목소리가 미약하게 떨려 왔다. 차에서 내리려는 하연의 손목을 성빈이 낚아챘다.

"하연 씨, 나 좀 봐."

"지금 말고 나중에요. 오늘은 서로 좀 피곤하잖아요."

정리되지 않은 복잡한 마음을 안고 여자를 설득할 수 없다는 걸 성빈도 잘 알고 있었다. 서로에게 신중해야 할 문제였다. 그는 하연의 손을 천천히 놔주었다.

"들어가서 쉬어. 전화할게."

"출장 잘 다녀와요."

양손에 쇼핑백을 한 아름 들고 하연이 계단을 오르는 게 보였다. 성빈은 조금 전 하연에게 모나게 군 제 행동이 무척 실망스러웠다.

연애 따위를 할 마음의 여유조차 없어, 어떻게 보면 쉽게 선택한 그녀였다. 그런데 왜 이렇게 점점 피곤해지는지. 성빈이 의자에 머리를 기대며 한숨을 길게 내쉬었다.

"도대체 뭘 기대한 건데. 미친놈."

*　　*　　*

낑낑대며 현관문을 연 하연이 들고 있던 것들을 바닥에 내려놨다. 목이 말랐다. 냉장고에서 물을 꺼내 입을 축였다.

"하아, 이제야 살 것 같네."

집 안이 너무 조용한 걸 느낀 하연이 TV를 틀었다. 가장 왁자지껄한 채널로 고정을 했다. 볼륨은 귀가 수용할 수 있는 최대한의 범위까지 올렸다. 시끄러운 머릿속을 더 강한 소음으로 대체

하기 위함이었다. 그때 휴대폰이 울렸다.

"어, 민경아."

[바로 받네? 집이야?]

심란할 때 찾아 준 친구의 목소리가 유독 반가웠다.

"응, 집이야. 넌 어딘데?"

[나 지금 회사 직원이랑 외근 나왔다가 저녁 먹고 나오는 길이야.]

요새 얼굴 보기도 힘든 바쁜 민경이 안쓰러웠다.

"잘했네. 바빠도 식사 거르지 말고, 꼭 챙겨 먹어."

[하연아, 그러지 말고 잠깐 나올래?]

거절할 이유가 없는 하연이 바로 오케이를 했다.

"그럼 민경이 네가 포장마차로 올래?"

[알았어. 근방이니까 한 이십 분이면 도착할 거야. 빨리 나와.]

전화를 끊은 뒤, 하연이 곱게 차려입었던 원피스를 벗고 트레이닝복으로 갈아입었다. 그녀는 지갑과 휴대폰을 챙겨 서둘러 현관을 나섰다.

여름밤 특유의 청록색을 머금은 공기가 상쾌했다. 온전히 혼자만의 시간이 이토록 자유로운 건지 전엔 몰랐다. 일정하게 찍혀 있는 도보를 걸으며, 하연은 콧노래를 흥얼거리기 시작했다.

세찬 바람이 머리를 헝클어뜨리자, 후드를 눌러썼다. 포장마차에 도착한 하연이 구석에 자리를 잡고 앉았다.

"그나저나…… 김성빈 이 남자는 오늘 출장 가면 언제쯤 돌아오려나."

민경과 평소 즐겨 먹는 안주를 시킨 하연이 소주병을 땄다. 잔
에 따라 한 모금 넘기는데, 톡 쏘는 알코올 맛이 괜찮았다.

"하연아, 먼저 와 있었네?"

오랜만에 보는 민경이 반가워 하연이 손을 흔드는데, 혼자가
아니었다. 말쑥한 인상의 남자와 함께 걸어왔다.

"오래 기다렸어? 난 우리가 먼저 도착할 줄 알았는데."

"아니야, 나도 방금 왔어."

민경이 싱긋 웃으며, 뒤에 서 있는 남자를 앞으로 끌어당겼다.

"하연아. 너 저번에 회식 자리 놀러왔을 때, 우진 대리랑 인사
나눴었지?"

"아, 기억나. 안녕하세요."

예상치 못한 사람의 등장에 하연이 적잖게 당황을 했다. 우진
이 뒷머리를 긁적였다.

"하연 씨, 잘 지내셨어요?"

"네, 그럼요."

하연이 어색하게 웃으며, 민경을 쳐다봤다.

"아니, 우진 대리가 하연이 너 만나러 간다고 하니까 같이 보
면 좋을 것 같다고 해서~ 다들 일단 앉자."

테이블에 둘러앉은 세 사람이 잔을 부딪쳤다. 우진이 상냥한
말투로 하연에게 물었다.

"하연 씨, 저녁은 드셨어요?"

"사실 아직이에요."

"정말요? 빈속에 술 마시면 속 버리는데. 제가 우동이라도 시키고 올게요."

"아, 아니. 괜찮은데."

잡을 겨를도 없이 이미 시키러 가 버린 우진을 하연이 난감하게 쳐다봤다. 하연이 고개를 돌려 민경을 흘겨봤다.

"너 무슨 짓이야?"

"언니가 다 너 생각해서 벌인 일이야. 저번에 소개팅도 미안하고, 우진 대리도 너 회식 자리에서 보고 자꾸 이것저것 묻길래 자리 마련한 거야."

닭발을 뜯으며 민경이 태연하게 말했다. 하연의 속만 타들어 갔다.

"나 지금 만나고 있는 남자 있는 거 알잖아."

"그 재벌남?"

민경이 콧방귀를 꼈다.

"진짜 사귀는 것도 아니라면서, 마음에 걸려 할 게 뭐가 있어. 연애하는 척만 하다가 혼자 늙어 죽을래?"

분하지만 틀린 말은 아니었다.

"블랙 카드니 뭐니 해서 순진한 애 붙잡아 두는 그 남자, 난 별로인 거 같아."

"말 함부로 하지 마."

하연이 다그치자, 되려 민경이 타박을 줬다.

"내가 그 성빈 씬가? 그 남자에 대해, 알아봤는데 그냥 재벌 정도가 아니야. 그런 데다 그 집안에 아들은 그 사람 하나뿐인 거 알지?"

"……."

"그 말은 즉, 너랑 될 가능성이 영 프로라는 얘기야. 그 남자 어머니에 대한 루머도 얼마나 살벌한지 말도 못 해."

민경의 얼굴이 단단하게 바뀌었다.

"너 상처받는 거 싫어서, 내가 수작 부리는 거 맞아. 우진 대리 내가 짧게 지켜봤지만, 사람 참 괜찮아. 너랑도 잘 어울릴 것 같고."

우진이 바쁜 주인 할머니를 대신해 우동을 들고 왔다. 그렇게 하연과 민경의 대화 끊겼다. 우진이 뜨거운 김을 걷어 내며 하연에게 권했다.

"하연 씨, 많이 배고프실 텐데 빨리 드세요."

"우진 씨, 고마워요. 잘 먹을게요."

하연이 일단 허기부터 채우고자 면발을 건져 먹기 시작했다.

"나 잠깐만."

민경이 거래처 전화로 불이 나는 휴대폰을 쥐고 잠시 자리를 비웠다. 하연이 우동 먹는 것에 집중을 하다 은근한 시선에 고개를 들었다. 우진 대리와 눈이 마주쳤다.

"배 많이 고프셨나 봐요. 잘 드시네요."

하연이 겸연쩍게 웃으며, 고개를 끄덕였다.

"우동이 맛있네요. 드셔 보실래요?"

"그럼 국물이나 조금 얻어먹을까요."

붙임성 좋은 우진이 거절하지 않고 그릇을 건네받았다. 제법 식은 우동 국물의 맛을 보더니, 만족스러운 표정을 지었다.

"국물 맛이 생각보다 괜찮네요."

"그렇죠?"

두 남녀가 어색하지만 기분 좋게 서로를 보며 웃었다. 그때였다.

탁—!!

차문이 거칠게 닫히는 소리와 함께, 성빈이 포장마차 안으로 성큼성큼 걸어 들어왔다.

*   *   *

출장 준비를 마친 성빈이 뒷좌석에 캐리어를 실었다. 잠시 차에 기대 휴대폰을 만지작거렸다. 아무리 생각해도 이대로 하연을 두고 출장을 가는 게 마음에 걸렸다.

마음을 먹은 성빈이 전화를 걸었지만, 하연은 받지 않았다.

"뭐 하길래 전화를 안 받아."

출국 시간까지 빠듯했지만 얼굴이라도 보고 가야겠다는 생각이 들었다. 카마로에 오른 성빈이 하연과 나눌 대화를 정리해 보기 시작했다.

"하연 씨, 나 아까 사실 조금 서운했어."

혼잣말을 해 본다.

"하연 씨, 아까 한설주 그 여자한테 당신이 그렇게 말할 때, 기분이 나쁘지 않았어."

잠시 뜸을 들였다가 다시 혼잣말을 한다.

"하연 씨, 어쨌든 공식적으로 난 당신 남자야. 잘 기억해 둬."

그렇게 중얼거리다 보니 어느새 여자의 동네에 들어섰다. 자연스럽게 골목으로 차를 모는데, 동네 입구에 자리 잡은 포장마차가 시야에 들어왔다. 고개를 돌리려던 그때, 그의 두 눈에 익숙한 실루엣이 강하게 꽂혔다.

끼익—

성빈이 급하게 브레이크를 밟았다.

그는 제 눈을 의심했다. 정면을 바라보는 그의 눈이 점차 차가워졌다. 하연이 다른 남자와 우동 한 그릇을 두고 수줍게 웃고 있었다. 그것도 아주 환하게. 그 순간 성빈의 이성의 끈이 뚝, 끊어지고 말았다.

그와 동시에 성빈은 정리가 필요했던 하연에 대한 감정을 깨닫고 말았다. 카마로에서 내린 성빈이 부서져라 차문을 닫으며, 두 사람에게 시선을 집중시켰다. 성큼성큼 걸어가는 성빈의 발걸음에서, 격앙된 그의 감정이 드러났다.

운동 면발을 한 가닥 입에 물고 있던 하연이 그를 올려다봤다.

"……성……빈씨?"

성빈은 오는 길에, 여자에게 하고자 했던 말을 분명히 정리했었다. 그러나…….

"하연 씨, 당신 지금 제대로 미쳤어?!"

"뭐라고요?"

"마시지도 못하는 술은 왜 또 붙잡고 있고, 그것도 낯선 남자하고 이러고 있는 저의가 뭔데?!"

하연은 어이가 없으면서도, 괜히 바람피운 현장을 들킨 심정이었다.

"성빈 씨, 일단 진정 좀 해요."

"내가 지금 진정하게 생겼어? 피곤하다는 사람이 왜 여기서 이러고 있는 건데. 설명 좀 해 봐."

보다 못한 우진이 자리에서 일어났다.

"저 이봐요. 당신 누군데 하연 씨한테 이렇게 예의 없이 구는 겁니까?"

성빈의 눈빛이 살벌하게 우진에게로 돌아갔다. 그리고 위압적인 한 마디.

"보면 몰라? 이 여자 애인이잖아."

하연은 아까 민경이 했던 말이 떠올랐다. 하연 자신과 성빈, 두 사람의 관계에 대해 이쯤에서 확실히 정리를 할 필요성을 느꼈다.

"성빈 씨, 하나만 물을게요. 우리 두 사람, 진짜 사귀는 사이예요?"

"뭐?"

"아니라는 건, 똑똑한 그쪽이 더 잘 알 거 아니에요. 그런데 왜 자꾸 선을 넘는 건데요?"

성빈의 눈썹이 무섭게 일그러졌다.

"박하연, 당신 지금 나 떠보는 거 맞지? 그렇다면 확실하게 대답해 주지."

하연이 수상쩍다는 표정으로 성빈의 말을 기다렸다. 반대로 성빈은 제 마음을 깨달은 이상 망설일 이유 따윈 없었다.

성빈이 한 걸음 하연에게 다가섰다.

"하연 씨, 나 아까 사실 조금 서운했어."

"……네?"

"매정하게 선 긋는 당신 때문에."

"……성빈 씨."

"아까 한설주 그 여자한테 당신이 그렇게 말할 때, 기분이 나쁘지 않았어."

"……"

"사실 내심 기뻤어."

하연의 눈동자가 흔들렸다.

"하연 씨, 어쨌든 공식적으로 난 당신 남자야. 잘 기억해 둬."

"……"

"그런데 이제 공식적인 당신 남자, 그만할래. 그러니 당신도 공식적인 내 여자 그만둬."

성빈이 제 진심을 담아 고백했다.

"당신이란 여자한테, 내 전부를 걸고 싶어."

하연의 심장이 말랑하게 녹아내렸다. 하지만 그것도 잠시. 하연이 대답이 없자, 성빈이 올가미처럼 그녀를 휘어 감았다.

"왜 대답이 없어? 사람이 진지하게 고백을 했으면, 곧장 답이 돌아와야지!"

하연은 어처구니가 없었다. 성격이 급한 건 알고 있었지만, 생각할 틈도 주지 않고 대답부터 요구하는 성빈이 얄미웠다.

그런데다 바로 수락할 거라는 저 자신감은 어디에서 나오는 거지?

"생각 좀 해 볼게요."

하연이 새침하게 대답을 했다. 이번엔 성빈이 어이가 없다는 표정을 지었다.

"허, 생각?"

"그것보다 일단 자리 좀 옮겨요."

애꿎은 우진만 피해를 본 것 같아 미안한 하연이 성빈의 등을 돌렸다. 허탈한 표정의 우진 대리의 눈치를 보며, 하연이 조심스럽게 말했다.

"우진 씨, 정말 미안하게 됐어요."

"아닙니다. 괜찮아요."

우진이 애써 쓴 미소를 지으며 손을 저었다.

"민경이한테 잘 좀 설명해 주세요. 뺄 부분은 빼고."

"그럴게요."

"먼저 가 볼게요. 정말 미안해요."

말이 끝나기가 무섭게, 성빈이 하연의 가녀린 손목을 낚아챘다. 하연을 제 쪽으로 확 당긴 성빈이, 고개만 돌려 우진을 차갑게 응시했다.

무언의 경고를 한 번 박은 뒤, 성빈은 하연과 함께 포장마차에서 나왔다. 조금 전 두 사람의 모습이 좀처럼 머릿속을 떠나질 않아, 성빈은 결국 하연을 구박했다.

"그런데 진짜 무슨 생각으로, 저 남자를 만난 거야? 생각할수록 기가 막히네."

"둘만 있었던 거 아니에요."

"내 눈엔 두 사람밖에 안 보였는데, 무슨 소리야."

이 남자, 달래 주기 한번 참 힘들다.

"민경이라는 친구랑 셋이 한잔하고 있었어요. 전화 와서 잠깐 자리 비운 것뿐이에요."

더 이상 성빈은 일언반구가 없었다. 두 사람은 별다른 대화 없이 포장마차에서 녹색 문까지 천천히 걸어갔다.

가볍게 부는 밤바람에 머리가 살랑, 조금 전 성빈의 마음을 확인한 심장이 살랑, 하연의 모든 순간이 따스한 봄처럼 설레고 있었다.

어느새 두 사람은 녹색 대문 앞에 도착했다. 성빈이 잡고 있던 손아귀에 힘을 줘, 하연이 자신을 보게 했다. 그녀의 맑은 눈동자가 달빛에 반사되어 반짝였다.

"하연 씨."

성빈이 느릿하게 그녀를 불렀다. 그는 자연스럽게 허리에 팔을 두르며, 그윽한 눈길로 하연을 내려다봤다. 곧이어 느슨하던 팔에 힘을 주더니, 제 가슴팍으로 하연을 바짝 끌어 당겼다.

"윽…… 성빈 씨. 숨 막혀요."

"알아."

"비행기 시간 늦는 거 아니에요?"

하연의 말에 정신이 번쩍 드는 성빈이다. 소매를 걷어 시간을 확인한 성빈의 얼굴이 어두워졌다. 하연이 픽 웃으며, 한 발 뒤로 물러섰다.

"늦었는데 빨리 출발해요."

"일주일이나 얼굴 못 볼 텐데, 애정 표현 좀 하자."

어느새 떨어진 하연의 손을 잡아 성빈이 다시 품에 가두려는데, 그 손길을 거부당했다. 하연이 귀 뒤로 머리카락을 넘기며, 차분한 어조로 말했다.

"성빈 씨, 저 아직 대답 안 했잖아요."

"무슨 말이야."

"우리 두 사람 사귀는 거 말이에요."

가슴이 답답해진 성빈이, 하연에게 다가섰다.

"더 이상 생각할 게 뭐가 있어. 당신도 나란 남자 욕심나잖아, 아니야?"

"그걸 성빈 씨가 어떻게 알아요."

성빈이 단호하고 굵게, 그리고 확신을 가지고 대답했다.

"왜 몰라. 당신 눈이 나만 바라보고 있고, 당신 손이 늘 나에게 잡혀 있고, 나 때문에 뛰고 있는 심장소리가 내 귀에까지 들리는걸."

하연의 손발이 사라질 위기에 처했다. 얼굴색 하나 변하지 않고 이런 오글거리는 대사를 치는 성빈이 대단했다.

"성빈 씨 심리분석가 해도 되겠어요. 그런데요."

"말해."

"그래도 저한텐 시간이 필요해요."

세상에 반은 남자고, 반은 여자라고 하지만.

누군가를 사랑하게 되고, 평등한 선상에 마주 보고 선 두 남녀의 눈 안에는 상대방밖엔 들어오지 않는다. 마치 지구상의 모든 생물학적 이성이 전부 멸종해 버린 것 같은 기이한 현상.

사람의 마음은 참 신기했다. 한동안 가동하기 힘들 거라고 생각했던 심장에, 누굴 담아 낼 여유가 없다고 여겼던 마음에, 어느새 미련하게 그 사람을 들여놓고 말았다.

김성빈이란 남자를.

하지만 하연은 신중했다.

사람 하나 보고 사랑하는 거? 조금 더 어렸더라면 쉽게 결정했을지도 모르겠다. 온 힘을 다해 한 사람을 사랑하고, 필요하면 아파하고, 얻고자 해서 눈물 쏟을 자신이 솔직히 없었다. 더군다

나 상대방이 쉽게 넘볼 수 없는 사람이라면, 더더욱.

"하연 씨가 필요하다는 그 시간, 줄게. 하지만……."

반대로 성빈은 한번 마음먹은 일에 대해 망설이는 법이 없었다.

"서로의 마음을 알아차린 이상. 우리 관계에 다른 선택은 없어."

"누구 마음대로요?"

이 정도면 많이 양보한 성빈이 목소리에 힘을 줘 말했다.

"내 마음대로. 그리고 당신의 진짜 속마음대로."

말발로는 성빈을 당해 낼 재간이 없는 하연이, 결국 작게 소리 내 웃었다.

"성빈 씨, 일단 빨리 출발하기나 해요. 비행기 놓쳤다고 저 원망하지 말고."

"알았어."

"아무리 바빠도 식사 거르지 말고요."

"하연 씨, 그보다."

"네?"

"일주일 뒤에 돌아오면, 당신이 좋은 소식 들려 줄 거라고 믿어."

무슨 말인지 이해 못하는 하연의 이마에, 성빈이 딱밤을 탁— 때렸다.

"당신 입에서 직접 사귀자는 말 듣겠다는 얘기야."

"난 또 뭐라고. 근데 이마는 왜 또 때려요?"

하연이 화끈거리는 이마를 매만졌다.

"박하연, 당신 얄미워서."

"이 남자가 진짜! 좋은 소식 들으려면 예쁘다며 물고 빨아도 모자랄 판에."

성빈이 야들하게 웃음을 터트렸다.

"방금 한 말이 진짜 당신의 진심인가보지? 물고 빨아 달라는."

"시끄러워요! 빨리 가기나 해요. 얼굴 보고 있는 것도 짜증스러우니깐."

하연이 성빈을 두고 씩씩대며 계단을 오르기 시작했다. 모습을 감춰야 정신 차리고 서둘러 갈 거라고 생각한 하연의 특단의 조치였다. 역시나 그녀의 예상은 적중했다. 현관문이 닫히자 성빈이 팔짱을 풀고 걸음을 재촉하기 시작했다.

끼익—

하연이 살며시 다시 문을 열고 나왔다.

"발등에 불 떨어졌네, 아주."

성빈의 뒷모습을 보는 하연의 눈매가 부드럽게 휘어졌다. 입가엔 달콤한 미소가 번졌다.

*　　*　　*

포장마차 사건 이후 민경에게 단단히 찍힌 하연은, 그녀에게 저녁을 사기로 했다. 퇴근 후에 보기로 했는데, 급하게 민경에게서 연락이 왔다.

이번에 새로 거래를 튼 업체에서 컨셉을 변경하고 싶다며, 지금 자신이 있는 샵으로 와 달라는 부탁을 받았다는 것이다.

"민경아, 괜찮아. 미팅 잘하고 있어. 그 샵 앞으로 내가 갈게."

전화를 끊은 하연이 책상을 정리했다. 요즘 사이버 강의를 듣는다고 책이며, 수첩, 텀블러 등을 늘어놓는 일이 다반사였다.

"수업 챙겨서 듣는 게 보통 힘든 일이 아니네."

나갈 채비를 마친 하연이 사장실에서 나왔다.

압구정에 위치한 고급 샵에 도착한 하연이 건물 앞에서 민경을 기다렸다. 주변에 유명한 맛집이 뭐가 있나 검색을 하는데, 민경이 모습을 나타냈다. 갑자기 불러냈다던 그 여자 대표와 함께였다. 대표와 인사를 마친 민경이 하연을 발견하고 달려왔다. 얼마나 시달렸는지, 민경의 안색이 지쳐 보였다.

"하연아, 오래 기다린 건 아니지?"

"내가 문제가 아니라 네가 진짜 피곤해 보인다. 우리 친구 밥만 먹이고 집에 얼른 들여보내야겠다. 좀 쉬게."

민경이 입술을 실룩거렸다.

"하여간 찔리는 구석은 있어서 말 예쁘게 하는 거 봐라. 속 보인다, 박하연."

"내 진심 어린 걱정을 지금 왜곡시키는 거야?"

하연의 말에 민경이 깔깔대며 어깨를 들썩였다.

"민경아, 그나저나 우리 뭐 먹지? 압구정까지 나온 김에 맛있는 거 먹자."

하연이 민경의 팔에 팔짱을 꼈다. 아까 검색해 봐 두었던 맛집을 찾아 로데오 거리로 향했다.

"저기 잠깐만요."

낯선 여자의 음성이 뒤에서 들려왔다.

"네?"

하연이 고개를 돌렸다. 다름 아닌 민경과 같이 샵에서 나왔던 여자 대표였다. 그런데 가까이서 보니 전에 성빈의 친구들 파티에서 본 적이 있는 얼굴이었다.

그것도 화장실에서.

하연이 화장실에서 들었던 그날의 뒷담화를 잊을 리 없었다. 살짝은 경직된 얼굴로 하연이 그녀를 쳐다봤다.

"어머? 역시 하연 씨 맞았네. 혹시나 했는데!"

"……아, 네."

지혜는 마치 절친한 친구를 우연히 만난 것처럼 반가워했다. 그날의 모습을 찾아볼 수 없었다. 지혜가 환하게 웃으며, 하연을 끌어안아 줬다.

"하연 씨. 의외의 장소에서 만나니까 너무 반갑네요."

"그러게요. 잘 지냈죠?"

상대방이 이렇게까지 친절하게 나오는데, 하연도 적당히 맞춰 줄 필요가 있었다. 경계심이 살짝 풀린 하연이 안부를 물었다.

"저야 잘 지냈죠. 그런데 민경 씨랑 두 분이 친구 사이신가 봐요?"

"네. 친해요."

하연이 고개를 끄덕였다. 민경은 웃고는 있지만, 어딘지 모르게 불편해 보였다.

"인연이 이렇게 또 이어지네. 너무 신기하다. 그치, 민경 씨?"

"네, 대표님. 신기하네요."

민경의 입에서 나오는 호칭에 하연의 마음이 이상했다. 지혜가 즐거운 얼굴로 하연을 붙잡고 계속 조잘댔다.

"안 그래도 다들 하연 씨 성격 좋다고 칭찬 일색이던데. 앞으로 모임에 자주 좀 나와요. 얼굴 좀 보게."

"말이라도 감사해요."

하연이 적당히 대답했다.

"아, 맞다! 안 그래도 이번에, 저희 다 같이 모이는 사교파티 잡혔는데. 성빈이한테 혹시 들었어요?"

지혜는 아까 관리를 받던 샵에서 현아가 제 애인인 진욱과 통화 하는 내용을 기억해 냈다. 성빈의 휴대폰은 고장이 났고, 숨 돌릴 틈 없는 일정 때문에 출장이 예정보다 길어진다는 것을.

지혜의 미소가 한층 부드러워졌다.

"이번에 성빈이가 매입한 건물에서 주최하는 걸로 아는데, 하연 씨는 아직 얘기 못 들었구나."

"아, 그래요?"

하연은 워낙에 바쁜 남자인 걸 알기에 그러려니 했다.

"아니면 하연 씨가 부담스러워할까 봐 일부러 말 안 했을 수도 있겠다."

지혜의 말을 듣는 순간, 하연의 머릿속이 복잡해졌다.

"성빈이 저번에 동창회도 혼자 온 거 봤는데, 이번엔 하연 씨가 신경 좀 써 줘요."

"그때 좀 그랬어요?"

"그럼요. 다들 기본으로 파트너 데리고 참여들 많이 하니까요."

지혜가 갑자기 호들갑을 떨었다.

"그러지 말고 하연 씨가 모른 척하다가 서프라이즈로 파티에 짠 나타나는 건 어때요?"

성빈이 출장 가기 전에, 했던 말이 떠올랐다.

"일주일 뒤에 돌아오면, 당신이 좋은 소식 들려 줄 거라고 믿어."

하연은 고민에 빠졌다. 성빈을 선택하기 전에 다시 한 번 그 사람의 세계에 부딪쳐 보는 것도 나쁘지 않겠다는 생각이 들었다. 그게 좋은 소식이 될지, 나쁜 소식이 될지는 적어도 노력해 봐야 아는 거니까. 그러니 어제는 적이었으나 오늘의 동지가 된 이 여자의 도움을 좀 받아야겠다.

"지혜 씨가 생각할 땐, 성빈 씨가 좋아할까요?"

"두 말하면 입 아프죠."

"그럼 장소 좀 알려 줄래요?"

지혜가 제 번호를 하연에게 찍어 줬다.

"메시지로 보내 줄게요. 제 도움 필요한 거 있으면 연락해요. 적극적으로 지원할 테니까."

"정말 고마워요."

하연은 진심으로 고마웠다.

"어머? 시간이 이렇게 됐네? 이만 가 봐야겠어요. 하연 씨, 그럼 또 연락해요."

"네. 얼굴 봐서 반가웠어요."

지혜가 친근한 미소로 인사를 마치고 뒤를 돌았다. 그녀의 입가에 조소가 띠어져 있었다. 그러더니 방금 기억났다는 제스처를 하며 하연을 돌아봤다.

"아, 맞다. 하연 씨, 이번에 파티 의상 코드가 학창 시절이에요."

"학창 시절이요?"

"네, 미리 말해 주는 게 나을 것 같아서."

감을 못 잡는 하연을 보며, 지혜가 친절한 설명을 덧붙였다.

"그냥 편하게 교복 입고 오시면 돼요. 어릴 때처럼 신나게 놀아 보자, 뭐 이런 컨셉이니까요."

"아, 교복. 이 나이에 입기 좀 그런데."

지혜가 어깨를 찰싹 치며 웃음을 터트렸다.

"그러니 안에서 저희끼리만 은밀하게 노는 거죠. 아무튼 너무 부담 갖지 말아요. 저 정말 이만 가 볼게요. 그럼 이만!"

허리케인이 한바탕 지나간 것 같이 어수선했다. 멀어져 가는 지혜를 시니컬하게 바라보던 민경이 한마디를 툭 던졌다.

"역시 있는 것들은 노는 것도 변태스럽네. 당최 교복이 뭐야, 교복이."

"내가 생각해도."

급격한 피로감을 느낀 두 여자가 가장 가까운 닭갈비 가게로 들어갔다. 마주 보고 앉은 하연과 민경이 주문을 하고 숨을 돌렸다. 컵에 물을 따르는 민경의 얼굴이 영 불편해 보였다.

"정민경. 너 표정이 왜 그래?"

"아무리 생각해도 찝찝하단 말이야. 아까 그 대표 나랑 미팅했을 때 얼마나 깐깐하게 굴었는지 말도 못 해."

하연은 별 생각이 없었다.

"고객이 일적으로 깐깐하게 구는 게 뭐 어떻다고 그래."

"일적인 걸 넘어서 말도 안 되는 요구를 해 대고, 기분은 또 얼마나 왔다 갔다 거리던지."

민경이 혼자 불만을 토로하다가 하연을 째려봤다.

"야, 근데 넌 그 재벌남이랑 결국 사귀기로 한 거야?"

"글쎄."

"뭐가 글쎄야. 우진 대리가 포장마차에서 그 재벌남이 어떻게 고백했는지 다 얘기해 줬는데, 뭘. 들어 보니 아주 드럽게 고백했던데?"

하연이 닭갈비를 주걱으로 뒤적거리며, 입술을 부풀렸다.

"무슨 말을 해도 드럽게 고백을 했다고 하냐. 나름대로 로맨틱했어."

"박하연 가만 보니 취향이 하드 코어네."

민경은 혀를 내둘렀다.

"어쨌든 바로 대답은 안 했어. 민경이 네가 말해 줬던 얘기들이 좀 걸리기도 하고, 사실 달수랑 헤어진 지 얼마 안 돼서 마음의 여유가 없는 것도 사실이야."

하연을 바라보는 민경의 마음이 짠했다.

"그래, 신중해서 나쁠 건 없어."

"응."

"그리고 솔직히 난 반대야. 서운하게 들릴지 몰라도 그 남자 너한테 벅차."

하연이 먹음직스럽게 익은 닭갈비를 깻잎에 싸서 민경의 입에 욱여넣었다.

"야! 바……하연! 너……무 크잖아!"

"시끄럽고 씹기나 해. 많이 먹고 힘내서, 바짝 돈 벌어야지."

볼이 터져라 우물대며 쏘아보는 민경에게 하연이 씩 웃어 보였다.

밥을 먹고 커피까지 마신 후, 버스 정류장에 선 하연이 민경을 배웅했다. 그 후 그녀는 조금 걷다가 들어갈까 싶어 핸드백을 어깨로 끌어 올렸다.

"하아, 그래도 밤에는 시원해서 살 것 같네."

하연이 반복되는 걸음을 따라 사람과 풍경, 네온사인이 화려한 가게들을 눈에 담았다. 잡념에 빠져 멍하게 걷고 있는데, 한참

만에야 가방에서 진동이 느껴지는 걸 알아챘다. 발신자를 확인하는데 모르는 번호였다.

"여보세요?"

[나야.]

잘생긴 목소리의 주인공은 성빈이었다.

"모르는 번호네요?"

[휴대폰 고장 났어. 지금 어디야?]

"저 집에 들어가는 길이에요."

이틀 만에 듣는 성빈의 목소리가 쉬어 있었다.

"성빈 씨 목소리 컨디션 안 좋은 거 보니, 많이 피곤한가 봐요."

[그러는 와중에 당신 챙기는 거 기특하지 않아?]

하연이 입술을 삐죽거렸다.

"말이나 못하면 밉지나 않지."

[저녁은?]

"먹었어요. 성빈 씨야말로 식사 안 거르고, 잘 챙겨 먹긴 하는 거예요?"

[잘 먹고 다녀.]

하연은 아까 지혜가 말했던 사교 파티가 떠올랐다. 입이 근질거렸지만 참기로 했다.

[하연 씨, 입국 예정일보다 하루 정도 늦을지도 몰라.]

"알아 둘게요."

사실 성빈은 모임에 참여할 생각이 없었다. 호텔 맨 꼭대기에 위치한 야외수영장 썸머 이벤트 개장이 코앞이기 때문이다. 입국하자마자 꼼꼼히 체크부터 해야 했다.

[입국해도 이튿날이나 얼굴 볼 수 있을 거야.]

반대로 하연은 생각했다. 지혜가 말한 사교 파티의 참석 때문에, 성빈의 시간이 안 나는 거라고. 그렇게 생각한 하연은 더 이상 묻지 않았다.

"알겠어요. 이튿날 봐요."

[하연 씨.]

성빈이 낮게 하연을 불렀다.

"네, 왜요?"

[이튿날 보자고 하는데, 서운하다거나 뭐 그런 거 없어?]

하연의 입꼬리가 살며시 올라갔다.

"서운해야 돼요?"

[그래.]

"화가 머리끝까지 나야 하고?"

[그럼 더 좋지.]

성빈이 웃음기 하나 없이, 맞장구를 쳐 줬다.

[나 지금 농담하는 거 아니야.]

하연은 이쯤에서 마무리해야겠다는 생각이 들었다.

"성빈 씨 농담 아닌 거, 알고 있어요. 아무튼 남은 일정 소화 잘해요. 밥 굶지 말고."

성빈도 제 방식대로 하연을 걱정했다.

[당신도 밖에서 그만 싸돌아다니고, 빨리 집에 들어가. 신경 쓰이니까.]

"하여간! 끊어요."

하연이 끊긴 휴대폰을 흘겨봤다. 아무리 생각해도 이 남자 성격 한번 참 더럽다.

*　　*　　*

"그럼 수고 하세요."

오랜만에 교복을 꺼내 입은 하연이 택시에서 내려, 옷매무새를 정리했다. 오늘 파티가 열리는 건물의 외관은 일 층을 제외한 사방이 유리로 장식되어 있었다. 하연이 저절로 벌어진 입을 의식하더니, 꾹 다물었다.

그런데 좀 이상하긴 했다. 정문으로 들어가고 있는 사람들의 차림새가 생각보다 단정했다. 일단 하연이 머뭇거리며, 문으로 걸어갔다. 앞에는 안내원이 대기하고 있었다. 하연의 교복을 훑어보던 안내원이 친절하게 물었다.

"성함이 어떻게 되시죠?"

"아? 박하연이요."

명단을 확인하던 안내원이 이내 고개를 들었다.

"죄송한데 명단에 없으신데요."

"명단이요?"

"네, 손님. 여기는 회원제 모임이라 명단에 적히신 분들만 입장 가능하세요."

당혹스러운 하연이 두 눈을 깜박였다.

"참고로 말씀 드리자면 저희는 손님 복장처럼 착용하셔도 안에 들어가실 수 없습니다."

하연은 그제야 지혜의 장난에 놀아났구나 깨달았다. 아랫입술을 꽉 깨문 채, 하연이 돌아가려고 뒤를 돌았다. 그때 현아가 리무진에서 내려 친구들과 수다를 떨며 걸어오다가 하연을 발견했다. 짜증스러운 얼굴로 지나가려는 하연을 붙잡았다.

"하연 씨?"

"네, 혀, 현아 씨."

하연이 이번엔 다른 의미로 당황을 했다. 성빈의 친한 친구에게 이런 꼴을 보이는 게 창피했다. 눈썹을 찡그린 현아가 하연을 찬찬히 살폈다. 그녀는 눈치가 빨랐다.

"하연 씨 무슨 일이에요?"

"저 그게."

말을 해야 하나 말아야 하나, 하연이 망설이고 있는데 먼발치에서 지혜의 모습이 나타났다. 누드베이지 시스루 원피스를 차려 입은 그녀의 의상이 눈에 꽂혔다.

지혜도 유난히 혼자 튀고 있는 하연과 눈이 마주쳤다. 노골적으로 하연의 교복을 위에서부터 운동화까지 스캔했다. 찡긋거리며 눈웃음을 발사하더니, 하연의 옆으로 지나갔다.

하연의 꼭 말아 쥔 주먹이 부들거렸다. 그리고 화장실에서 이은 그녀들의 앞담화.

"방금 교복 입은 여자 어디서 많이 봤는데?"

지혜의 팔짱을 끼고 있는 또 다른 화장실 멤버가 중얼거렸다.

"성빈이 여자 친구잖아."

친절하게 설명해 주는 지혜의 느릿한 말투.

"어머! 맞다! 그런데 웬 교복을 입고 있대?"

"나도 방금 뭐지 했어."

"근데 성빈이 오늘 안 온다고 했던 거 같던데."

수다스럽게 조잘대는 친구들에게 지혜가 신랄하게 한마디를 던졌다.

"성빈이 애인 말이야. 진짜 볼 때마다 실망시키는 법이 없어. 그렇지 않아?"

하연의 눈에 파동이 일더니, 오싹한 분위기로 지혜를 불렀다.

"이봐요, 잠깐 거기 좀 서 봐."

하연의 나지막한 음성에, 지혜의 하이힐이 멈춰 섰다. 지혜가 고개를 돌리자, 하연이 팔짱을 끼고 그녀를 노려보고 있었다.

"사람 가지고 노니까 재밌어요?"

"아, 맞다. 의상 코드가 바뀐 걸 하연 씨한테도 말해 준다는 게 깜박했네요."

지혜의 뻔한 거짓말에 하연은 기가 찼다.

"참 괜찮은 변명이긴 한데, 사람 바보 취급하는 것도 정도껏

하는 게 어때요."

"하연 씨, 쏘리. 정말 미안하게 됐어요."

말과는 다르게 지혜의 표정은 굉장히 즐거워 보였다. 과장된
미안한 어투가 거슬렸다.

"사과 한 번으로 끝내는 거, 참 쉽네요."

하연이 상처받은 눈빛으로 냉랭하게 말했다. 괜히 양심에 찔
리는 지혜가 눈썹을 꿈틀거렸다. 옆에 친구들이 지혜에게 들어
가자는 눈치를 줬다.

"하연 씨 미안한데, 늦어서 먼저 들어가 볼게요. 나중에 또 봐
요."

멀어져 가는 지혜를 보며, 하연이 탁한 숨을 내몰았다. 화가
나고 분했다. 하지만 그 감정보다 그녀를 힘들게 하는 건, 아무
런 의심을 못한 채 바보스럽게 속아 넘어간 자신이었다.

안으로 들어가는 지혜에게 눈을 못 떼던 하연이 뒤를 돌았다.
현아가 그녀를 붙잡았다.

"하연 씨, 괜찮아요? 어디 가요."

"저 정말 괜찮아요. 그냥 돌아가야죠, 뭐."

하연이 애써 희미하게 웃으며 대답했다.

"그래도 여기까지 왔는데, 어떻게 그냥 가요. 근데 오늘 성빈
이 못 온다고 들었는데, 하연 씨 혹시 몰랐어요?"

"입국해서 오늘까진 못 본다고 그래서, 이 파티 참석하는 줄
알았어요."

대충 상황을 파악한 현아가 얼굴을 구겼다.

그때 정장 슈트를 멋스럽게 차려입은 진욱이 콧노래를 흥얼거리며 현아에게 다가왔다. 애인의 얼굴을 살피던 그가 콧노래를 멈췄다. 현아의 짜증 지수가 한계치를 넘어선 걸 눈치챘다.

"자기야. 무슨 일 있어?"

"그것보다 일단 서로 인사 좀 해야 할 거 같은데. 진욱아, 이쪽은 성빈이 여자 친구 하연 씨야. 그리고 하연 씨, 이쪽은 제 애인이자 성빈이랑 둘도 없는 친구 박진욱이에요."

하연은 성빈의 가장 친한 친구를 이런 모습으로 처음 마주하고 싶지 않았다. 교복 때문에 쥐구멍에라도 숨고 싶었지만, 예의를 차려 인사를 건넸다.

"안녕하세요. 박하연이라고 해요."

"우와, 그 말로만 듣던 우리 하연 씨예요? 드디어 뵙네요. 반가워요!"

진욱은 예상 밖의 만남에 신이 났다. 얼마 전 현아에게 들었을 때, 날 잡아서 꼭 성빈에게 보여 달라고 해야지 마음을 먹고 있었다.

"잠깐 얘기 좀 해. 이리로 좀 와 봐."

하연과 거리를 둔 채, 현아가 진욱에게 상황을 설명했다. 방금 전까지 가벼웠던 진욱의 표정이 일순간 어두워지고, 휴대폰을 꺼내 들었다.

"성빈이한테 전화해 볼게. 하연 씨 좀 잡고 있어 봐."

"알겠어."

이런저런 생각에 잠겨 있던 하연의 곁으로 현아가 돌아왔다.

"지금 성빈이한테 전화해 보고 있어요."

"현아 씨, 저 그냥 갈게요. 사실 이런 모습 성빈 씨한테 보이고 싶지 않아요……."

성빈의 성격을 잘 아는 현아로서는 그녀를 설득할 수밖에 없었다.

"나중에 알게 되면, 그 불같은 성격에 더 큰일 날 거예요. 하연 씨도 잘 알잖아요."

"하지만 지금은 모습이 좀 그래요. 조금……."

하연이 말끝을 흐렸다. 한편 진욱은 몇 차례나 전화를 걸었지만, 성빈은 도통 받을 생각을 안 한다. 결국 호텔 비서실로 전화를 걸었다. 비서인 정구가 밝은 목소리로 전화를 받았다.

[라페르 호텔 비서실 이정구 입니다.]

"정구 씨, 나 박진욱이야."

[네, 박 대표님. 그동안 안녕하셨어요?]

조금 전보다 정구의 목소리가 한층 높아졌다.

"나야 늘 똑같지. 김 대표는 뭐 하길래 전화를 안 받아?"

[출국 하신 뒤에 바로 호텔로 오셨어요. 지금 객실에서 짐 푸시는 중이신데, 어? 지금 오시네요. 잠시 만요. 바꿔 드릴게요.]

성빈은 정구가 건네 주는 수화기를 귓가에 갖다 댔다.

[나 지금 바로 윗층 체크하러 올라가 봐야 돼. 왜.]

"야! 야, 잠깐만!"

진욱이 다급하게 성빈을 불렀다. 서류를 들여다보며, 진욱이 하는 얘기를 건성으로 듣고 있던 성빈의 눈빛이 점차 이야기가 길어짐에 따라 가라앉았다. 그의 입술이 신경질적으로 비틀렸다.

[그래서 하연 씨는 지금 어디에 있어.]

"현아랑 같이 있어."

[지금 당장 출발할 테니까 기다려.]

진욱이 전화를 끊고 하연과 현아에게 다가왔다.

"성빈이 금방 온데요. 하연 씨도 얼굴 못 본 지 며칠 됐죠? 저도 얼마 만에 보는 건지 몰라요."

한참 이야기를 나누고 있는데, 그들 앞으로 카마로가 끼익 멈춰 섰다. 차에서 내린 성빈의 눈에는 오직 하연만 들어왔다. 성큼성큼 걸어오더니, 하연의 손목을 거칠게 낚아챘다.

"성빈 씨?"

"왜 아직도 밖에 이러고 있어. 따라와."

성빈의 음성은 한겨울의 서리처럼 차가웠다. 진욱이 뒤에서 소리쳤다.

"야, 이 자식아! 네 눈엔 우리는 안 보이냐? 아오, 저걸 그냥."

하연의 손을 붙잡은 채 정문까지 끌고 간 성빈이 안내원에게 말했다.

"이 여자는 명단엔 없을 거야."

"아, 네. 대표님."

"그런데 내 여자라 같이 좀 들어갔으면 하는데."

이 사교 모임의 철저한 규정 중에, 하나는 명단에 없는 외부인은 출입 금지라는 것이다. 그러나 이 건물의 소유주이자, 이 모임에서도 상위 0.1%에 드는 성빈에겐 예외였다.

"물론입니다. 들어가세요."

아까 전엔 절대 들어갈 수 없었던 장벽의 문이 너무나도 쉽게 열렸다. 이 층에 도착하자 친목을 나누며, 한창 파티를 즐기고 있는 사람들로 분주했다. 현아가 주최한 만큼, 대부분이 성빈의 또래로 다들 잘 아는 사이였다.

요즘 잘 얼굴을 보여 주지 않는 성빈의 등장에, 참석한 친구들의 이목이 자연스럽게 집중이 됐다. 그러나 오랜만에 보는 성빈의 심기는 무척 불편해 보였다.

"이 안에 있는 인간 중 하나가 옆에 있는 내 여자한테 장난질을 쳤어."

모두 숨죽여 성빈의 말에 집중을 했다. 그의 목소리는 싸늘하기 그지없었다.

"그것도 아주 비열한 방법으로."

성빈의 시선이 자연스럽게, 지혜에게 돌아갔다. 그의 스산한 눈빛에, 지혜는 온몸에 소름이 돋았다. 하연은 잔뜩 화가 난 성빈에게 속삭였다.

"성빈 씨, 저 괜찮으니까 진정해요."

그러나 이미 이성을 잃은 성빈에겐, 하연의 말은 귀에 들어오지 않았다.

"종이 쪼가리에 적힌 명단 따위로 내 여자가 들어오지 못하는 이따위 파티 나에겐 의미 없어."

성빈이 칼같이 잘라 말했다.

"내 여자 말고는 다 여기서 나가. 그게 내가 새로 정한 룰이야."

안에 있는 사람들이 술렁였다. 막 이 층에 도착한 현아가 큐빅이 예쁘게 장식된 손을 살짝 들었다.

"김성빈. 내가 사람 못 가려서 받은 거, 정말 미안하게 됐어. 내가 주최한 만큼, 이런 상황을 만든 책임은 질게. 다 이곳에서 나가라고 해도 할 말 없어. 그런데 말이야."

현아의 입술에서 격한 날숨이 흘러나왔다. 굉장히 짜증스러운.

"네 애인을 곤란하게 만든 장본인만 나가도 되지 않을까 생각하는데."

성빈은 대답이 없었다. 현아가 하연을 보며, 고개를 살짝 기울였다.

"하연 씨는 이곳에 들어올 자격 충분해요. 하지만 원래 맞춰 놓은 인원수가 있으니, 그에 맞게 한 명이 나가는 게 예의겠죠?"

"……현아 씨."

현아가 친절한 미소를 띠었다.

"하연 씨가 직접 지목해요. 이곳에서 사라졌으면 하는 사람."

직설적인 현아의 제안에, 하연이 고민에 빠졌다. 이런 방식은 그녀와 어울리지 않았다. 하지만 착한 여자 콤플렉스 따위도 부리고 싶지 않았다. 하연의 입술이 천천히 움직였다.

"그럼 그럴까요?"

하연의 긴 속눈썹이 차분히 깜박이더니, 지혜에게로 향했다. 두 여자의 시선이 부딪쳤다. 밖에서와는 다르게, 지혜가 잔뜩 경직돼 있었다. 마찬가지로 마음이 불편하지만, 하연이 최대한 여유로운 미소를 지으려고 애썼다.

"왜 아직도 그러고 있어요?"

"하연 씨. 난 그저……."

"여기에서 누구 얘기하는지 알 만한 사람, 그쪽밖에 없을 텐데."

지혜의 인상이 구겨졌다. 다급하게 성빈에게 말했다.

"성빈아, 난 그냥 재밌자고 하연 씨한테 장난 좀 친 거야. 나름대로 친하게 지내 보려고."

"김지혜."

성빈이 싸늘하게 그녀의 이름을 불렀다.

"만약 이 여자가 재밌다고 받아들였다 하더라도, 이번 일은 나한테 허용 안 돼."

"성빈아, 너 화난 거 충분히 이해해. 그런데……!"

지혜의 구차스러운 변명조차 듣기 싫은 성빈이 말을 잘랐다.

"무슨 말이라도 하고 싶은 건 알겠는데, 네가 한 행동은 뻔했어. 말장난할 거면 관둬."

성빈이 그녀를 외면했다. 사과처럼 얼굴이 달아오른 지혜가 입을 꾹 다물었다. 쑥덕대며 과도한 관심을 보이는 주변의 시선이 부담스러웠다. 지혜가 서둘러 자리를 벗어나려고 하는데, 현아가 팔을 붙잡았다.

"김지혜. 네까짓 게 감히 내 파티를 망쳐?"

현아의 짙은 입술이 한 마디를 못 박았다.

"넌 오늘부로 제명이야."

*　　　*　　　*

잠시 걷고 싶어 하는 하연에 맞춰 잠깐 산책을 한 둘은 택시를 타고 하연의 집으로 향했다.

동네 입구에 도착한 두 사람은 계산을 하고 내렸다. 하연의 뒤를 천천히 성빈이 따라 걸었다. 뒷머리를 살짝 터는 성빈이 터지려는 하품을 참아 냈다. 거의 일주일간 제대로 잠을 못 잔 탓에, 피로가 많이 쌓여 있었다.

잘 따라오고 있나 하연이 뒤를 도는데, 성빈의 지친 모습이 눈에 들어왔다. 낼 수 없는 시간을 빼서, 상처받았을 자신을 위해 애를 써 준 남자에게 미안했다.

"……성빈 씨, 저 좀 봐요."

성빈이 의아한 눈빛으로 여자를 내려다봤다. 지그시 남자를 응시하던 하연이 수줍게 발꿈치를 들어 올렸다.

달콤한 꽃잎의 향을 머금은 여자의 입술이, 한참 위에 있는 성빈의 입술 아래 겹쳐 닿았다. 아릿하고 예쁜 입맞춤이었다.

성빈의 곱살한 얼굴 근육이 기분 좋게 꿈틀댔다. 나른했던 심장이 요동치고, 지쳐 있던 정신이 맑아졌다. 가슴팍에 조신하게 손을 얹은 채 입을 맞추고 있는 여자를 위해, 성빈이 자세를 낮춰 줬다. 하연의 두 팔이 성빈의 가슴팍을 넘어 목에 두르더니, 바다에 다이빙하듯 안겨 들었다. 성빈이 하연의 등 어귀를 따뜻하게 쓸어내렸다. 그가 뜨겁게 속삭였다.

"하연 씨, 표현해 줘서 고마워."

그때 학원을 마치고 집으로 가는 골목에 들어서던 남학생 세명이 구석에 부둥켜안고 있는 성빈과 하연을 발견했다. 처음엔 단순히 눈꼴 시려 죽겠네라는 고까운 눈빛을 발사했다. 그러다 뭔가 이상함을 느끼고 자기들끼리 쑥덕대기 시작했다.

"야, 저거 여자애 고딩 아냐? 교복 입고 있는데?"

"그러게. 남자는 정장 입고 있네."

"뭐야. 그럼 쟤네 원조야? 미치겠네."

머릿수가 세 명인지라 용기 만빵인 무리 중에 한 명이 지나가며 말을 툭 던졌다.

"이 야밤에 아저씨가 미성년자 데리고 잘하는 짓이네요. 보고 배울 게 많아요."

눈치 빠른 성빈은 정확히 자신을 향한 말이라는 걸 알아챘다. 여자를 품에서 떼어놓으며 설명하려고 하는데, 방해받은 게 못마땅한 하연이 그 무리를 쏘아봤다.

"니들 학원 끝났으면, 집에 가서 배운 거 복습이나 해. 남의 일에 관심 끄고. 아저씨, 우리 하던 거 마저 해요."

"당돌한 계집애, 발랑 까져서는!"

남학생들이 혀를 내두르며 가던 길로 마저 발걸음을 옮겼다. 예상 못한 하연의 행동에, 성빈이 허공에 실소를 터트렸다.

"하여간 종잡을 수 없는 여자야."

이제 그녀에게 준비한 선물을 줘야겠다. 성빈이 정장 안쪽 주머니에서 작은 상자를 꺼냈다. 그는 상자 뚜껑을 벌려 하연에게 건넸다.

목걸이었다. 마름모꼴 다이아몬드가 가운데 포인트로 박힌 펜던트였다. 하연이 난감한 얼굴로 머뭇거렸다.

"성빈 씨. 목걸이 너무 예쁘긴 한데, 받기 부담스러워요."

"알아."

흘러내린 머리를 걷으며, 하연의 목에 목걸이를 걸어 준 성빈이 말했다.

"그래도 받아. 이 남자 또 멋있는 척하는구나, 속으로 욕하면서 말이야."

하연이 옅은 미소를 지었다. 그때 요란한 사이렌 소리가 사방에 울려 퍼지더니, 정확히 두 남녀의 앞에 경찰차가 멈춰 섰다.

"날씨 한번 참 좋죠?"

"아, 그게."

하연의 목에서 반짝이고 있는 목걸이를 보며 경찰이 피식 웃었다.

"선생, 뭣도 모르는 여학생한테 짝퉁 목걸이 하나 달랑 걸어
주면서, 사랑 운운하며 연기하는 거 참말로 어렵죠?"

*　　*　　*

경찰서로 들어서는 성빈의 발걸음이 무거웠다. 경찰이 이쑤시
개를 입에 문 채, 열심히 전산 작업 중인 여순경에게 말했다.

"골목길 입구에서 딱 걸렸어. 일단 선생부터 민증 줘 봐요."

"네."

성빈이 지갑에서 주민등록증을 꺼내 경찰에게 내밀었다.

파티션 사이로 여순경이 성빈의 얼굴을 힐끔 살폈다. 저런 멀
쩡한 얼굴로 왜 그랬을까? 하는 안타까운 미소를 짓고선 말이다.

경찰이 이맛살을 잔뜩 찌푸린 채, 성빈에게 받은 주민등록증
을 살폈다. 별다른 특이사항을 못 느껴 이번엔 하연에게로 시선
을 돌렸다.

"학생! 민증 내놔…… 봐."

경찰은 뭔가 이상했다. 아까 어둑한 골목에서 느꼈던 철없고
어려 보이던 하연의 인상이, 밝은 형광등 아래에선 사뭇 달라 보
였다. 억울한 얼굴로 자신을 노려보고 있는 얼굴에서 왠지 모를
연륜이 묻어났다. 찡그린 눈가 옆에 자잘하게 접힌 주름이 거슬
렸다. 하연에게서 풍겨 나오는 포스는, 십대 그 시절에 나올 수
없는 무언가가 분명 있었다.

'하지만 애늙은이 같은 십대들도 충분히 많으니까! 일단 까 봐야 알지.'

남자는 하연이 내민 주민등록증을 여순경에게 넘기며 끝까지 근엄하게 말했다.

"신원 조회 좀 해 봐."

"네."

타자를 두드리는 여순경의 손길이 빨라졌다. 하연이 팔짱을 끼고 두고 보자는 눈빛으로 기다렸다. 덩달아 경찰은 살짝 초조해졌다. 신원조회를 끝낸 여순경이 안심하며 고개를 들었다.

"위조 아니고, 본인 일치하는데요. 나이는 스물아홉 맞고요."

"……또 모르니까 기계에 지장 찍어 봐. 학생, 일로 와서 엄지손가락 갖다 대……봐요."

하연은 두말 않고 경찰이 가리키는 기계에 엄지손가락을 갖다 댔다. 스캔이 완료되고, 하연이 게슴츠레한 눈길로 경찰을 슬쩍 봤다. 괜히 마른침이 넘어가는 경찰이 여순경에게 시선을 돌렸다. 여순경은 이번에도 역시 하이톤으로 상큼하게 결과를 보고했다.

"지장, 본인인 걸로 일치하는데요."

"그래? 흠!"

경찰서 의자에 앉아 두 사람을 지켜보던 성빈이 자리에서 일어났다. 지금이라도 오해가 풀려 다행인지라 안도의 한숨을 내쉬었다. 경찰이 하연에게 주민등록증을 돌려주며, 멋쩍어 한층 톤을 높였다.

"그러게! 지나가는 사람들 오해할 만한 소지가 다분하게 스물 아홉이나 먹은 처녀가 교복은 왜 입고 돌아다녀요?"

하연이 기다렸다는 듯이 맞받아쳤다.

"사람마다 각자 사정이라는 게, 있는 거잖아요. 안 그래요?"

"아무리 남자 취향을 맞춰 준다지만 선이라는 게 있잖습니까?"

하연이 한마디 쏴붙이려다 입술을 꾹 닫았다. 성빈이 얼른 다가왔다.

"죄송합니다. 다시는 이런 물의 일으키지 않겠습니다."

"조심 좀 하십쇼. 겉은 멀쩡해 보이는데 여자한테 이런 거나 시키고 말이야."

부들거리며 떨리는 하연의 어깨를 감싸며, 성빈이 경찰에게 고개를 숙였다.

"네. 조심하겠습니다. 그럼 수고하십시오."

성빈에게 이끌려 경찰서를 나가며 하연이 투덜댔다.

"성빈 씨, 왜 무조건 죄송하다고 해요?"

일단 경찰서 계단까지 내려와 손을 풀어 준 성빈이 부드럽게 타일렀다.

"더 이상 언성 높여 봐야 득 될 거 없어. 물론 오해의 소지도 충분히 있었고, 괜히 밖으로 새어 나가면 곤란해져."

성빈의 차분한 설명에 귀 기울이던 하연이 그제야 골자를 이해했다. 남자의 위치에서 이런 일에 말려들게 되면, 괜히 언론에 곤란한 가십거리만 제공하게 될 뿐이었다.

푸르르 열을 내던 하연이 금세 시무룩해졌다. 성빈이 픽 웃으며 기운이 빠진 하연을 달랬다.

"하연 씨 덕분에 재밌는 추억 하나 늘었잖아. 기분 풀어."

"괜히 저 때문에, 곤란하게 만들어서 미안해요."

성빈이 괜찮다는 의미로 하연의 손을 잡아 깍지를 꼈다.

"미안하다는 말보다는……."

"하지만……."

"차라리 고맙다고 해 주면 좋을 것 같은데."

하연이 엷은 미소를 지었다.

그렇게 좀 더 걸어가던 그때, 성빈의 휴대폰이 쉴 새 없이 울려 댔다. 잠시 인상을 찌푸린 성빈은 전화를 받았다. 정구였다. 급하게 해외 지사에서 성빈에게 화상 미팅을 신청했다는 내용이었다.

"많이 급한 거야?"

[네, 사장님.]

"알겠어. 위치 확인해서, 차 좀 보내."

전화를 끊은 성빈이 미안한 표정을 지어 보였다. 옆에서 운동화 앞코를 시멘트 바닥에 톡톡 두드리던 하연이 왜 그러냐는 눈짓을 했다.

"바로 호텔에 들어가 봐야 할 것 같아."

"아, 그래요?"

"당신 집에 데려다주고 싶은데, 일이 꼬이네."

하연이 가볍게 웃으며 손사래를 쳤다.

"괜찮아요. 원래 오늘 못 보는 거였는데, 힘들게 와 준 거잖아요. 충분해요."

"내가 아쉬워서 그래."

성빈이 그윽한 눈길로 하연에게 시선을 맞추고 있는데, 리무진 한 대가 매끄럽게 멈춰 섰다. 성빈이 뒷좌석 문을 열어 줬다.

"하연 씨, 조심히 들어가."

"갈게요. 이 밤에 일하려면 힘들 텐데, 성빈 씨도 고생해요."

뒷좌석에 자리를 잡은 하연은 피곤한 기색이 만연한 성빈을 안쓰럽게 올려다봤다. 고개를 살짝 기울인 그가, 여유로운 눈웃음을 흘렸다.

"딱 지금만큼만 나한테 집중해."

"성빈 씨, 닭살 돋아요."

"마지막으로 당신이 싫어하는 잘난 척, 한 번만 더 하자면."

성빈이 잘생긴 얼굴이 확신에 차있었다.

"나 생각보다 괜찮은 남자야. 놓치면 후회해."

하연이 한마디 하려는 순간, 문이 닫혔다. 하연은 입술을 실룩거리며, 차창 너머로 남자를 돌아봤다. 성빈이 팔짱을 낀 채, 점차 멀어져 가는 리무진을 바라보고 있었다.

하연은 가슴이 답답했다. 광활하게 펼쳐진 바다 한가운데에 숨어 있는 함정. 한번 빠지면 절대 헤어 나올 수 없는 블루홀에 갇힌 기분이었다. 이 숨 막히는 심정을 그 사람은 알까.

리무진 시트에 몸을 기댄 하연이 눈을 감았다. 숨이 막혀 물거

품으로 사라지는 인어공주가 된다 해도 어쩔 도리가 없었다. 남자의 존재는 거부할 수 없는 치명적인 유혹 그 자체였다.

10월 사업가 찌라시

국내 최대 규모 호텔 지점을 소유한 L계열 K대표는 유명 작가와 결별한 뒤 방황 중.

이별의 후유증인지 이상한 변태 성향까지 키워, 한밤중 교복을 입은 일반인과 과감하게 거리를 활보했다고 함.

일단 더 추이를 지켜봐야 함.

*　　*　　*

오늘은 작가의 출판기념회가 있는 날이었다. 오늘따라 의상을 신경 쓴 하연이 화사한 모습으로 사무실에 들어섰다. 먼저 출근한 태희가 싱긋 웃으며 그녀를 반겼다.

"와, 실장님. 오늘 정말 아름다우신데요?"

"태희 씨가 볼 때 괜찮아요?"

"네. 화려하고 너무 여성스러우세요."

랩 스타일의 바디 전체를 감싸는 꽃무늬 페미닌룩을 갖춰 입은 하연이 한 바퀴를 돌았다.

"태희 씨가 예쁘다고 해 주니까 너무 기분 좋네요. 근데 오늘 몇 시라고 했죠?"

"오후 두 시로 잡혔습니다."

하연이 고개를 끄덕이며, 탕비실로 향했다. 커피머신에서 진하게 원두커피 두 잔을 내려 태희에게도 한 잔 건네 줬다.

"태희 씨 그럼 수고해요."

사장실로 들어온 하연이 챙겨 온 전공 서적을 꺼냈다. 요즘 한창 강의를 듣고 있는 호텔 경영 수업이 쉽지만은 않았다. 책상에 턱을 괸 채 강의에 집중하고 있는데, 휴대폰이 울렸다.

[하연아. 전화 받을 수 있어?]

"응, 통화 가능해. 근데 왜 이렇게 목소리가 안 좋아?"

연결음 너머로 들려오는 민경의 목소리가 흥분에 차 있었다.

[아니, 하도 답답해서 너한테라도 털어놓으려고 전화한 건데.]

"응, 말해 봐."

[우리 전에, 샵 앞에서 만났던 김 대표 기억나지?]

하연은 왠지 불길한 예감이 들었다. 분노에 찬 민경의 음성이 높아졌다.

[이미 홍보 시안부터 장소 임대까지 다 끝낸 상황인데, 갑자기 거래를 안 하겠다고 일방적으로 통보를 한 거야. 나 진짜 어이가 없어서.]

민경의 말을 듣고 있던 하연이 짙은 시름이 새어 나왔다.

[이번 거래 잘 성사시킨 능력 인정받아서 팀장으로 승진 예정이었는데 물 건너갔지, 뭐. 하, 짜증 나.]

하연이 침착하게 물었다.

"그 대표가 안 하겠다는 이유는 설명 안 해?"

[가타부타 말도 없어. 그냥 멋대로 잘라 버렸다니까? 재수가 없으려니까.]

얼굴이 어두워진 하연이 서둘러 가방을 챙겨 몸을 일으켰다.

"민경아, 그 대표가 있는 회사 주소 알지?"

지혜가 있는 대표실 문 앞. 하연이 마음의 준비를 하고 노크를 했다.

똑똑—

곧이어 안에서 들어오라는 소리가 들렸다.

"하연 씨가 여긴 웬일이에요?"

처리하던 서류에서 눈을 뗀 지혜가 만년필을 놓으며 물었다.

"제가 여기까지 찾아온 이유, 진짜 몰라서 묻는 거예요?"

하연이 눈에 힘을 주며, 차갑게 쏘아붙였다. 의자에서 일어난 지혜가 책상에 비스듬히 기댔다.

"글쎄요. 난 잘 모르겠는데?"

"우리 두 사람과 상관도 없는 민경이한테 왜 그렇게 한 거예요? 너무하잖아요."

여유롭던 지혜의 눈빛이 험악하게 바뀌었다.

"상관도 없는? 하연 씨 말 한번 참 재밌게 하네요. 그렇게 치면 우리 두 사람과 상관도 없는 성빈이는 그때 저한테 어떻게 했죠?"

하연이 아랫입술을 깨물었다.

"하연 씨는 고작 친구가 거래처 하나 잃은 게 다지만, 전 그동안 쌓았던 모든 인맥이 통째로 날아가게 생겼어요. 알기나 해?"

지혜의 성난 눈이 하연을 잡아먹을 듯이 번쩍였다.

"내가 한 짓 잘했다는 거 아니야. 그런데 고작 장난 한 번으로 내 모든 걸 잃게 생겼어. 하연 씨, 당신 때문에 말이야."

하연의 눈이 복잡하게 일렁이더니 이내 슬프게 가라앉았다.

"지혜 씨가 쉽게 생각하는 그 장난에, 사람이 상처받을 거라는 생각은 안 해 봤어요?"

"미안한데, 관심 없어요."

지혜가 잘라 말했다.

"애초부터 하연 씨를 친구로 받아들일 생각 따위 안 했으니까."

지혜는 자신의 독설에 하연의 눈동자가 상처로 물들자, 기분이 좋았다. 이렇게라도 그날의 복수를 꼭 하고 싶었다. 지고는 못 사는 게, 이 세계 여자들의 자존심이기에.

"제가 좀 순진했나 보네요. 지혜 씨가 손 내밀어 준 게 그저 고마웠으니."

하연은 제 솔직한 마음을 털어놨다. 민경이 우선이라는 생각이 들었다. 짓밟힌 자존심은 잠시 접어 두고, 어떻게든 피해를 본 민경의 상황을 되돌려 놔야 했다.

"지혜 씨, 스타티스와의 거래 다시 생각 좀 해 줘요."

"제가 그래야 할 이유가 있나요?"

"파티 주최자였던 현아 씨한테 우리 두 사람 사이에 있었던 일

오해였다고 말해서라도 인맥 꼭 복구해 줄게요."

지혜가 갑자기 배를 잡고, 깔깔 대기 시작했다.

"아하하! 하연 씨 정말 순진하다. 나 웃겨 죽겠네!"

"뭐가요, 대체?"

한참을 박장대소하던 지혜가 곧바로 정색을 했다.

"하연 씨 말처럼 그렇게 쉽게 풀릴 일이었으면, 나도 이렇게까지 안 했어. 현아 개가 얼마나 눈치가 빠르고, 피도 눈물도 없는 앤데."

벽에 걸린 시계를 확인한 지혜가 다시 책상으로 걸어갔다.

"서로 할 말은 끝난 거 같으니, 이만 가 봐요."

맥이 빠진 하연이 뒤를 돌았다. 바늘로 쑤셔도 안 들어갈 것 같은 지독한 냉혈 인간이라는 생각이 들었다. 나가려는 하연에게 기어코 지혜가 한마디를 보탰다.

"오늘 있었던 일도 성빈이한테 쪼르르 달려가서 해결해 달라고 부탁하지 그래요? 하연 씨 그런 거 잘하잖아."

하연의 눈꺼풀이 파르르 떨렸지만, 최대한 살긋이 웃으며 말을 맞받아쳤다.

"지혜 씨가 말 안 해도 그럴까 생각 중이었어요. 아무리 생각해도 그 일 때문에 속상해서, 아무것도 손에 안 잡힌다고. 성빈 씨가 나 대신에 꿈틀대지도 못하게, 확실히 밟아 달라고 말이에요. 어때요. 괜찮은 생각이죠?"

　　　　　*　　　　　*　　　　　*

　하연은 어깨가 축 처진 채 기운 없이 건물을 나왔다. 쉽게 해결이 날 거라고 기대하진 않았지만, 지혜는 생각보다 더욱 잔인했다. 잠시 멍하던 서 있던 하연이 가방을 뒤져 휴대폰을 꺼냈다. 시간을 확인해 보니, 출판기념회 시작까지 조금 촉박했다. 서둘러 택시를 잡아탄 그녀가 민경에게 전화를 걸었다.

　[응, 하연아. 너 결국엔 김 대표 찾아간 거야?]

　"그랬는데 잘 안 됐어."

　하연이 작은 목소리로 대답을 했다. 민경이 일부러 밝은 톤으로 친구를 위로했다.

　[난 솔직히 기대도 안 했어. 김 대표 몇 번 상대했을 때도 성질머리 한번 참 까다롭다 생각했었다니까?]

　"그래도 너 승진 문제도 걸려 있는 거잖아. 아니면 내가 다른 방법을 써서라도……."

　더 이상 하연이 마음고생하는 게 싫은 민경이 단호하게 말했다.

　[하연이 네가 어떻게 해결을 하든지, 이젠 내 쪽에서 안 받아. 아까도 말했지만, 이런 일 우리 업계에선 흔해. 계속 신경 쓸 거면 나 이제 너한테 속내 못 털어놔.]

　민경의 덤덤한 위로에도 하연은 면목이 없었다.

　[하연아. 나 지금 외부 미팅 있어서, 외근 나가 봐야 돼. 나중에 또 통화하자. 그만 기분 풀고. 응?]

전화를 끊은 하연은 깊은 상념에 빠졌다. 얼마 후 강남에 위치한 유명 북 카페 건물 앞에 도착한 그녀는 택시에서 내렸다.

* * *

한창 출판 기념회 겸 팬사인회를 진행 중인 카페로 성빈이 들어섰다. 성빈을 발견한 하연이 의아한 얼굴로 다가갔다.

"시즌제로 운영하는 썸머 파티 준비를 마쳤는데, 오픈 전에 하연 씨랑 보내려고."

성빈이 부연 설명을 덧붙였다.

"쉽게 말해서 호텔 꼭대기 층에서 내려다보며 즐기는 야외수영장이라고 생각하면 돼."

"와, 정말요?"

"역시 당신이 좋아할 줄 알았어."

주책맞게 신나하는 감정을 전부 드러내던 하연이 급 표정 관리를 했다. 하지만 그걸 놓칠 리 없는 성빈이다.

"여기 마무리는 민 차장한테 부탁해 놨으니 그만 가지."

"사인회 끝까지 지키려고 했는데."

그러나 성빈에게 할 말이 있던 하연은 이내 생각을 바꿨다.

"아니에요, 가요. 나도 성빈 씨한테 할 말 있어요."

북 카페를 나선 두 남녀가 차에 올랐다. 카마로에 시동을 건 성빈이 무표정으로 말했다.

"하연 씨, 나 커피."

성빈을 흘겨보던 하연이 아이스커피를 건넸다. 성빈이 빨대에 입을 갖다 댔다.

"당신 때문에 속 좀 탔었는데, 시원하니 마실 만하네."

"말이나 못 하면 밉지나 않죠."

사실 성빈은 운전 하는 내내 마음이 불편했다. 하연은 바깥 풍경에 시선을 던지며, 깊은 생각에 잠겨 있었다. 할 말이라는 게 무엇인지, 괜히 신경이 쓰였다.

호텔 정문 앞에 카마로가 멈추자, 도어맨이 차 문을 열어 줬다. 성빈이 하연을 데리고 직원 전용 승강기에 몸을 실었다. 호텔 최고층에 도착하자, 개장 준비를 끝낸 야외 수영장이 화려하게 펼쳐져 있었다. 정 중앙에 위치한 넓은 수영장이 바닥에 설치된 조명에 반사돼, 파란 물결이 넘실대고 있었다. 높게 뻗은 야자수와 파스텔 색을 머금은 색 별의 조화들이 로맨틱한 분위기를 한층 더했다. 하연이 깊은 탄성을 질렀다.

"와, 저 이런 데 처음 와 봐요. 정말 근사하네요."

"마음에 든다면 다행이군."

수영장 반대편엔 뽀글뽀글 거품이 솟아나는 스파가 눈에 들어왔다. 시간을 두고 바뀌는 빛깔에, 성빈의 시선이 잠시 그곳에 멈춰 있었다. 매년 정유선 그녀와 함께 했던 장소였다. 성빈은 이내 고개를 돌렸다. 그때 성빈이 도착했다는 소식을 전달 받은 정구가 모습을 나타냈다.

"하연 씨, 오셨네요."

"어머, 정구 씨. 저번에 인사도 제대로 못 했었는데, 잘 지내셨죠?"

정구가 유쾌한 미소로 고개를 끄덕였다.

"저야 늘 잘 지내죠. 하연 씨 드리려고 디저트 좀 준비했어요."

정구가 와인 한 병과 디저트가 담긴 접시를 테이블에 내려놨다. 그가 그중에 하나를 가리켰다.

"이건 이번에 새롭게 선보이게 될 판나코타인데요. 캐러멜으로 맛을 낸 뒤 과일과 초콜릿 소스를 올려, 여성분들이 굉장히 좋아들 하세요. 나머지는 종류별로 담아 봤어요."

정구의 설명을 듣고 있던 성빈이 이만 가 보라고 휙 손을 저어 보였다.

"하연 씨, 그럼 저 가 볼게요. 즐거운 시간 보내세요."

"디저트 잘 먹을게요. 정구 씨, 신경 써 줘서 정말 고마워요."

정구가 나간 뒤, 성빈이 하연을 중앙 소파에 앉혔다. 와인을 따는 성빈에게 맞춰서, 두 개의 잔을 들고 하연이 기다렸다. 쪼르르. 진한 레드 와인이 잔에 담겼다.

"마셔 봐. 괜찮을 거야."

사실 하연은 와인의 맛을 잘 몰랐지만, 성빈의 권유에 한 모금 살짝 넘겨봤다.

"역시 예상했던 대로 쓰네요."

생각했던 것보다 떫고, 목을 타고 넘기는 맛이 굉장히 썼다. 성빈이 픽 웃으며, 디저트 하나를 집어 하연의 입에 넣어 주었다.

"음, 그런데 디저트는 달아서 너무 잘 어울리네요."

"그런데 하연 씨."

성빈의 다정한 음성이 거슬렸다. 디저트를 얼른 삼킨 하연이 성빈을 마주 봤다.

"아까 할 말 있다고 했잖아."

"네, 있어요."

"그런데, 듣기 전에 내가 느끼는 직감부터 말하자면."

하연이 주먹을 말아 쥐었다.

"좋은 얘기가 아닐 것 같다는 생각이 자꾸 들어. 아마도 내 착각이겠지?"

성빈의 음성은 상냥하지만 뼈가 있었다. 상대방의 얘기를 듣기 전에, 먼저 떠보는.

"역시 성빈 씨는 눈치가 빠르네요. 착각 아니에요."

하연은 하루 종일 바쁜 일정 속에서도 수백 번은 더 고민했던 문제에 대한 답을 하기로 마음먹었다. 사실 아직까지도 잘 모르겠다. 하지만 확실한 건 하나 있었다.

"성빈 씨가 했던 고백에 대한 제 대답. 이제 할게요."

혼자만이 겪는 상처와 시련 같은 건 얼마든지 견뎌 낼 수 있었다. 그러나……

"정말 미안하지만."

주변 사람들한테까지 영향이 가고, 피해를 보는 건 감당할 수 없었다. 또 이런 일이 없으리란 법은 없었다.

"성빈 씨 마음, 거절할게요."

성빈의 긴 속눈썹이 몇 번이나 들썩였다. 그의 폐부에 서늘한 바람이 들이찼다. 성빈이 잔을 내려놓으며 차분한 어조로 말했다.

"당신도 이쯤 되면 내 성격 알겠지만, 전혀 설득력 없어. 난 납득 안 되는 건 통과 안 시켜."

"누구 마음대로 통과를 안 시켜요?"

성빈은 막무가내였다.

"차라리 날 좋아하는 속마음이나 들키지 말든지. 그 어떤 이유를 갖다 붙여 봐야 서로 좋아한다는 전제가 깔렸는데, 설득력이 있다고 생각하는 거야?"

하연은 기가 막혔다. 그건 성빈도 마찬가지였다.

"아니, 그리고 생각할수록 어이가 없네. 세상천지에 나 같은 근사한 남자가 어디 있다고 배짱 좋게 거절을 하는 거야?"

"본인 입으로 그런 말 하고 싶어요?"

신경질이 난 성빈이 남은 와인을 남김없이 입에 털어 넣었다.

"하연 씨, 솔직히 나 누구한테 차여 보는 거 처음이야. 알아? 사람한테 이런 치명적인 오점을 남겨 주고 싶어?"

이젠 웃음이 터져 나오려는 하연이다.

"참나. 거절당한 게 그렇게 자존심이 상해요?"

"이유나 좀 말해 봐."

성빈이 두고 보자는 성난 얼굴로 하연의 다음 말을 기다렸다.

"……그냥 성빈 씨가 부담스러워요. 성격이 너무 다르기도 하고."

"그게 다야?"

민경의 일이 스치는 하연이 잠시 고민에 빠졌다. 말을 해야 하나, 말아야 하나. 그러나 지혜의 마지막 독설이 떠오른 하연이 결국 말을 삼켰다. 그 와중에도 성빈의 설득은 계속됐다.

"데칼코마니도 아니고 사람 성격 똑같아서 뭐 하려고? 그리고 하연 씨 부담 안 느끼게 내 쪽에서 조금 더 분발할게. 이렇게 말 몇 마디로 조정하면 쉽게 끝날 일이잖아."

하연이 침착하게 말했다.

"저 혼자 몸이면 상관없어요. 그런데 제 가족, 주변 지인들한테 성빈 씨 영향 전혀 안 끼칠 자신 있어요?"

성빈이 입을 다물었다.

"친구한테 얼핏 듣기로는 성빈 씨 어머님도 만만치 않으신 분이시라고 들었어요."

"하연 씨, 그건……."

"저 상처 안 받겠다고 성빈 씨 무작정 밀어내는 거 아니에요."

가슴이 답답한 하연이 격한 날숨을 내쉬었다.

"네, 성빈 씨 많이 좋아해요. 차라리 조금만 더 어렸더라면, 아무 조건 없이 뛰어들었을지도 몰라요. 그런데요."

성빈의 눈이 검은 호수와 같았다.

"그러기엔 조금 지쳤어요. 전 애인과 이별한 지도 얼마 안 됐고, 우리 서로 알게 된 지도 오래 지나지 않았는데 참 많은 일들이 있었잖아요."

하연의 입장을 충분히 이해했지만, 놔줄 생각이 없는 성빈에겐 방법이 없었다.

"왜 모르겠어. 하연 씨 많이 노력하는 거. 라임사도 나한테도 부단히 애쓴다는 거 잘 알아. 그런데 잘라 말하자면 싫어."

돌려 말하는 타입이 아닌 성빈이 솔직하게 표현했다.

"뭐가 싫어요?"

"하연 씨 안 놔줄 거야. 일방적인 억지라고 욕해도 어쩔 수 없어. 난 내 거라고 생각하는 순간 다른 건 눈에 안 들어와."

하연의 가슴이 뜨거워졌다. 성빈이 진심을 담아 속삭였다.

"그래서 내 눈엔, 늘 당신만이 담겨. 박하연."

사과처럼 얼굴이 붉어진 하연이 고개를 돌리며 외면했다.

이 남자는 어쩜 이렇게 낯간지러운 말을 직설적으로 잘 뱉어내는지 모르겠다. 하지만 성빈은 여전히 심각했다.

"나 좀 봐. 물어볼 게 있어."

"뭔데요?"

하연의 유리알 같은 맑은 눈동자를 한참 들여다보던 성빈이 입을 열었다.

"이상형 좀 말해 봐."

"……뜬금없이 이상형은 왜요?"

성빈이 생각해 낸 특단의 조치였다.

"들어나 보게."

"음, 전 자상한 사람이 좋아요. 말 한마디를 해도 예쁘게 하고, 소소한 작은 일에도 즐거워할 줄 알고."

여자의 취향에 맞춰 보려고 했던 성빈이 코웃음을 쳤다.

"하연 씨, 지금 무슨 동화책 써?"

"뭐가요?"

"순진한 척을 하는 거야, 아니면 정말 취향이 독특한 거야? 그런 남자가 세상에 어디 있어."

하연이 입술을 삐죽거렸다.

"그래서 성빈 씨가 안 되는 거예요. 전 말로 표현하는 것도 좋지만, 편지나 문자 하나로도 마음을 전할 수 있는 섬세한 타입을 좋아해요."

하연이 주저리 혼자 신나서 떠들어 댔다. 그러다 문득 물어본 건 본인이면서 들은 척도 안 하는 성빈을 째려봤다. 떠들다 보니 어느 정도 맘이 풀린 하연이 고개를 돌려 야외 수영장을 내려다 봤다.

"성빈 씨, 근데 수영장 밑에서 불빛이 나는 거예요? 정말 파래요."

하연이 소파에서 일어나 수영장 앞으로 걸어갔다. 입체 영상으로 비추는 열대 물고기들과, 수초의 모형이 아름답게 흔들리고 있었다.

"와, 정말 예뻐요. 성빈 씨 안에 봤어요?"

금세 신이 난 하연을 보며, 성빈이 머리를 쓸어 넘겼다.

'하여간 귀여운 여자야.'

하연의 작은 손이 어느새 물에 잠기더니, 살며시 안을 휘젓기 시작했다.

"시원하다."

하루 종일 가슴앓이를 했던 하연은 제대로 기분 전환이 됐다. 어느새 엉켜 있던 실오라기가 풀려나가듯 하연을 괴롭히던 잡념은 그녀의 머릿속에서 떠나가고 없었다. 하연이 뒤돌아 성빈에게 물었다.

"들어가 봐도 돼요?"

"안 돼. 컨디션도 안 좋잖아."

하연이 포기하지 않고 떼를 썼다.

"TV에서만 봤지, 이런데 처음 와 보는 거란 말이에요."

하연이 조심스레 물 안으로 발을 집어넣었다.

"아, 차가워. 기분 좋다."

그런 여자의 모습을 뒤에서 지켜보던 성빈이 자리에서 일어났다. 고백을 거절한다는 둥, 제 이상형이 아니라는 둥 오늘따라 유난히 얄밉게 군 하연을 번쩍 안아 들었다.

"어? 성빈 씨 뭐, 뭐하는 거예요?"

"들어가 보고 싶다며. 내가 직접 물에 넣어 주려고."

하연의 눈이 삽시간에 커졌다.

"성빈 씨! 안 돼요! 발만 담글 생각이었어요. 지금 입고 있는 원피스 비싼 건데, 물에 빠지면 안 돼요. 빨리 내려 줘요!"

무엇보다 하연은 물 공포증이 있었다.

"그리고 저 어렸을 때 계곡에서 빠져 죽을 뻔한 적이 있어서, 물 공포증도 있단 말이에요! 허리 이상은 못 들어가요!"

악다구니를 쓰는 하연을 성빈이 사랑스럽게 내려다봤다.

"하연 씨, 세상에 어떤 남자가 자기 여자 물에 빠져 죽는 꼴을 보겠어. 다만 나는."

"김성빈 씨, 제발!"

성빈이 질 낮은 미소를 그려보였다.

"우리 하연 씨가 정신 못 차리고, 자기 애인 헷갈려 하는 거 바로잡아 주고 싶을 뿐이야."

그 순간 '첨벙' 하연이 그대로 물속에 떨어졌다. 하연이 바둥거리며 당황하는 것도 잠시, 발이 수영장 바닥에 닿았다.

성빈이 픽 웃으며, 긴 다리를 접었다.

"이제 좀 정신이 들어?"

"하여간 성질머리 한번 고약하다니까! 이 원피스가 얼마짜린지 알기나 해요?"

부들부들거리며 열을 내는 여자가 성빈의 눈에는 어찌나 귀여워 보이는지.

"능력 있는 애인 뒀다가 뭐해. 다시 사 줄 테니까 걱정 마."

"잘난 척 그만해요."

뚱한 표정을 짓던 하연이 이왕 젖은 김에 온몸을 움직여 첨벙

대기 시작했다.

성빈의 눈이 부드럽게 녹아 내렸다. 조명에 반사돼 너울거리는 파란 물길 속. 덩그러니 혼자 있지만, 그 안을 모두 채우고도 남을 만큼 강렬한 빛을 뿜는 여자가 인어처럼 춤을 추고 있었다.

더 이상은 안 되겠다.

"하연 씨, 난 당신을 보고 있으면 숨이 막혀."

물장구치는데 집중을 하던 하연이 고개를 돌렸다.

"당신은 날 선택이라도 할 수 있으니 부럽군. 내 쪽에선 그게 안 돼."

"무슨 소리예요?"

성빈의 큰 손이 하연의 뺨을 부드럽게 감쌌다.

"나한테는 다른 선택의 여지가 없어."

"아."

"아까 하연 씨가 했던 말, 하나도 틀린 거 없어. 솔직히 상처 안 받는다는 보장도 못 해."

성빈의 쌍꺼풀 없는 큰 눈이 순하게 내려갔다.

"그러니까 당신이 못 이기는 척, 좀 져 줘. 적당히 밀어내."

"……성빈 씨."

예쁘게 말하는 남자가 사랑스러웠다. 그리고 이어지는 한 마디.

"그러니까 이 여자야. 갑질도 정도껏 해."

5장

오르막길

임무를 마치고 야외 수영장에서 나오던 정구가 급하게 오는 전화를 받았다. 한참 동안 서서 통화를 하고 있는데, 뒤에서 들리는 인기척에 깜짝 놀랐다. 음침하게 서 있는 여자는 다름 아닌 사장의 전 애인 정유선이었다.

정구의 놀란 기색에도 유선은 미동도 없이 차가운 미소를 지어 보일 뿐이었다.

"성빈 씨. 안에 있죠?"

"네, 그렇긴 한데. 여자 분이랑 있으세요."

정구가 식은땀을 흘리며 대답했다. 마주할 때마다 느끼는 거지만, 유선의 분위기는 한겨울도 얼려 버릴 만큼 차가웠다.

망설임 없이 들어가려던 유선이 여자랑 있다는 정구의 말에,

붉은 입술을 비틀었다. 반쯤 열려져 있는 틈 사이로 안을 들여다보았다. 차갑게 가라앉은 유선의 눈동자가 한참 동안 하연에게 꽂혀 있었다. 정구는 옆에 서 있으면서 불편하고 머쓱해 안절부절못했다. 유선이 정구에게 물었다.

"저 여자에 대해 설명 좀 해 줄래요?"

"네? 어떤……."

"제가 알 만한 거, 아무거나."

잠시 알아듣지 못하던 정구가 마른침을 삼켰다.

"평범하신 분이세요."

"그래요?"

맥이 탁 풀린 유선이 조소를 머금었다. 평범? 웃기지도 않아서.

두 사람의 모습을 잠시 지켜보던 그녀의 미간이 좁혀졌다. 점차 그녀의 하얀 주먹에 힘이 들어갔다. 궁금한 정구가 유선에게서 살짝 비켜, 안을 들여다보았다.

들리지 않는 대화 속에서, 다리를 접은 채 여자를 내려다보는 성빈의 표정이 온화했다. 분명 가벼운 웃음을 띠고 있었지만, 오래된 연인만이 느낄 수 있는 남자의 진지함이 보였다.

그때였다.

타인에게 쉽게 보여 주지 않는 그녀만의 특권이었던, 눈부시게 아름다운 성빈의 미소가, 상대 여자를 향해 부드럽게 부서졌다. 아찔해진 유선은 순간 휘청했다. 놀란 정구가 유선을 서둘러 붙잡아 주려는데, 그녀가 신경질적으로 손길을 뿌리쳤다. 복도를 걸어 나가는 유선은 충격에 휩싸였다. 방금 본 성빈의 미소를 부정하고 싶었다.

가까이 있을 땐 몰랐다.

늘 옆에서 지켜봐 주고, 별것도 아닌 걸로 서운하다고 토라지면 달래 주고, 혼자의 시간이 필요해 무작정 밀어내면 그것마저도 이해해 주던, 나 밖에 모르던 사람이었는데…….

이별을 완벽히 선포하기 전, 성빈이 말했었다.

"정유선. 널 사랑한 거 후회 안 해. 다시 과거로 돌아간다고 해도, 지금과 같은 결말이 또 난다고 하더라도, 내 의지가 아니라 운명처럼 너한테 다시 뛰어들 테니까."

유선은 확신할 수 있었다.

그동안 함께했던 시간이 얼마인데. 나한테 쏟아 부었던 정성이 아까워서라도, 절대 나를 포기 못할 거야.

그리고 이어 성빈이 했던 다음 말이 떠올랐다.

"그래도 정유선 너한테 고마운 한 가지는, 미련 없이 떠날 수 있게 해 줬다는 점이야."

유선은 승강기에 올라탔다.

혼자 서 있는 기분은, 지독히도 고독하고 두려웠다. 방금 그

장면을 보기 전까지만 해도 성빈이 떠났다는 걸 인정하지 않았다. 절망감에 눈가에 물기가 서리자 유선이 제 얼굴을 감쌌다. 그리고 성빈이 했던 마지막 말.

"나 다신 너한테 안 돌아와. 우린 정말 끝났어."

내 남자의 짙은 눈동자에 또 다른 여자가 담기는 걸 발견하는 순간, 심장이 쿵 내려앉았다.

* * *

성빈이 로얄 스위트 룸 문을 열어 하연을 밀어 넣었다. 성빈이 걸쳐 준 가운을 꼭 쥐고 들어온 하연이 두 눈을 반짝이며 룸을 둘러보았다.

혼자 자기엔 너무 넓었다. 앤티크 분위기의 고급스러운 가구들이 정갈하게 배치돼 있었다. 성빈이 켜 준 조명조차도 참으로 근사해, 괜히 스위트룸은 아니다 싶었다. 두 눈을 바쁘게 움직이던 하연이 물었다.

"혼자 잘 건데 방이 너무 큰 거 아니에요?"

"안 커. 따뜻한 물 받아서 몸 좀 녹이고, 커피머신으로 코코아라도 한잔 내려 마시고 자."

물에 젖은 생쥐 꼴을 하고 있는 하연의 모습이 우스웠다. 성빈이 곱실거리는 하연의 머리카락을 살짝 움켜쥐었다.

그는 은은하게 방 안을 채우고 있는 주홍빛의 조명 아래, 하연을 응시했다. 그녀의 도톰한 입술이 눈에 들어왔다. 물결에 한껏 괴롭힘 당해 젖어 버린 검은 머리카락, 그녀의 긴 속눈썹, 목덜미 아래로 살짝 드러난 쇄골이 눈에 박혔다.

성빈의 숨이 다시 막혀 왔다.

파리한 하연의 얼굴이 안타까웠다. 그가 지금 느끼고 있는 하연에 대한 뜨거운 열기로, 온통 붉은 색으로 지배하고 싶다는 욕망이 거칠게 들었다.

"하아."

성빈이 낮게 숨을 들이켜며, 쥐고 있던 하연의 머리카락을 놔주었다. 성빈은 애써 본능을 외면했다.

"옷은 내일 아침에 따로 준비해 줄게."

"그래요, 그럼."

하연의 단정한 이마를 끌어당겨 성빈이 살짝 입맞춤을 했다.

"그럼 잘 자."

"성빈 씨는 곧장 집으로 가죠? 운전 조심해요. 졸지 말고."

룸에서 나온 성빈이 그대로 문에 기대 한숨을 내쉬었다. 성빈이 빙그르 돌아 여자가 안에 있는 룸을 한참 바라보더니, 복도를 따라 천천히 걸음을 옮겼다.

집무실에서 도착한 그는 책상에 앉아 휴대폰을 꺼냈다. 짜증스러운 얼굴로 한참을 끙끙대고 있었다.

"아, 젠장. 말로 하면 되지, 귀찮게 말이야."

흔들리는 여자를 잡기 위해선 어쩔 수 없었다. 그녀가 말했던 이상형, 그래. 까짓것 아쉬운 쪽에서 맞춰 주는 수밖에 없지 않은가.

「하연 씨, 난 말이지. 아까도 말했지만 내 눈엔 당신이란 여자밖에 안 보여. 그래서 당신의 모든 걸, 공유하고 싶어.」

성빈이 한 템 쉬면서 다음 문장을 생각했다. 그의 손가락이 다시 버튼을 꾹꾹 눌렀다.

「사실 하연 씨랑 애정 행각도 많이 하고 싶어. 사람을 좋아 하다 보면 손도 잡고 싶고, 안고 싶고, 잠도 자고 싶은 게 당연한 거잖아. 안 그래?」

잘 써지던 내용이 어째 본심 가득한 문장으로 바뀌었다. 성빈이 인상을 구겼다.

"관둬. 못해 먹겠네."

문장을 고치는 데 전념하던 성빈이 결국 포기하기에 이르렀다. 그는 책상에 휴대폰을 탁 내려놨다. 자리에서 벌떡 일어난 성빈이 신경질적으로 머리를 넘기며 창가로 향했다.

그 시각 아로마 거품 입욕제로 상쾌하게 샤워를 마친 하연이 욕실에서 나왔다. 온몸을 감싼 보송한 목욕 가운의 느낌이 좋았다. 하연이 그대로 침대에 털썩 누웠다. 편한 자세로 축 늘어져 있는데, 협탁에 올려 둔 휴대폰이 반짝였다. 하연이 손을 뻗어 메시지를 확인했다.

「하연 씨, 난 말이지. 아까도 말했지만 내 눈엔 당신이란 여자밖에 안 보여. 그래서 당신의 모든 걸, 공유하고 싶어. 사실 하연 씨……」

하연이 새치름한 표정으로 입술을 쭉 내밀었다. 뒷내용을 마저 읽는데.

「당신의 모든 걸, 공유하고 싶어. 사실 하연 씨랑…… 좋ㅇㄹㅎ ……잠도 자고 싶은 게, 당연한 거잖아. 안 그래?」

휴대폰을 움켜쥐고 있는 하연의 손아귀에 힘이 바짝 들어갔다. 동시에 눈에서 불꽃이 튀었다.

"내가 진짜 이 인간을 그냥!"

*   *   *

정구가 성빈의 의자에 앉아 페이스북을 들여다보고 있었다. 라임사 산행기 때 태희와 찍었던 몇 장의 사진은 생각보다 여파가 대단했다.

페이스북 여신인 태희에게 사진 한 장만 같이 찍자고 부탁을 했었다. 수줍어하던 태희가 미니 DSLR 카메라를 45도 각도로 들더니, 카메라를 응시하는데 눈빛이 달라졌다. 그날의 태희의 모습은 참 인상적이었고, 반전 매력으로 정구에게 다가왔다.

태희와 찍은 사진을 페이스북에 올리자 잠깐이었지만 방문자 수도 늘고 괜한 시비조의 댓글도 달렸다. 그때부터 태희가 올리는 사진마다 '좋아요'와 댓글을 달고는 했었는데. 요즘 한발 앞서 일등으로 댓글을 다는 한 녀석 때문에 골치가 아팠다.

"이 자식은 뭔데, 맨날 태희 씨 사진에 일등으로 댓글을 달아."

악플러들한테는 선처 따위 해 주면 안 된다는 생각을 평소 가지고 있던 정구의 손가락이 근질거렸다.

거슬리는 댓글의 주인공 페이지로 넘어가 보니, 고놈 제법 잘생겼다. 짜증스러운 눈빛으로 염탐하고 있는데, 태희와 찍은 몇 장의 사진이 눈에 들어왔다. 그 순간 가슴에 불길이 치솟았다.

"이 자식 뭐야? 태희 씨랑 친군가? 뭐가 이렇게 다정해?"

찰싹 붙어 연인의 느낌이 물씬 풍기는 사진을 보고 있자니 울화가 치밀었다.

참지 못한 정구가 다다다, 타자를 치다가 신경질적으로 지워 버렸다. 순간 정구가 소스라치게 놀랐다.

"도대체 내가 왜 화가 나는 건데? 왜?!"

정구가 심각한 얼굴로 메신저를 켰다. 접속자를 확인하는데, 태희가 반짝 눈에 들어왔다.

정구 님: 태희 씨. 바빠요?
태희 님: 괜찮아요. 왜요, 정구 씨?

무작정 말부터 걸었는데, 뭐라고 해야 할지 모르겠다.

정구 님: 별다른 건 아니고······

　정구는 타자를 두드리고선 적당한 뒷말을 고르지 못해, 애꿎은 점만 찍어 댔다.

　얼굴을 마주한 건 손에 꼽지만, 수줍은 미소에 예쁜 그녀의 모습이 떠올랐다. 또 반대로 페이스북의 여신 모드였을 때의 반전 매력은 그의 심장을 들었다 놓기에 충분했다. 드라마 남주인공처럼 아련한 표정의 정구가 주춤거리던 손가락을 움직였다.

정구 님: 저기 태희 씨, 우리 이번 주 주말에 데이트해요.

　쓴 지 몇 초밖에 안 지났는데, 답이 없자 정구의 심장을 터져 날아가 버릴 것만 같았다. 그녀가 뭐라고 답해 줄까, 그때 집무실 문이 열리고 재빠르게 메신저를 껐다.

　"이런, 제길!"

　절로 욕이 튀어 나왔다. 외부 일정을 마치고 들어오던 성빈이, 세상을 잃은 얼굴로 정확히 들리진 않았지만 뭐라 거친 말을 내뱉는 정구를 응시했다. 사장의 시선에 얼른 표정을 피며, 정구가 관심도 없는 안부를 물었다.

　"사장님, 생각보다 미팅이 길어지셨네요? 많이 피곤하시죠."

　성빈이 고개를 끄덕였다.

　"이 서류 봉투 회계팀한테 넘겨. 계약서 다시 한 번 세심하게 확인하고, 이상 없으면 진행시켜."

"네, 알겠습니다."

"그리고 지금 평창에 좀 내려갈 거야."

요 근래 제대로 쉰 적이 없는 성빈이 걱정됐다.

"괜찮으시겠어요? 이 밤에 운전하시다가 졸음운전이라도 하시면 어쩌시려고 그러세요."

"알아서 할게. 정 이사 출국하면, 곧장 전화하고."

정구의 걱정을 뒤로하고 성빈이 다시 집무실을 빠져나갔다.

＊　　　＊　　　＊

"실장님이 도와주신 덕분에, 금방 끝나겠어요. 고마워요."

하연에게 부탁한 서류를 건네받으며, 유라희 팀장이 호들갑을 떨었다. 요즘 외국 서적들이 대거 출판 예정을 앞두고 있어 라임사는 굉장히 바빴다. 하연도 조금이라도 보탬이 되고자, 할 수 있는 범위 내에서 무리 없이 돕고 있었다.

벽시계를 슬쩍 보니 벌써 7시 10분이 지나가고 있었다. 그녀는 사장실로 돌아와 텀블러에 담겨 있는 메밀차를 마시며 핸드폰을 확인했다.

「오늘도 라임사 야근이야? 하연 씨도 아직 사무실인가.」

성빈에게 사무실이라고 답장을 했는데, 그 이후로 답이 없었다. 그때 민 차장이 열려 있는 사장실 문을 노크했다.

"민 차장님, 들어오세요."

하연이 마시던 텀블러를 내려놨다.

"실장님, 주별 회의 자료 보고서입니다."

"네, 확인할게요."

하연이 싱긋 웃으며 서류를 건네받았다. 민 차장이 목소리를 가다듬었다.

"실장님. 그런데 요즘 사장님께선 좀 어떠세요?"

"사장님이요?"

갑작스러운 질문에 하연이 순간 당황을 했다. 민 차장의 눈썹이 살짝 올라갔다.

'사장님이면 성빈 씨 누나 말하는 거 같은데.'

딱히 변명거리가 생각나지 않자 하연은 머리가 아파왔다. 뭐라고 적당히 답해야 하지? 그때 성빈이 사장실 문밖에서 모습을 나타냈다.

"오셨어요, 이사님."

"두 사람 뭐가 그렇게 심각합니까?"

성빈의 입꼬리가 시원하게 말려 올라갔다.

"별거 아닙니다. 그럼 두 분 말씀 나누세요. 아, 이번에 이사님 결제해 주셔야 할 급한 건도 좀 부탁드릴게요."

민 차장이 예의 있게 대답을 하며, 문을 닫고 나갔다. 밖에서는 성빈이 사 들고 온 초밥에 신이 난 직원들의 목소리가 들렸다.

"하연 씨는 이만 퇴근해. 나 들를 곳이 있는데, 가는 길에 집에 내려 줄게."

"일단 이것 결재 좀 부탁해요."

결재를 끝낸 성빈이 그 사이에 준비를 마친 하연과 함께 사장실에서 나왔다.

자리에서 일어나 인사를 하는 직원들을 뒤로하고 계단을 내려갔다. 라임사 건물을 빠져나와 성빈이 세워 둔 카마로 조수석 문을 열어줬다.

"하연 씨, 타."

"네."

성빈이 운전석에 오르며 물었다.

"하연 씨, 저녁 아직이지?"

"사실 아까 다섯 시쯤에 직원들하고 간식으로 분식 먹어서 아직 좀 헛배부르는데."

"그래?"

"성빈 씨는 배고프죠?"

"사실 나도 별로 생각은 없어. 그럼 차나 한잔 마셔야 하나."

성빈이 소맷자락을 걷어 시간을 확인했다. 그때 아까 민 차장이 했던 말이 생각나는 하연이다.

"근데 성빈 씨. 저 데려다주고, 이따 어디 가는 거예요?"

"그냥 좀 들를 곳이 있어."

담담한 어투로 말하는 성빈에게서, 알 수 없는 싸한 기운이 느껴졌다.

"알려 줘요. 어디 가는데요?"

하연이 힘을 줘 되물었다. 성빈의 붉은 입술은 도통 열릴 생각이 없어 보였다. 그저 도로를 내달릴 뿐이었다.

성빈의 기분이 저조해 보였다. 잘생긴 이마에 금이 가 있는 게 눈에 들어왔다. 하연의 집으로 가는 골목으로 차를 몰며 성빈이 말했다.

"피곤해 보이는데 식사는 나중에 해. 얼굴 봤으니까 됐어."

"성빈 씨. 정말 얘기 안 해 줄 거예요?"

'나도 당신에 대해 알아야겠어. 주변 사람들이 당신 누나에 대해 묻는 의문의 실타래가 뭔지, 왜 그렇게들 슬픈 표정으로 그녀를 떠올리는지 말이야.'

하연의 집 앞에 도착한 카마로 안에서는 두 남녀의 침묵이 냉랭하게 흘렀다. 하연이 먼저 입을 열었다.

"이 야밤에 어디를 간다고는 하는데 얘기도 안 해 주는 남자를 두고 궁금해하지 않을 사람이 있을까요?"

하연의 말에 성빈이 그대로 차를 출발시켰다. 그 이후로도 한참 동안 말이 없었다. 도심을 벗어나 지방을 향해 달리고 있는 게 분명했고, 하연이 칠흑같이 어두운 창밖을 바라보며 중얼거렸다.

'낮이었으면, 경치가 볼 만했을 텐데.'

복잡한 얼굴로 앞만 바라보던 성빈이, 셔츠 단추를 풀며 길었던 침묵을 깼다.

"지금 우리 누나한테 가는 길이야."

"그래요?"

"하연 씨가 왜 나한테 필요한 존재인지 말해 줄게."

잠시 뜸을 들이던 성빈이 무거운 입을 열었다.

"누나가 라임사 초창기 시절부터 함께했던 남자가 있었어. 자세히는 모르지만 같은 대학 선후배 사이였고, 누나가 라임사 뼈대를 잡을 때 민 차장과 함께 공을 세운 인물이기도 했어."

성빈의 말을 놓치지 않고 새겨들으며 하연이 고개를 끄덕였다.

"누나와 그 남자는 미래를 함께하기를 원했고, 결혼을 약속했어. 하지만 김 여사는 그 둘을 받아들일 생각이 전혀 없었고, 결국 남자를 미국으로 보내 버렸어."

성빈의 얼굴은 어둠 속에 녹아내릴 만큼 가라앉았다.

"칠 개월 전에 일어났었던 비행기 사고 혹시 기억해? 그 비행기에 그 남자가 타고 있었어."

하연의 입이 살짝 벌어졌다.

"잠시 떨어져 있는 걸 감수하더라도, 김 여사를 설득해서 다시 데려올 요량이었던 누나는 남자의 죽음에 충격을 받고 굉장히 힘들어했어. 물론 지금도."

하연은 순간 소름이 돋았다.

우연이라는 타이밍을 가장한 운명의 신이 부리는 너무나도 잔혹한 장난질에 가슴이 내려앉았다. 슬프기도 했지만, 명치 가운데에 콕 박히는 경고이기도 했다.

"그때 이후로 누나가 말을 안 해. 주치의 말로는 충격에 의한 실어증이라기보다는, 스스로의 선택으로 일부러 말을 안 하고 있는 함묵증에 가깝다고 해."

무서울 정도로 성빈의 음성은 차분했다.

"내 생각에도 누나는, 정리할 시간이 길게 필요한 거 같아."

굳어 있는 하연을 보며 성빈이 픽 웃었다.

"얼굴 보니 놀란 거 같네."

"조금요."

"찜찜해? 그 자리에 하연 씨를 앉혔다는 게."

성빈을 안쓰럽게 바라보며, 하연이 고개를 저었다.

"아니요. 다만,"

"응."

"너무 안됐네요…… 사랑하는 사람이 한순간에 사라져 버린다는 건 너무 슬프잖아요."

그래서 주변의 모든 사람들이 성하의 얘기를 할 때면, 그런 슬픈 표정을 지었던 거구나.

이유는 충분했다. 또한 하연은 자신에게도 해당될 수 있다는 두려움에 숨이 막혀 왔다. 하지만 그걸 누구보다 잘 알고, 그래서 마지막까지 망설였던 성빈이 솔직하게 말했다.

"그래서 처음엔 불순한 동기로 하연 씨를 그 자리에 앉혔어. 일부러 보란 듯이, 누나를 그렇게 만든 어머니에 대한 부질없는 복수심 때문에."

답답한 성빈이 차창 문을 열어 바람을 쐬었다.

"김 여사에게도 누나만 제대로 원하는 사람 만나게 해 준다면, 나만큼은 반항 없이 집안에서 정해 준 여자랑 결혼하겠다고까지 설득했어."

성빈이 나지막이 한숨을 내쉬었다.

"그래서 후회하고 있어."

"……"

"이별에 휘청이고 있는 당신을 어쭙잖은 조건으로 끌어들인 거, 그런 당신을 내 멋대로 이기적이게 욕심 부리는 거, 그래 놓고 당신을 힘들게 할까 봐 계속 내심 주저하고 있는 거……."

하연이 무릎 위에 올려둔 자신의 두 손을 꼭 움켜쥐었다. 성빈의 긴 눈꺼풀이 내려앉더니, 조금은 분하다는 얼굴로 하연을 바라봤다.

"그래도 당신을 포기 못 하겠어."

*   *   *

얼마쯤 더 가자, 전망이 좋은 별장이 나타났다. 벌써 야심한 시각이라 짙은 어둠이 깔린 별장 주위 풍경이 새삼 궁금해지는 하연이다.

집 밖의 인기척을 느낀 안에서, 평소 성하를 돌보고 있는 이 실장이 얼른 문을 열고 뛰어나왔다.

"사장님. 밤에는 위험하니까 되도록 오시지 말라고 말씀드렸잖아요."

"시간이 안 나서 어쩔 수 없었어요."

이 실장의 시선이 자연스럽게 하연에게로 돌아갔다. 성빈이 두 사람을 간단히 소개해 준 뒤 별장 안으로 들어섰다.

넓은 거실 한편에 바이올렛 색이 돋보이는 소파에 앉아서 책을 읽던 여자가 그들을 바라봤다. 여자는 성빈만큼이나 새하얗고, 청초한 느낌이 물씬 풍겼다.

여인은 성큼성큼 걸어와 자신의 품에 안기는 성빈을 사랑스러운 눈빛으로 올려다봤다.

청순하고 여려 보이지만, 반대로 단단한 눈빛이 인상적이었다. 평소 동생이 뒷머리를 쓸어 터는 습관이 있다는 걸 잘 아는 그녀는, 헤집어진 머리를 고운 손으로 쓸어내려 줬다. 동생에 대한 성하의 애정이 얼마나 애틋한지 하연은 느낄 수 있었다.

성빈이 뒤에 서 있는 하연에게 손짓을 했다. 동생이 데리고 온 낯선 여자를 성하가 물끄러미 올려다봤다.

"누나. 내가 요즘 알아 가고 있는 여자야."

성빈은 누나에게 만큼은 연기를 하고 싶지 않았다. 또한 하연에게도 큰 부담일 수 있기 때문에 신중을 가했다. 하연이 사뭇 긴장한 얼굴로 조신하게 고개를 숙였다.

동생이 오랫동안 아끼던 여인이 있는 걸 누구보다 잘 아는 성하였다. 조금은 이해가 되지 않는다는 표정으로 메모장을 들었다.

「엄마가 소개해 준 여자야?」

성빈이 고개를 저었다. 누나가 적던 메모장을 넘겨받은 성빈이 볼펜을 끄적였다.

「나 싫다는데, 자꾸 욕심나서 쫓아다니는 여자야.」

동생의 낯간지러운 고백에, 성하가 은근한 눈길로 하연을 바라봤다.

그때 걸려 온 전화 때문에 성빈이 잠시 밖으로 나갔다. 성하는 곤란한 얼굴로 한참을 밖에서 통화하는 성빈에게서 시선을 떼지 못했다.

통화를 마친 성빈이 미안한 얼굴로 성하와 몇 마디를 나누더니, 하연에게 다가왔다.

"하연 씨. 어떡하지? 나 지금 서울 올라가 봐야 할 것 같아. 일이 좀 생겼어."

성빈이 시간을 확인하며, 말을 이었다.

"시간도 늦었고 다시 차 타고 올라가려면 당신 많이 피곤할 텐데. 내일 데리러 올 테니까 여기서 하룻밤 보낼래?"

잠시 고민하던 하연이 싱긋 웃으며 고개를 끄덕였다.

"저야 문제 될 건 없지만, 지금 다시 올라가려면 성빈 씨 피곤할 텐데 괜찮겠어요? 급한 일이에요?"

"조금. 그럼 불편하겠지만, 오늘만 여기서 자."

성빈이 바쁜 몸짓으로 서둘러 별장을 나서는데, 뒤따르던 하연을 성하가 붙잡았다.

이런 일이 익숙한지, 그녀의 손에는 일회용 컵이 들려 있었다. 하연이 미소를 지으며 얼른 받아 들었다. 밖으로 나가자 풍부한 원두커피 향이 바람에 흩날렸다. 카마로를 향해 걸어가는 성빈의 넓은 등이 한없이 묵직하고 피곤해 보였다.

"성빈 씨, 여기 언니가 챙겨 준 커피요."

"고마워."

하연에게 몸을 돌려 약간은 쉰 목소리로 대답하는 성빈이 안돼 보였다. 얼굴은 푸른 달빛 아래 반사돼서 그런지, 더 희고 수척해 보였다.

"운전 조심하면서 올라가요."

"하연 씨."

성빈이 받아 든 컵을 차에 올려놓고, 하연의 손목을 끌어 당겨 품 안에 가뒀다. 잠시 눈이 커졌던 하연이, 가둬진 손을 풀어 성빈의 매끈한 허리를 감싸 안았다. 그의 품이 한없이 따스했다.

처음 만났을 때부터 느꼈던 시원한 쿨워터의 향이 은은하게 풍겨왔다. 또 자신의 목덜미에 고개를 파묻은 성빈의 뜨거운 숨결이 살갗을 간지럽혔다.

*　　*　　*

성빈이 올라간 뒤 성하와 하연, 이 실장 세 사람의 티타임이 이어졌고, 분위기는 제법 단란했다. 성하는 커피를 마시다가도 몇 번이고 하연을 신기하게 쳐다봤다. 제 동생의 눈에 들었다는 여자를.

이 실장이 비워진 접시들은 치우기 시작했다. 하연이 목소리를 가다듬고선 성하에게 살가운 미소로 말을 붙였다.

"뵙고 싶었어요. 갑자기 찾아와서 놀라셨죠?"

하연의 말에 성하가 고개를 저었다. 그녀는 이내 메모장에 글자를 적더니, 하연에게 내밀었다.

「이름이 뭐예요?」

"흔한 이름, 박하연이에요."

하연의 이름을 가슴속에 새긴 성하가, 다시 고개를 숙였다.

「우리 성빈이 많이 좋아해요?」

성하의 물음에, 하연이 잠시 망설였다. 성하가 차분한 미소로 하연의 눈을 들여다보고 있었다.

"성빈 씨 저한테 과분한 사람인 거 잘 아는데, 많이 좋아하게 됐어요. 그럼 안 되는데."

성하의 입가에 옅은 미소가 걸렸다. 성빈을 쓰다듬었던 그녀의 새하얀 손이 하연의 손등에 부드럽게 겹쳐졌다. 하연은 쑥스러웠다. 또 반대로 자신을 위로해 주는 성하에게 미안한 마음이 들었다.

'정말 힘든 건, 당신 본인일 텐데.'

하연의 잠자리를 챙기기 위해 분주하게 움직이던 이 실장이 다가왔다.

"사장님이 머무르시던 방에 침구 준비해 놨어요. 늦었는데 아가씨도 들어가시죠."

성하가 하연에게 잘 자라는 눈짓을 해 보였다. 성하의 뒷모습을 보고 있자니, 하연의 가슴 언저리가 욱신거렸다. 이 실장의 안내에 따라 성빈이 평소에 묵었던 방으로 들어섰다.

원목 세트로 꾸며진 책상과 싱글 침대가 나란히 붙어 있었다. 벽에는 성빈이 심심할 때 즐겨 했을 법한 다트판도 붙어 있었다.

둥근 모양의 창문을 열어 밖을 내다보았다. 조용한 숲 속에 울려 퍼지는 풀벌레 소리들이 잔잔하게 들려왔다.

"공기 한번 정말 좋네."

책상에는 성빈이 읽다 만 책이 놓여 있었다. 책갈피를 꽂아 놓은 페이지를 펼쳤다. 보기만 해도 머리가 지끈거리는 경제학 용어가 뒤섞여 있었다.

하연이 책을 덮은 뒤, 침대에 누워서 천장을 바라봤다.

"성빈 씨는 잘 올라가고 있으려나. 밤이 늦어서…… 졸음운전 하면, 안 되는데."

중얼거리는 하연의 눈이 점차 나른하게 풀려 갔다.

*　　*　　*

창가 너머로 쏟아지는 햇살을 피해, 한참을 뒤척이던 하연이 눈을 떴다. 부스스한 머리를 대충 정리하고 거실로 나오는데, 맛있는 냄새가 집 안에 가득했다.

"제가 좀 늦게 일어났죠?"

주방으로 들어선 하연이 요리를 하고 있는 이 실장에게 머쓱하게 말을 붙였다.

"아니에요, 하연 씨. 잠은 좀 잤어요?"

"너무 잘 자서 문제죠."

"그렇다면 다행이네요."

"실장님, 전 뭐 도와 드리면 될까요?"

"지금 아가씨가 텃밭에서 방울토마토 따고 계시는데, 괜찮으시면 도와주실래요?"

하연이 서둘러 현관을 나섰다.

밤에는 볼 수 없었던 별장 주변의 현란한 전경이 눈에 들어왔다. 높다란 청록색의 나무들이 울창하게 뻗어 있었고, 여름 꽃들이 근사하게 정원을 메우고 있었다.

텃밭 한편에서 방울토마토를 따고 있는 성하가 보였다. 하연이 다가서자 고개를 든 성하가 환하게 웃었다. 성빈에게서도 종종 볼 수 있는, 햇살을 품은 하얀 꽃처럼 예쁜 미소.

먹을 만큼의 방울토마토를 바구니에 담은 두 사람이 별장으로 향했다.

샐러드 용기에 양상추와 양파, 무순과 치커리, 초록 야채 등을

담았다. 막 따 온 방울토마토와 연어까지 푸짐하게 섞은 뒤 발사
믹 소스를 가볍게 둘렀다.

그 밖에도 허브솔트로 간단히 맛을 낸 베이컨 버섯 말이, 고소
한 통밀 토스트까지 준비되자, 셋은 나란히 둘러앉아 가볍게 식
사를 했다.

"성하 언니, 소화도 할 겸 주변 구경 좀 시켜 주시면 안 될까요?"

하연이 성하를 따라 별장 주변을 한 바퀴 산책하는데, 청량한
공기에 가슴이 탁 트였다. 이곳에 딱 일주일만 있어도 몸과 마음
의 생채기가 다 낫겠구나 싶었다.

그때 성하의 흔들리는 손이, 하연의 눈에 들어왔다. 잠시 고민
하던 하연이, 용기 내 붙잡았다.

성하의 시선이 자신의 손을 잡고 있는 하연에게로 향했다. 연
푸른 하늘만큼이나 청량한 미소가 성하의 얼굴에 번졌다.

*　　*　　*

오후 세 시가 넘어서야 성빈이 도착을 했다. 날을 샌 흔적이
있을 법도 한데, 오늘도 역시 빈틈없이 정갈하고 깔끔한 모양새
였다.

"이 실장님, 무슨 일 있으면 연락 주시고요."

떠날 때면 앵무새처럼 성빈이 반복하는 말, 그리고 늘 한결같
이 알겠다고 대답하는 이 실장.

별장이 보이지 않을 때쯤, 성빈이 물었다.

"자는 데 많이 불편했어?"

"아니요. 공기도 너무 좋고, 자기 전에 듣는 풀벌레 소리도 낭만적이었고, 무엇보다 성하 언니와 함께 보낸 시간이 너무 즐거웠어요."

성빈의 눈초리가 길게 늘어졌다.

"나 듣기 좋으라고 하는 말 같은데."

"정말이에요. 성하 언니는 누구 씨랑은 다르게, 너무 따뜻하신 분이더라고요."

"이 여자가 그새 우리 누나랑 눈 맞은 거야?"

걱정과는 달리 밝은 하연 덕분에, 성빈의 기분이 꽤 괜찮았다. 고생을 한 하연을 위해, 성빈은 잠시 고민에 빠졌다. 어디 근사한 곳이라도 가서 맛있는 거라도 먹일까.

타이밍 좋게 하연에게 전화가 걸려 왔다.

"어? 민경아."

[이제야 받네. 이번에도 안 받으면 포기하려고 했었는데.]

"가방에 넣어 놔서 몰랐어. 무슨 일 있어?"

[지금 어디야? 회사면 너 이따가 나올 수 있지?]

민경의 물음에서 초조함이 느껴졌다. 하연이 고개를 갸웃거렸다.

"나 지금 지방에서 서울 올라가는 중이야. 도대체 무슨 일인데 그래?"

[오늘 국내에 새로 입점하게 되는 핫도그 프로모션 촬영이 잡혀 있는데. 인원이 딸려서 지원 좀 해 달라고!]

"어떤 촬영인데?"

[생방정보통 알지? 당장 여섯 시에 생방이 잡혀 있는데, 인력 지원팀이 날짜를 착각해서 빵꾸가 났어.]

하연이 난처한 얼굴로 성빈을 쳐다봤다. 왠지 모를 불안감이 엄습하는 성빈이 핸들을 잡은 손에 힘을 주었다.

*　　　*　　　*

"하연아, 정말 미안해. 너무 급해서 어쩔 수 없었어. 이해하지?"

"너는 맨날 일 다 벌려 놓고 미안하다고만 하더라?"

득달같이 달려온 민경에게 하연이 타박을 줬다. 미안한 얼굴 뒤에는, 사실 한고비를 넘겼다는 안도의 속내가 빤히 보였다.

"안녕하세요. 성빈 씨 맞죠?"

"네."

"저번에 케이 공연장에서 하연이 끌고 나가는 거 얼핏 보긴 했었는데. 반가워요."

"네, 저도 반갑습니다."

성빈은 대문짝만 하게 걸린 현수막이 올려다봤다.

'Angelic Hot dog'

새로 한국에 입점하는 핫도그를 대대적으로 홍보하는 모양이었다. 성빈의 불길한 마음이 커져만 갔다. 민경에게 자세히 설명을 듣고 온 하연이 곤란한 표정을 지었다.

"오늘 방영될 촬영 컨셉이 길이 삼십 센티 되는 자이언트 핫도그를 여섯 커플이 빨리 먹는 대결을 펼치는 거래요."

생각지도 못한 촬영 소식에 성빈이 이맛살을 찌푸렸다.

"자이언트 핫도그?"

"네. 양쪽에서 빼빼로 게임처럼 먹으면 된다고 하던데요."

성빈이 단호하게 거절했다.

"난 원래 핫도그를 좋아하지도 않을뿐더러, 빨리 먹는 거라면 더욱 사양이야."

"그러니까요. 아니면 저 혼자라도 할까요? 남자 쪽은 직원 투입시키면 된다고 하긴 하던데."

하연의 제안에, 성빈의 좁혀진 미간에 한층 더 깊은 그림자가 드리웠다.

"양쪽에서 먹는 걸 다른 남자랑 하겠다고? 그러다가 입술이라도 닿으면 어쩌려고?"

"그거야 게임이니깐 어쩔 수 없는 거죠."

그때 민경이 달려왔다.

"얘기는 끝난 거야? 시간 다 됐어."

활짝 웃으며 성빈과 하연을 무대 앞으로 밀기 시작했다.

성빈은 수심 가득한 눈빛을 하연에게 발사했다. 성빈의 탐탁지 않은 반응을 알아챈 민경이 가운데에서 중재에 나섰다.

"성빈 씨. 정말 미안해요. 저희도 갑자기 틀어진 거라, 회사 커플까지 동원이 됐어요. 어차피 자리만 메우는 거니깐 먹는 척만 해도 상관없어요. 부탁 좀 할게요."

민경이 이 정도로까지 나오자, 성빈의 입장에선 포기하기에 이르렀다.

그나저나 사방에 비치되어 있는 여섯 대의 카메라가 무척 거슬렸다. 저 전선을 타고, 전국 곳곳의 TV에 제 모습이 나올 걸 생각하니 아찔해졌다. 그런 데다 이 프로그램은 TV을 잘 안보는 성빈도 알고 있을 만큼 유명한 국민 프로 아니던가!

"민경 씨. 최대한 우리는 카메라에 안 잡히게 좀 부탁해요."

"걱정 마세요. 아까도 말했지만, 머릿수만 채우는 거니깐 부담 갖지 마시구요."

애써 신경질을 참고 있는 성빈을 두고, 하연의 시선이 향한 곳은 따로 있었다. 준비를 마친 커플들이 나란히 테이블 앞에 서기 시작했다. 그 커플들 중에 하연의 눈에 콕 박히는 건 다름 아닌 달수와 그의 연인.

불만 가득한 얼굴로 삐딱하게 서 있는 성빈의 앞에 놓인 쟁반에 거대한 핫도그가 올려졌다. 그것도 무려 열 개나. 성빈은 헛웃음이 절로 나왔다.

"나 참, 어이가 없어서."

그때 메인 MC가 등장을 했다. 젊음의 메카 신촌 주위에 울려 퍼지는 마이크 소리에 사람들이 점차 몰려들었다.

"안녕하십니까! 현재 전 세계를 강타하고 있는 'Angelic Hot dog'를 여러분들께 소개해 드리려고 하는데요."

모인 사람들의 눈이 호기심으로 반짝였다. MC가 목소리를 높였다.

"이색적인 방법으로 빅 이벤트를 준비했습니다!"

어마어마한 크기의 핫도그에 사람들의 입이 떡 벌어졌다.

"우와, 저 핫도그 크기 봐! 장난 아니다!"

인파가 늘어날수록 성빈의 미소가 굳어 가고 있었다. 하연이 성빈의 옆구리를 찌르며 말했다.

"성빈 씨, 우리는 그냥 대충 먹는 척만 해요."

"일단 하긴 하는데, 아무리 생각해도 이건 좀 아닌 거 같아."

MC가 커플들에게 돌아가며 간단한 질문을 던진 뒤 전형적인 진행을 이어 갔다.

"자, 그럼 시간 안에 가장 많이 핫도그를 해치우는 커플이 승리하게 됩니다. 푸짐한 상품도 준비되어 있으니, 모두 분발하세요! 그럼 시작합니다!"

시작을 알리는 신호탄이 하늘에 울려 퍼졌다.

하연과 성빈도 자이언트 핫도그를 양쪽으로 앙! 깨물고 서로를 쳐다봤다.

전혀 먹을 마음이 없는 성빈은 적당히 먹는 척만 했다. 그런데 앞에 하연은 오물오물 열심히도 베어 먹는다.

'박하연, 이 여자 쓸데없이 열심이네.'

성빈이 속으로 구시렁댔다. 남들은 어쩌나 그제야 다른 커플을 구경하고 있는데, 익숙한 얼굴이 보였다. 다름 아닌 달수 녀석이었다.

"저 재수 없는 자식이 왜 여기에 있는 거야?"

성빈이 핫도그에서 입을 떼 달수를 노려봤다. 그러는 와중에도 열심히 핫도그를 먹고 있는 하연 때문에 짜증이 치솟았다. 성빈의 승부욕이 불타는 순간이다.

"하, 사람 미치게 만드네."

성빈은 고민할 겨를도 없이, 소매 단추를 풀어 걷어 올렸다. 하연의 앞으로 어깨를 낮추며, 머리를 신경질적이게 한번 쓸어 넘겼다.

"집중해."

성빈이 한숨을 작게 내쉬며 중얼거렸다.

그러더니 핫도그를 입에 물고 미친개가 돌진하듯 씹어 대기 시작했다. 그 모습을 보는 하연의 두 눈이 동그래졌다.

"성빈 씨 왜 그래요?"

머스터드며, 케첩, 잘게 썰린 양상추들이 입 주위에 덕지덕지 번졌지만 성빈에겐 문제 되지 않았다.

와구와구.

하연과의 입맞춤으로 하나를 끝냈다. 그리고 그의 손엔 이미 두 번째 핫도그가 들려져 있었다. 카메라들의 초점이 성빈에게로 맞춰지기 시작됐다.

"오오! 이 커플, 무서운 속도로 핫도그를 해치우고 있는데요? 특히 남자분 외모와 다르게, 푸드파이터 버금가게 잘 먹습니다!"

코 주위까지 머스터드가 번져 매운 기운이 올라왔다. 성빈의 눈이 벌게지기 시작했다. 이판사판 공사판, 성빈은 현재에만 열중했다.

난 핫도그 먹는 기계다!

자극적인 소스 맛과 퍽퍽한 빵 때문에, 목이 막혀 괴로웠지만 성빈은 상관없었다. 포만감과 느끼함도 한몫했다. 다섯 개째 핫도그를 집어 드는 순간 드디어 대회가 끝나는 소리가 들렸다.

"하아, 하아!"

성빈이 거친 숨을 몰아쉬었다. MC가 놀란 얼굴로 둘에게 다가왔다.

"이야, 무려 다섯 개 반이나 먹었습니다! 정말 대단하네요! 오늘의 우승 커플의 소감. 한마디 들을 수 있을까요?"

상태가 안 좋은 성빈을 두고, 하연이 대신 마이크를 받아 들었다.

"생각지도 못했는데, 우승하게 돼서 너무 기쁘긴 한데요. 그것보다 우리 성빈 씨가 너무 무리를 해서, 체하기라도 할까 봐 걱정이에요."

짧은 소감을 끝으로 스피드가 생명인 생방송이 급하게 마무리됐다. 그대로 화장실로 달려간 성빈이 한참 동안 나오지 않았다.

걱정이 되는 하연이 손톱을 잘근 깨물었다. 이윽고 성빈이 핼쑥해진 얼굴로 비틀대며 나왔다.

"성빈 씨, 좀 괜찮아요?"

"전혀."

"적당히 하자더니, 그러게 왜 무리를 해요."

"안 그래도 후회 중이야."

민경이 탄산음료를 성빈에게 내밀었다.

"성빈 씨, 마시면 소화 좀 될 거예요."

"고맙습니다."

성빈이 톡 쏘는 탄산을 넘기며, 허리를 곧추세웠다.

"그나저나 우승 상품은 뭐야."

"그게."

하연과 민경이 서로 바라보며, 곤란한 표정을 지었다.

"Angelic 핫도그 일 년 무료 이용권이랑 라페르 호텔 디너 뷔페 2인 이용권이요."

성빈이 허탈한 얼굴로 하연이 내미는 디너 이용권을 받아 들었다.

"아니, 그럼 내 호텔에서 밥 한번 먹자고 지금 이 짓을 한 거야?"

그때 촬영 현장을 정리하고 있는 달수가 눈에 띄었다.

"이봐."

달수가 정리하던 손길을 멈추고 성빈을 쳐다봤다.

'네놈 덕택에 받은 거니, 아까 옆에 있던 애인이랑 깊은 사랑

오래오래 하라고 주지.'

성빈이 차가운 어조로 말했다.

"아까 그쪽이 자극해 준 덕분에 이겼으니 이거 양보하지."

"됐습니다."

어느새 다가온 달수의 애인이 옆구리를 쿡 찔렀다.

"되긴 뭐가 돼! 어머, 그런데 이거 정말 저희 주시는 거예요?"

성빈이 점잖은 미소로 대답했다.

"네, 저희는 가기 힘들 거 같아서요."

달수 애인은 이게 웬 떡이냐! 헤벌쭉, 달수에게 팔짱을 끼더니 신나서 흔들어 댔다. 성빈의 뒷모습을 바라보며, 달수는 묘한 패배감에 한숨을 푹 내쉬었다.

생방정보통이 방영되고 있는 그 시각, 저녁 식사를 마친 큰 회장이 거실로 나왔다.

"어이쿠야!"

그는 앓는 소리를 내며, 소파에 엉덩이를 내려놨다. 자연스럽게 생방정보통에 채널을 고정한 뒤, 매실차를 한 모금 넘겼다. 그런데 어디에서 본 익숙한 얼굴이 나온다. 큰 회장의 눈이 커졌다.

"저 녀석이 왜 저기에 있어? 별일이네."

MC가 마이크를 들이밀자 굳은 얼굴로 대답하는 성빈의 모습이 우스꽝스러웠다.

"귀찮아 죽겠는데, 어쩔 수 없이 대답하는 꼬락서니 보소!"

큰 회장이 웃음을 터트렸다. 시합이 시작되고, 어느 순간 성빈이 핫도그를 무섭게 해치우기 시작했다.

"어? 저것 봐라? 일등 하겠는데?"

큰 회장이 흥미롭게 지켜봤다.

대회가 끝나고 성빈이 폴더처럼 접힌 허리를 쉽사리 펴지 못했다. 큰 회장의 호탕한 웃음소리가 집 안에 퍼져 나갔다. 큰 회장이 성빈의 비서인 정구에게 전화를 걸었다.

[네! 큰 회장님.]

"성빈이 녀석이 왜 생방정보통에서 나와?"

[네? 금시초문인데요?]

"모르면 됐고. 조만간 성빈이네 한번 들를 테니깐 미리 전달해 둬."

[아. 알겠습니다!]

전화를 끊은 큰 회장이 유쾌한 얼굴로 혼잣말을 중얼거렸다.

"성빈이 녀석, 정말 진심인가?"

　　　　　*　　　　*　　　　*

촬영장 근처 카페로 옮긴 세 사람.

"하연아, 괜히 나 때문에 어떡하니? 미안해서."

"정말 괜찮으니깐 그런 표정 짓지 마."

하연이 애써 태연하게 아이스커피를 쭉 빨아들이는데, 지혜의 일이 떠올랐다.

"민경이 너 김 대표한테 맡았던 일은 정말 무산된 거야?"

"응, 상관없어."

"그래도 승진이 걸려 있던 거라며."

별 반응이 없던 민경이, 반대로 하연을 추궁하기 시작했다.

"그런데 너야말로 김 대표…… 아! 이젠 대표도 아니지. 김지혜 그 여자랑 무슨 일이 있었던 거야? 시원하게 말 좀 해 봐."

하연은 말을 아꼈다. 애꿎은 빨대만 잘근잘근 씹어 대고 있을 뿐이었다.

"별거 아니야. 그냥 너한테 정말 미안한 건……."

하연이 민경의 손을 잡더니, 부드럽게 어루만져 줬다.

"나 때문에 중요한 거래처를 잃었다는 거야. 너 이번에 승진한다고 정말 좋아했었던 거 잘 아는데, 정말 미안해."

민경은 어둡게 그늘진 친구의 얼굴이 보기 싫었다.

"박하연, 안 어울리게 왜 우울 모드야. 지금 김 대표네보다 더 큰 업체에 기획안 넣어 놓고 결과 기다리는 중이야. 그러니까 너무 걱정 마."

그때 수다를 떨고 있는 그녀들 뒤에서 성빈이 나타났다. 민경은 저절로 쓴 미소가 지어졌다. 그 큰 업체의 대표가 바로 방금 앉으신 이분이시다. 아이고, 내 팔자야.

"성빈 씨, 속은 좀 괜찮아졌어요? 미안해서 어쩌죠?"

민경이 내미는 아이스커피를 성빈이 받았다.

"아닙니다. 괜찮아요."

성빈이 느끼하게 올라오는 입맛을 달래고자 시원한 커피를 한 모금 넘겼다. 이제야 좀 살 것 같았다.

"하연이한테 성빈 씨에 대해 얘기 많이 들었어요."

"그래요?"

"만난 지는 얼마 안 됐지만 많이 아껴 주신다고요."

성빈의 짙은 눈썹이 올라갔다.

"네, 맞습니다."

확고한 성빈의 대답에 민경은 내심 안심했다. 하지만 그것과는 별개로.

"좀 주제넘긴 하지만 사실 두 사람 걱정이 되는 부분이 많거든요."

"뭔지 압니다."

성빈이 빠르게 응수했다. 그녀가 하고자 하는 말의 요점이 뭔지 잘 알고 있었다.

"민경 씨가 염려하는 점, 저 또한 굉장히 신경 쓰이는 부분이기도 합니다."

"음."

"적당히 잘 헤쳐 나가겠다는 대답도 솔직히 못 하겠습니다. 하지만."

자신의 눈을 들여다보고 있는 진지한 민경을 보며 성빈이 힘을 실어 말했다.

"민경 씨가 말은 안 했지만 더 염려하는 부분인 '적당히 놀다가 헤어지진 않을까' 하는 걱정은 접어 두셔도 됩니다."

민경은 내심 깜짝 놀랐다. 눈치가 빨라 보이긴 했지만, 독심술까지 하나?

성빈의 목소리가 낮게 깔렸다.

"제 이기적인 선택으로 붙잡은 하연 씨, 상처받지 않도록 노력하겠습니다."

민경이 작게 진심을 입 밖으로 밀어냈다.

"성빈 씨, 고마워요."

하연 또한 옅은 미소가 그려졌다. 성빈이 얼굴 근육을 풀며 가벼운 어조로 분위기를 전환했다.

"그리고 하연 씨가 어장 관리라도 하는지 쉽게 안 넘어와서 도리어 제 쪽에서 애를 먹고 있는 중입니다."

"어머, 정말요?"

민경이 소리 내 웃었다.

"하긴 우리 하연이가 대학교 때부터 은근히 인기가 많았어요. 본인만 모르지 주위에 얼마나 남자들이 많이 따랐었는지 몰라요."

아이스커피를 집으려던 성빈의 손길이 멈췄다.

"그렇습니까?"

"네. 성빈 씨도 만나는 중이니까 잘 아시겠지만, 우리 하연이

가 매력이 넘치잖아요."

첫 만남이므로 이미지 관리에 집중하던 성빈이 조용히 어금니를 깨물었다.

"너무 매력이 넘쳐서 문제죠. 여러 가지 면에서."

"맞아요, 성빈 씨."

"그런데 왜 영화에서도 나오죠? 식인 물고기가 사람 잡아먹는 장면."

성빈의 다음 말을 민경이 흥미로운 얼굴로 기다렸다.

"어장 관리하던 물고기한테 잡아먹히는 수가 있으니, 하연 씨한테 적당히 튕기라고 친구로서 조언 좀 부탁합니다."

민경이 웃음보를 터트렸다. 반대로 하연은 가자미눈으로 성빈을 흘겨봤다.

"아하하! 아하…… 성빈 씨, 농담이 너무 재밌네요!"

"사실 농담을 가장한 진심이긴 합니다만, 민경 씨가 즐거우셨다면 그걸로 됐습니다."

이윽고 커피를 비운 세 사람이 자리에서 일어났다. 성빈이 카마로 운전석에 올라탔다. 저 멀리 달수를 갈구고 있는 민경을 보며 하연이 말했다.

"성빈 씨, 저도 그냥 같이 가 버릴까요?"

"아니야. 나 때문에 편하게 대화 못 나눈 거 같은데 마저 놀다가 들어가."

하연이 자신을 올려다보는 성빈을 지그시 바라봤다. 미안한 마음이 들었다.

'이런 거 지독하게도 질색해하는 사람인 거 잘 아는데.'

몇 번이나 세수를 했는지 단정했던 머릿결이 너저분하게 흐트러져 있는 게 눈에 들어왔다.

"성빈 씨, 오늘 정말 고마웠어요."

"그게 다야?"

하연이 어려운 표정을 지었다.

"그럼 뭐가 더 남았는데요?"

"내가 하연 씨라면 작은 성의라도 보이겠어."

"어떤 식으로요?"

성빈이 어깨를 슥 올렸다.

"그거까지 내가 말을 해 줘야 해? 머리를 좀 굴려 봐. 당신 남자가 좋아할 만한 게 뭔지."

"어렵네. 몸으로 때울 수도 없고."

하연의 혼잣말에, 성빈이 픽 웃었다.

"어려울 게 뭐 있어. 방금 생각해 낸 거 괜찮네."

"이 남자가 진짜!"

"하연 씨, 당신이 직접 내뱉은 말에 칭찬해 준 건데 반응이 왜 이래. 까칠하긴."

한마디 더 쏴붙이려던 하연이 참기로 했다.

그래, 이 남자 오늘 나 때문에 고생 많이 했지. 참자. 한 번 참고, 두 번 참고, 오늘만은 참자.

"성빈 씨, 아무튼 오늘 정말 고생했어요. 운전 조심히 하고요."

하연이 손을 뻗어 성빈의 머리카락을 매만졌다. 그는 머리카락을 정리해 주는 하연의 손을 부드럽게 움켜쥐더니, 그녀를 제 쪽으로 끌어당겼다.

"이 여자야. 오늘의 빚은 나중에 크게 되받을 테니 그런 줄 알아."

"알겠어요."

싱긋 웃으며 대답하는 하연을 두고 성빈은 차를 출발시켰다. 별다른 표정이 없던 그의 얼굴에 점차 짙은 어둠이 내려앉았다.

아까 그녀들이 하는 대화를 뒤에서 의도치 않게 엿들었다. 지혜가 한 보복성 행동과 그로 인해 피해를 보게 된 하연의 친구 민경.

"저 혼자 몸이면 상관없어요. 그런데 제 가족, 주변 지인
들한테 성빈 씨 영향 전혀 안 끼칠 자신 있어요?"

하연이 거절하면서 했던 말이 머릿속을 스쳐 지나갔다. 그 의미를 분명히 알게 된 성빈의 입술이 비릿하게 뒤틀렸다.

*　　*　　*

정구가 방금 인터넷에 핫하게 뜬 '잘생긴 핫도그남' 영상을 페

이스북에 링크하고 있었다.

"큭, 다시 봐도 진짜 웃기네. 널리 퍼트려 주마."

그때 집무실 문이 벌컥 열렸다. 갑작스러운 성빈의 등장에 정구가 마우스를 미친 듯이 눌러 댔다. 간발의 차로 겨우 닫기 버튼 누르기에 성공한 정구가 머리를 긁적이며 일어났다.

"사장님, 오늘 안 나오실 줄 알았는데. 피곤하지 않으세요?"

얼핏 봐도 성빈의 기분이 무척 저조해 보였다.

"피곤해. 일단 커피 진하게 해서 한 잔만 갖다 줘."

"네, 알겠습니다."

곧 정구가 진하게 탄 블랙커피를 책상에 내려놨다. 생각에 잠겨 있는 성빈의 깊게 파인 미간이 펴질 줄을 몰랐다.

"저 사장님? 무슨 일 있으세요?"

"백화점 관리부 김 부장한테 연락 좀 넣어. 입점해 있는 lune(륀느) 매장 전부 빼라고 전해."

묻는 말에 답은 안 하고 뜬금없이 내리는 사장의 지시에 정구가 고개를 갸우뚱했다.

"어느 지역 매장이요?"

"전국 전부 다."

정구의 입이 벌어졌다.

"사장님도 아시다시피 가맹점 권한은 큰 회장님 직접 거치셔야 되는 사안이잖아요."

"내가 책임질 테니까 진행시켜."

사실 lune(륀느)는 지혜가 운영하는 명품 화장품 매장이었다. 워낙에 유명하고 찾는 여성 고객들도 많아 백화점 매출에 큰 기여를 했다.

　하지만 그에 걸맞은 명품 백화점에 입점해 있어야 그 명성도 계속 이어져 갈 터. 백화점 관리부로부터 퇴점 통보를 받은 lune(륀느) 김지혜 대표가 급하게 전화를 걸어 왔다.

　"사장님. 김 대표님 전화입니다."

　"연결해."

　성빈이 차가운 얼굴로 수화기를 들었다.

　[김성빈. 아무런 귀띔도 없이 퇴점 조치부터 하는 건 대체 무슨 경우야?]

　지혜가 흥분한 톤으로 언성을 높였다. 성빈이 짧게 반문했다.

　"무슨 경우?"

　[그래.]

　"김지혜. 너야말로 이런 결과 예상 못 하고 행동을 그딴 식으로 한 거야?"

　잠시 말이 없던 지혜가 날카롭게 대꾸했다.

　[그때도 말했었지만 하연 씨 일은 장난이라고 했잖아.]

　성빈은 화가 났다. 너무나도 쉽게 장난이라고 치부해 버리는 그녀의 태도에.

　"그럼 나 또한 너한테 할 수 있는 대답은 쉬워져."

　[뭐?]

"내 쪽이야말로 장난 좀 치면서 너랑 대화 좀 나눌까 했는데 관두는 편이 낫겠어."

무정한 얼굴로 성빈이 잘라 말했다.

"백화점에서 통보한 대로 전 매장 철수시켜."

[김성빈 너 진짜! 우리가 얼굴 본 세월이 얼만데 자꾸 이런 식으로 나올 거야?!]

성빈이 쓴웃음을 지었다.

"내 처사가 억울해? 너야말로 최근에 자른 거래처에 한 짓을 생각해."

[그게 무슨 소리…… 아!]

순간 지혜의 머릿속에 '스타티스'가 스쳤다. 파티 이후에도 별 행동을 안 보였던 성빈이 이렇게까지 하는 데는 진짜 이유가 있었다. 역시 뭔가 이상했다.

[김성빈. 일단 호텔로 출발할 테니까 얼굴 보고 얘기해.]

시간 낭비라면 딱 질색인 성빈이 경고했다.

"미리 말해 두겠지만 말장난하러 올 거면 애초에 관둬. 안 그래도 피곤한데 좋은 소리 못 들을 테니."

*   *   *

저녁 여덟 시가 넘은 시각. 성빈이 잡고 있던 일을 마무리하고 있는데 정구가 들어왔다. 마케팅 부서에서 올린 신사점 리뉴얼 기획안을 건넸다.

"최종 네 팀이 남았는데, 서 차장님이 빠른 결정을 부탁하셨어
요."

성빈이 네 개의 기획안을 집요하게 훑었다. 지끈거리는 관자
놀이를 꾹 누르며, 탈락 시킨 서류를 하나씩 책상에 내려놓는데
익숙한 상호명이 눈에 들어왔다.

스타티스.

성빈이 기획안을 다시 집어 들었다.

담당자 : 정민경

익숙한 이름이 새겨져 있었다. 성빈이 다시 기획안을 찬찬히
살피기 시작했다. 그러다 이내 서류를 책상에 던졌다.

"너 이 기획안들 다 읽어 봤지."

"그럼요. 전 언제든 사장님이 조언을 구하실 때면 대답해드릴
준비가 완벽하잖아요."

"네가 볼 땐 어때."

"제가 볼 땐 다 괜찮아요. 다들 구체적으로 컨셉을 잘 잡은 편
이고, 저희 호텔이 추구하는 이미지와 방향성도 잘 수렴했고요."

집중해 듣는 사장의 태도에 으쓱한 정구가 말을 이었다.

"다만 전 여기 '스타티스' 거는 좀 붕 떠 있는 느낌이 들긴 해
요. 계획대로 잘 나올지도 좀 의문이고. 여기 말고 나머지 세 군
데는 어딜 선택해도 나쁘지 않을 거 같아요."

턱을 쓰다듬던 손을 떼며 성빈이 말했다.

"서 차장한테 스타티스랑 계약하고 진행하라고 전달해."

"네? 제 의견도 반영 안 해 주실 거면서 그럼 왜 물어보셨어요?"

제 의견을 열정적으로 피력하던 정구가 허무한 표정을 지었다.

"계약 조건은 그쪽이 원하는 대로 맞춰 주고, 마케팅부와 최대한 조율하면서 우리 쪽에서 의도하는 컨셉대로 잘 맞춰 봐."

말대꾸를 하려던 정구가 불만을 삼켰다. 말하면 뭐해, 내 입만 아프지!

"네. 전달하겠습니다. 아, 그리고 아까 큰 회장님께서 전화 하셨습니다."

"뭐라고 하는데."

"조만간 집에 한번 들르시겠다고."

"집에?"

사장의 피곤한 표정에 정구가 덩달아 한숨을 내쉬며 중얼거렸다.

"동거하신다고 말씀해 놓은 게 있으시니, 수습하시려면 피곤하시겠어요."

성빈이 엄습하는 두통에 이마에 손을 짚었다.

"머리야……."

똑똑. 그때 집무실 밖에서 노크 소리가 들렸다. 정구가 문을 열기가 무섭게 찬바람을 일으키며 지혜가 들어왔다. 성빈의 머리가 더 아파졌다.

"안녕하세요. 두 분 마실 거 준비해 드릴게요. 커피 괜찮으세요?"

"됐어요. 자리 좀 비켜 줄래요."

지혜가 빠르게 대답을 했다. 정구가 나가고 조용한 집무실 안. 성빈이 몸을 일으켜 책상에 기대 팔짱을 꼈다. 먼저 입을 열 생각이 없어 보이는 성빈에게 지혜가 단도직입적으로 물었다.

"아까 김성빈 네가 말한 것처럼 돌려서 말 안 할게. 내가 어떻게 해야 되는지만 말해."

성빈이 고개를 살짝 기울였다.

"그거까지 내가 친절하게 설명해 줘야 돼?"

"좋아."

예상했던 대답이었다. 지혜가 짧게 헛숨을 내쉬었다.

"민경 씨 일은 내 선에서 해결 볼게. 그리고 하연 씨 일은 다시 한 번 정말 미안하게 됐어."

지혜는 금이 가는 자존심을 무시하며 담담하게 말했다. 성빈이 중얼거렸다.

"참 쉽네. 처리하는 방식이."

"김성빈. 이거 나한테 쉬운 거 아니야. 지금도 내가 얼마나 굴욕적인 줄 알아?"

성빈이 팔짱을 풀며 노련하게 지혜를 응시했다. 허리춤에서 부들거리고 있는 지혜의 말아 쥔 주먹이 보였다.

"대충 보니까 그런 것도 같네."

"그러니깐 우리 매장 퇴점 철회한다고 약속해. 부탁할게."

성빈은 대답이 없었고 지혜는 피가 말랐다. 말해 봤자 의미 없는 말을 삼키려던 성빈이 차갑게 말했다.

"김지혜. 너 때문에 내 여자가 상처를 많이 받았어."

"뭐?"

"그리고 덕분에 내 입장도 곤란하게 됐어. 그것도 매우."

날이 선 성빈의 눈빛에 지혜가 움찔 거렸다.

"너한테 느끼는 내 감정으로 이 정도 선에서 끝내는 거? 사실 말도 안 돼."

"김성빈. 정말 미…… 미안하다니까!"

"내가 이쯤에서 끝내는 건 하연 씨 때문이야. 너랑 똑같이 질 낮은 인간은 될 수 없으니깐."

이윽고 비스듬히 기댔던 몸을 일으키며 성빈이 다시 못을 박았다.

"김지혜, 이번만이야. 다음은 없어."

"알……았어."

잔뜩 경직된 지혜가 서둘러 나가려고 뒤를 돌았다.

"나도 부탁 좀 하자."

"뭐…… 뭐를?"

책상에 앉은 성빈이 아까보다는 풀어진 얼굴로 그녀를 바라 봤다.

"우리 하연 씨한테 진심으로 사과 좀 해 줘."

"사과?"

"어떤 방식으로든. 전화로 짧게라도 괜찮아."

지혜의 눈에 비처지는 성빈은 제 애인을 걱정하는 평범한 한 남자의 모습을 담고 있었다.

"김성빈, 너 그 여자 정말 많이 좋아하는구나?"

저도 모르게 불쑥 튀어나온 말에 지혜가 깜짝 놀랐다. 다시 서류에 고개를 떨군 성빈은 대답이 없었다.

호텔에서 나온 지혜가 잠시 밤바람을 쐬더니, 어디론가 전화를 걸었다. 얼마 안 가 연결된 상대방의 목소리는 굉장히 차분했다.

[응, 지혜 언니. 안 그래도 연락이 없길래, 내가 해 볼까 하던 참이었는데.]

성빈의 전 애인, 정유선이었다.

"유선아. 내가 지금 어떤 꼴을 당했는 줄 아니?"

지혜와 유선은 평소 각별하게 지내는 친밀한 사이였다. 두 사람은 한 살 차이로, 지혜는 작가로서의 유선을 굉장히 좋아하는 팬이었다. 그런 지혜를 유선도 언니로 잘 따랐다.

"유선이 네가 성빈이 새로운 여자에 대해 알아봐 달라고 해서 장난질 좀 쳤다가 호되게 당했어."

사실 이번 사건에는 배후가 따로 있었다. 성빈에게 새로운 여자가 생겼다는 걸 알게 된 유선은, 그녀에 대해 알아봤지만 별다른 소득이 없었다. 그래서 유선은 머리를 굴렸다. 성빈과 마주칠 수밖에 없는 지인을 이용해 직접 알아내고자 친한 지혜에게 부탁을 했다. 교묘하게 하연의 친구와 다리를 엮어 장난질을 쳤다.

"확실한 건 평범한 여자는 맞아."

성빈의 비서 입에서도 나온 '평범한 여자' 그게 정말 가능할까? 피곤한 일 따위는 절대 만들지 않는 성빈의 성격을 잘 아는 유선은 고개를 갸웃했다.

"그런데 그 여자 뒤에는 감당 못 할 큰 빽이 하나 버티고 있어."

[그게 뭔데?]

지혜의 다음 말을 듣는 유선의 태연했던 표정이 일그러졌다.

"김성빈. 네 애인이었던 인간."

*   *   *

식사 준비를 마친 하연과 케이가 부산을 떨며 탁자 앞에 앉았다. 숟가락을 들어 김치찌개 국물을 떠먹은 케이가 감동 어린 표정을 지었다.

"역시 우리 누나 김치찌개 하나는 끝내주게 잘 끓여. 얼큰해."

"오버 그만하고 빨리 먹기나 해."

하연이 빠른 속도로 고봉밥을 비워 내고 있는 케이를 흐뭇하게 바라봤다.

"누나 저기 화장대 위에 반짝인다. 전화 온 거 아니야?"

하연이 벌떡 일어나 화장대로 걸어갔다.

'김지혜'

이 여자는 왜 또 전화질이야? 하연이 핸드폰을 쥐고 현관을 나섰다. 계단 중간쯤으로 내려 온 하연이 통화 버튼을 눌렀다.

"네."

[하연 씨? 저 김지혜인데요.]

하연의 얼굴이 어두워졌다.

"네, 그런데요."

[본 지 얼마 안 됐지만 잘 지냈죠?]

이 여자가 이번엔 무슨 수작인 거야.

하연이 핸드폰을 신경질적으로 노려봤다.

"김지혜 씨. 그쪽한테는 아쉽겠지만 잘 지냈어요."

[다행이네요.]

지혜가 상냥하게 대답했다. 며칠 전 대화를 나눴었던 말투와는 확연히 달랐다. 하연은 순간 온몸에 소름이 돋았다.

'이 여자 또라이인가?'

"전화는 왜 하신 건데요."

하연이 쌀쌀맞게 몰아붙였다. 잠시 말이 없던 지혜가 어려운 입을 뗐다.

[하연 씨한테 사과하고 싶어서요. 진심으로.]

순간 빙하처럼 두꺼웠던 지혜에 대한 악감정이 녹아내릴 뻔했다. 하연이 가까스로 정신을 붙잡았다.

김지혜, 이 여자는 희대의 뒤통수 때리기 필살기를 가졌다는 걸 잘 알기에.

"지혜 씨, 사과 받을 타이밍은 이미 지난 거 같은데요."

[알아요. 그래도 꼭 하고 싶어서요.]

하연의 입이 일자로 꾹 다물어졌다.

[하연 씨가 안 받아 줘도 괜찮아요. 마음만 알아준다면 그걸로 만족해요.]

하연은 딱히 대꾸할 말이 생각나지 않았다. 수화기 너머의 상대는, 하연이 성빈을 밀어낼 수밖에 없는 원인을 제공했고, 선명한 상처를 남겼다.

[그리고 민경 씨 일은 원래의 계약 조건대로 다시 진행시킬 예정이에요.]

지혜가 하는 사과 중에 가장 현실적이고 반가운 소식이었다.

"그래요?"

'그건 정말 고마워요!'라는 말이 목청까지 튀어나오려 했지만, 하연은 애써 참았다. 마지막으로 지혜가 목을 가다듬더니 정중히 다시 한 번 사과를 했다.

[하연 씨, 경솔하게 군 제 행동 때문에 상처 받았다면 정말 미안해요.]

내심 마음고생이 심했던 하연은 눈물이 나오려고 했다. 신음이 새어 나가지 않도록 입술을 꾹 다물었다.

괜찮아요. 사람이니까 실수할 수도 있죠.

하지만 입 밖으로는 꺼내지 않았다. 하연은 더 이상 어설프게 사람을 믿는 제 행동 때문에 상처받고 싶지 않았다. 간략한 대답으로 대신했다.

"지혜 씨가 이렇게까지 사과를 하니 받기는 할게요."

[고마워요.]

"그럼 식사중이여서 이만 끊을게요."

하연의 긴장했던 얼굴 근육이 풀렸다. 세찬 바람을 따라 긴 한숨을 내쉬었다. 요 근래에 계속 답답했었던 가슴 한편이 가벼워지는 게 느껴졌다. 무엇보다 민경의 일이 잘 풀리게 되어 다행이었고, 절대 받을 수 없을 거라고 생각했던 지혜의 뜻밖의 사과에 기분이 한결 나아졌다.

그때 하연은, 손에서 진동을 일으키던 핸드폰을 뒤늦게 알아차렸다. 발신자를 확인한 그녀의 입가에 환한 미소가 번졌다.

"성빈 씨."

[뭐 하고 있길래 전화를 이렇게 늦게 받아.]

"생각 좀 하느라고요."

성빈이 되물었다.

[무슨 생각?]

"별거 아닌데. 궁금해요?"

[하연 씨, 대답 잘해.]

하여간 김성빈, 이 남자의 집요함이란.

"성빈 씨 생각은 자기 전에 하니까 그만 좀 심문해요. 취조하는 것도 아니고."

[자기 전에?]

성빈이 능청스럽게 물고 늘어졌다.

[하연 씨 가만히 보니깐 은근히 엉큼한 구석이 있네.]

"누가요? 김성빈 씨가 아니라 제가요?"

이 남자가 또 무슨 말장난을 하려고.

[난 하연 씨 생각을 대개 아침에 많이 하거든. 순수하고 밝은 관계를 꿈꾸고 있어서.]

"그런데요?"

[반대로 하연 씨는 밤에, 그것도 자기 전에 날 떠올린다는 건…….]

하연의 게슴츠레한 눈은 이미 성빈의 다음 말을 예상하고 있었다.

[우리의 관계를 조금 더 진하게 발전시키고 싶어 하는 노골적인 심리가 엿보이는군.]

"하, 정말……."

[도대체 당신 머릿속에서 매일 밤, 난 어떻게 그려지고 있는 거야?]

하연은 종료 버튼을 눌러버리고 싶은 충동이 강하게 들었다.

"성빈 씨, 전화 끊을까요?"

[그만할 테니깐 참아. 이 여자는 농담을 받아들일 줄을 몰라.]

입술을 쭉 내밀던 하연은 방금 있었던 지혜와의 일을 떠올렸다.

"성빈 씨, 저 오늘 기분 좋은 일이 있었어요."

[뭔데.]

"사실 요즘에 인간관계에 대해 회의감이 좀 들었었거든요?"

성빈은 묵묵하게 하연의 말을 들어 줬다.

"그런데 오늘 다시 회복했어요. 세상에 정말 나쁜 사람은 없구나, 깨달으면서."

성빈이 속으로 픽 웃었다. 참 단순하고 귀여운 여자야.

[그래? 그거 다행이네.]

"궁금하지 않아요? 어떤 일 때문에 그러는지."

[안 궁금해.]

성빈의 단호한 대답에 하연은 말문이 막혔다. 말과는 다르게 성빈의 입가에는 잔잔한 미소가 그려지고 있었다.

이 여자를 안전한 제 온실에서 사랑받는 화초로 지켜 내면 그만일 뿐.

[하연 씨, 난 말이지.]

"네."

[우리 두 사람 관계 말고는 다른 일엔 전혀 관심이 없어.]

그리고 본인의 방식대로 표현하면 그걸로 충분했다.

[그러니까 오늘밤도 머릿속에서 잘 부탁해.]

*   *   *

요 근래 쉬지 않고 무리한 탓인지 어젯밤부터 영 상태가 안 좋앉던 성빈이 결국 앓아누웠다. 연락을 받고 도착한 주치의가 꼼꼼히 성빈의 상태를 살폈다. 소매를 걷어 올려 주삿바늘을 꽂아 테이프로 고정했다.

"요즘에도 밤 문화 많이 즐기시나 봐요."

주치의 말에 단정한 성빈의 미간이 구겨졌다. 뭐라고 한마디 톡 쏘려다 그럴 기운도 없어 이내 포기했다.

"아마 링거 맞으시면서 하루 정도 푹 주무시면 금방 나으실 겁니다."

"수고했어요."

성빈의 어린 시절부터 담당했던 개인 주치의는 이제 머리가 샌 할아버지가 다 되었다. 주름진 커다란 손이 성빈의 이마에 닿았다.

"저도 이제 은퇴해야 하니까 아프지 마요. 그럼 이만 갈 테니 푹 주무세요."

주치의 손에서 따뜻한 온기가 느껴졌다. 이제는 같은 어른이 되었지만, 어렸을 때 처음 마주했던 그때의 보호받는다는 느낌이 나쁘지 않았다.

너무 덥지 않게 실내 온도를 맞춰 주고, 뽀송한 이불을 어깨 언저리까지 덮어 줬다. 잠든 척하는 성빈을 작게 미소 지으며 잠시 내려다보던 주치의가 진료 가방을 챙겨 방문을 닫고 나갔다.

"그런데 지금 몇 시쯤 됐지."

성빈이 눈을 떠 이불을 걷으며 협탁에 놓인 휴대폰을 집어 시간을 확인했다. 벌써 오후 두 시가 다 됐다. 뜨거운 이마에 손을 얹으며, 하연에게 전화를 걸었다.

[성빈 씨. 뭐 하느라 전화도 안 받고 인제서야 전화해요?]

하연의 목소리를 듣자 파리한 성빈의 얼굴에 생기가 돌았다.

"전화 기다렸어?"

[성빈 씨가 오늘 데이트하자고 그래서 아침 일찍부터 집 청소하고 나갈 준비하고 있었단 말이에요. 그런데 성빈 씨, 목소리가 왜 이렇게 안 좋아요? 어디 아파요?]

성빈이 잠시 고민했다. 굳이 하연에게 걱정을 끼치고 싶지 않았다. 한숨 자고 일어나면 금방 나아질 것을. 성빈이 목소리를 가다듬었다.

"사실 컨디션이 좀 별로야. 기대하고 있었다면 미안하게 됐어. 이따 한숨 자고 일어나서 연락할게. 심야 영화라도 보러 가."

하연은 눈치가 빨랐다. 성빈에게 문제가 생겼음을 직감하고 일단 짧게 대답하고 끊은 뒤, 비서인 정구에게 곧장 전화를 걸었다.

[하연 씨, 주말 잘 보내고 계시죠? 웬일로 전화 주셨어요.]

"쉬고 계실 텐데 전화해서 미안해요."

[어휴, 아닙니다.]

"다름이 아니라, 방금 성빈 씨랑 통화를 했는데 목소리가 너무 안 좋아서요. 혹시 무슨 일 있어요?"

정구가 파르페 위에 올려진 체리를 태희의 입에 넣어 주며 대답했다.

[어제부터 상태가 안 좋으셨어요. 저도 아까 통화해 보니깐 지금 링거 맞고 누워 계신다던데요?]

"어머. 정말요?"

하연이 애타는 마음에 엄지손가락을 잘근 깨물었다.

"그럼 집에서 혼자 그러고 있는 거예요?"

[네. 아마 독거노인처럼 쓰러져 계실 거예요. 왜요? 하연 씨, 찾아가시게요?]

"그럴까 봐요. 요기할 거라도 준비해서. 메시지로 성빈 씨네 주소 좀 남겨 줄래요?"

정구의 통화가 끊나길 기다리며 태희가 방금 찍은 사진을 페이스북에 업로드하고 있었다.

[네, 알겠습니다. 저도 내일 회의에 첨부할 자료를 두고 와서 잠깐 들를 참인데. 마주칠 수도 있겠네요.]

"정구 씨. 그럼 이따 봐요."

하연이 걱정스러운 얼굴로 주방으로 향했다. 그녀는 냉장고 안을 뒤지며 중얼거렸다.

"간단하게 죽이랑 계란 국이라도 준비해서 가야겠다."

*　　*　　*

정성스럽게 만든 죽을 담은 보온병을 품 안에 든 하연이 승강기를 기다렸다. 성빈이 방해 받지 않고 푹 잘 수 있도록 일부러 이른 저녁 시간에 들렀다.

"아직도 자고 있으려나?"

성빈이 사는 층에 도착한 하연이 승강기에서 내렸다. 그런데 성빈의 문 앞에서 도어록 비밀번호를 누르고 있는 한 여자가 눈에 들어왔다. 길쭉한 키에, 굵은 웨이브가 허리춤까지 내려와 바비 인형을 연상케 하는 그녀는, 호리호리하지만 대문자 에스라인을 모방한 듯한 몸매가 인상적이다.

뒤에서 느껴지는 인기척에 여자가 누르던 손가락을 멈췄다. 뒤를 돌아보는 여자는, 화려한 겉모습에 반해 이 더운 날 주변을 싸늘하게 만들 만큼 차가운 눈빛을 지니고 있었다.

전혀 누군지도 짐작할 수 없는 하연과는 다르게 상대방은 그녀를 잘 안다는 듯 미소를 지어 보였다. 한쪽 입꼬리를 살며시 말아 올리는 여자. 웃어 보이는 건지, 비웃는 건지 알 수 없는 오묘한 표정에 하연은 위압감을 느꼈다.

"누구신지 여쭤 봐도 될까요?"

하연이 먼저 운을 뗐다.

"물어보기 전에 그쪽부터 밝히시든가."

하연의 말을 기다렸던 여자가 찬바람을 풍기며 대답했다. 그러는 와중에도 노골적으로 훑어보는 시선에 기분이 나쁜 하연이다. 이 여자 뭐지? 괜히 긴장돼 입안이 말랐다.

"저 이 집 주인 애인인데요. 이제 그쪽이 대답할 차례네요."

하연의 대답에 여자의 입술이 신경질적으로 틀어졌다. 골드

펄 펌프스 하이힐이 삐딱하게 돌아섰다. 여자가 제 팔을 허리춤에 얹더니, 하연을 내리깔아 봤다.

"성빈 씨가 사 년 동안 목매달았던 전 애인쯤 되겠네요."

하연의 입이 살짝 벌어졌다.

'그럼 이 여자가 말로만 듣던 성빈 씨의 예전 작가 애인이구나…… 그런데 전 애인이라는 말을 본인 스스로 하면서도 어쩜 저리 태도가 당당한 거지?'

하연은 예고 없이 닥친 상황에 정신이 아찔해졌다.

"어쨌든 제가 먼저 온 손님이니, 그쪽이 밖에서 기다려야 할 거 같은데 괜찮겠어요? 금방 끝날지도 모르겠지만, 몸으로 하는 대화라도 나눈다면 좀 길어질 텐데. 어쩌죠?"

유선의 경우 없는 도발에 울컥한 하연이 그녀를 노려봤다. 그러나 유선은 전혀 흔들림이 없었다. '그렇게 쳐다보면 어쩔 건데?'라는 뉘앙스로 포커페이스를 유지할 뿐.

"대답이 없네요?"

유선이 거만하게 서 있던 자세를 풀더니, 하연을 지나쳐 승강기 버튼을 눌렀다. 생각을 정리할 시간도 없이 문이 열리고, 유선이 안으로 고갯짓을 해 보였다.

'복잡하게 생각할 거 없어. 성빈 씨를 믿자.'

보온병을 쥐고 있는 하연의 손에 힘이 들어갔다. 자신의 옆에 서 있는 유선을 올려 보며, 하연이 싸늘한 어투로 말했다.

"사 년이나 목매달았던 여자를 왜 주저 없이 놔 버렸는지, 그쪽이 하는 행동 보니까 충분히 이해가 되네요. 저 문을 열고 들어가는 당신, 전혀 불안하지 않아요."

하연이 눈에 힘을 줬다.

"사 년이나 성빈 씨를 겪어 본 당신이 더 잘 알겠지만, 그쪽이 기대하는 일 없을 거예요."

그대로 하연이 승강기에 올랐다.

문이 닫히는 시점까지도 유선을 응시하는 하연의 눈에는 힘이 빠지지 않았다. 유선 또한 가소롭다는 미소를 지어 보였지만, 그녀의 손은 미세하게 떨리고 있었다.

"하아, 하……."

승강기 문이 완전히 닫히자 하연의 눈시울이 붉어졌다. 정신이 혼미했다. 머릿속 회로가 멈춰 버린 듯했고 심장이 딱딱하게 굳어졌다. 넋이 나간 얼굴로 맨션 건물을 빠져나온 하연이 핸드폰을 꺼냈다. 배터리까지 간당간당. 버스 정류장까지 힘없이 걸어간 하연이 한편에 자리를 잡았다.

주변 사람들에게 에둘러 듣기만 했지, 사실 성빈의 전 애인에 대해 큰 관심이 없었다. 작가이면서, 미모가 뛰어나고, 자기중심적이라는 것. 그게 하연이 아는 전부였다.

하지만 방금 만난 성빈의 전 애인은 하연이 추상적으로 그리던 이미지와는 많이 달랐다. 폭발적인 비주얼과 거침없는 성격의 소유자였다. 현재 애인이라는 사실 따윈 문제가 되지 않는다는 듯 정유선, 그녀의 도발은 마치 애초에 작정한 것처럼 강하게 하연을 짓눌렀다.

툭, 두툭—

오전부터 회색빛을 띠우던 하늘이 기어코 빗방울을 떨어뜨리기 시작했다. 미리 준비한 사람들은 가방을 뒤져 우산을 펼쳐 들었고, 몇몇은 하늘을 짜증스럽게 올려다보며 뛰기 시작했다.

"젠장 맞을, 비까지 오네……."

정류장 한편에서 어깨를 움츠린 채 앉아 있던 하연이 주위를 둘러봤다. 멀지 않은 곳에 마트가 눈에 띄었고, 걸음을 재촉해 안으로 들어섰다.

우산을 펼쳐 들고 다시 정류장으로 향하는 그녀의 눈에서 눈물이 찔끔찔끔 새어 나왔다.

민경의 동네로 가는 버스에 오른 하연이 카드를 찍기 위해 지갑을 열었다. 성빈이 보상의 대가로 준 블랙카드가 눈에 들어왔다. 차라리 속물처럼 이 카드라도 팍팍 긁었더라면 속이 편했을까? 의자에 앉아 창밖을 바라보는 하연의 가슴 한끝이 아려 왔다.

버스에서 내린 하연이 민경의 집에 도착해 벨을 눌렀다. 사과머리를 한 민경이 용수철처럼 한걸음에 달려 나와 하연을 반겼다.

*　　　*　　　*

머리카락을 부드럽게 쓸어내리는 손길이 간지럽다. 한참 곤히 자던 성빈이 이불에 파묻고 있던 고개를 힘겹게 들었다. 안

떠지는 시야 속에 자신의 머릿결을 괴롭히는 손을 붙잡았다.

'그녀가 왔나 보다…….'

성빈이 긴 팔을 뻗어 여자를 자신의 쪽으로 끌어당겼다. 여자의 허리를 감싼 성빈이 아랫배에 얼굴을 파묻었다. 익숙한 느낌, 향기, 그리고 이상한 직감.

"하연 씨."

성빈이 고개를 들어, 상대방을 확인했다.

유선이 자신을 내려다보고 있었다. 유선의 허리에 둘렀던 팔을 풀더니, 성빈이 미간을 좁히며 몸을 일으키는데 휘청, 다시 그대로 주저앉았다.

"정유선. 네가 여기 왜 있어."

성빈이 거친 숨을 몰아쉬며 무거운 몸을 일으켰다. 금방이라도 바닥으로 꺼질 듯 힘이 없었다. 그런 성빈을 지그시 바라보던 유선이 다정하게 말했다.

"성빈 씨, 오늘 뭐 아무것도 못 챙겨 먹었지? 혼자 사는 사람은 아플 때가 제일 서러워."

유선이 닫혀 있던 방문을 열었다.

적막했던 집안에, 온기를 품은 맛있는 냄새가 퍼져 들었다. 예전 함께했었던 그때와 다름없는 미소로 유선이 성빈의 팔목을 잡고 일으켰다.

"입맛 없어도 뭐라도 좀 먹어. 다 차려 놨으니까 얼른 가서 앉아."

"지금 밑도 끝도 없이 찾아와서 뭐 하는 짓이야."

성빈이 유선의 팔에서 손목을 비틀어 빼낸 다음 냉랭하게 말했다. 자꾸 시야가 흐릿해진다. 일단 빨리 유선을 내보내야겠다고 판단한 성빈이, 벽을 짚은 채 힘겹게 말했다.

"정유선, 나 지금 너 상대 못해. 못 이겨. 그러니깐 나중에 밖에서 얘기해."

"알았으니까 일단 식사부터 해. 사람 성의를 봐서라도."

벽에 기대 있는 성빈을 부축해 주기 위해 유선이 다가갔다. 그런 유선을 그대로 벽에 밀친 성빈이 매섭게 노려봤다. 그의 입에서 짙은 시름이 흘러나왔다.

"정유선. 넌 왜 이렇게 매번 제멋대로야. 단 한 번이라도 내 말 좀 들으면 안 돼?"

잠시 말이 없던 유선이 작게 대답했다.

"당신, 내가 듣기 싫은 말할 거잖아. 아니야?"

성빈의 파리한 입술이 비릿하게 비틀렸다. 그때 유선이 성빈의 힘이 빠진 손아귀에서 벗어나, 그대로 입술을 포개었다. 성빈의 눈에 불꽃이 일었다.

"너 이게 무슨 짓이야! 지금 장난해?"

"당신하고 키스해서 불치병이 옮는다 해도, 나 이제 뛰어들 준비돼 있어. 그러니깐 매몰차게 굴지 마. 제발."

유선이 그대로 성빈의 가슴팍에 자신을 파묻었다. 성빈이 안겨 들어온 여자를 거칠게 걷어 내며, 다시 벽에 밀쳤다. 그런 뒤

어깨를 잡은 손에 무섭게 힘을 줬다.

"정유선, 잘 들어."

성빈의 한기 어린 눈빛이 유선의 가슴을 차갑게 짓눌렀다.

"어차피 끝난 마당에 너한테 모진 말 하기 싫어. 그런데 내가 지금 품고 있는 여자한테 미안할 짓은 더더욱 하기 싫어."

"………."

"내 마음 이제, 정유선 네 거 아니야. 사랑하는 여자가 생겼어."

철옹성 같이 단단했던 유선의 눈이 성빈의 마지막 말에 무너져 내렸다. 차분했던 그녀가 떼를 쓰듯 성빈에게 결박당한 채로 윽박을 지르기 시작했다.

"인정 안 해! 못 해! 김성빈, 당신 이번 생에 나 하나만 가슴에 품을 거라며! 나 말고 다른 여자는, 여자로도 안 보인다며?"

성빈은 대답하지 않았다.

"고작 그런 별 볼 일 없는 계집애를 당신 마음에 품으려고, 그 많은 나날을 나랑 보냈던 거냐고! 이 나쁜 놈아, 어흐흑."

성빈이 주저앉는 유선을 그대로 놓아주었다. 한숨이 밀려 나왔다.

'만약 그 일이 없었더라면 정유선, 내 쪽에서는 널 절대 놓지 않았을 거야.'

지난날의 기억이 떠오른 성빈이 괴로움에 인상을 썼다. 하나뿐인 누나의 일과, 위로가 필요했던 자신, 그리고 믿었던 연인의 실수.

성빈의 긴 속눈썹이 내려앉았다.

"정유선 너와 함께했던 사 년이란 시간 동안 나 너한테 소홀한 적 없었고, 넌 분명 내 전부였어. 인정해. 그런데 지금의 난……."

그 시절, 눈을 떼는 것조차 아쉬울 만큼 많이 아끼고 사랑했던 여자, 정유선. 그녀의 애절한 눈망울이 보였다.

성빈은 제 방식대로 끝맺음을 했다.

"정유선, 이렇게 무너지는 네 모습에도 아무런 감정이 안 들어."

이제 남자의 눈에는,

"지금도 너를 향한 걱정보다는 그 여자 모습이 눈앞에 아른거려서 미치겠어."

이제 남자의 심장에는,

"지금 내 머릿속에는 네가 말한 그 별 볼 일 없는 여자, 딱 한 명밖에 없어."

다른 여자가 분명히 아로새겨졌다. 박하연, 그녀가.

그때 버튼 누르는 소리가 들리더니, 정구가 들어왔다. 두 남녀의 모습을 보고는 당황한 듯 멈칫했다.

"제가 타이밍을 잘못 맞췄네요. 도로 나갈까요?"

성빈이 손짓을 했다.

"차라리 잘 됐어. 들어와."

고개를 돌려 얼룩진 얼굴을 정리한 유선이 자리에서 일어났다.

"성빈 씨, 나중에 밖에서 한번 만나."

거실에 둔 가방을 집어 든 유선이 어정쩡하게 서 있는 정구의 어깨를 툭 쳤다.

"눈치가 없는 건 아닌 것 같은데, 매번 거슬리고 재수 없어."

찬바람을 일으키며 나가 버린 유선을 보며 정구가 놀란 가슴을 쓸어내렸다.

"사장님, 유선 씨 왜 저리 화가 나셨어요?"

그런데 사장도 상태가 많이 안 좋아 보였다. 벽을 짚고 있는 성빈에게 얼른 달려가 정구가 부축을 해 주었다.

귀찮다는 얼굴로 소파에 앉은 성빈이 정구가 갖다 준 물로 목을 축였다. 잠시 사장의 눈치를 보던 정구가 입을 열었다.

"오는 길에, 요 앞에 정류장에서 버스에 오르는 하연 씨 봤는데 혹시 만나셨어요?"

"뭐? 네가 또 오지랖 부렸지."

정구가 강하게 부인했다.

"아니에요. 하연 씨가 뭔가 이상했는지, 전화 와서 사장님 상태에 대해 묻더라고요."

"하아, 미치겠네."

옷을 갈아입고 나온 성빈이 정구에게 차 키를 던졌다.

"운전 좀 해. 하연 씨 집으로 가자."

"지금 상태로 가신다고요? 많이 힘들어 보이시는데."

"말 두 번 반복할 힘없어. 앞장서."

*　　*　　*

역시 머리가 복잡할 때는 한숨 자는 게 상책이긴 한가 보다. 어제의 시커먼 하늘은 어느샌가 화사한 레몬 빛을 띠고 있었다. 민경의 집에서 이런저런 이야기를 하고 잘 자고 나니 기분이 한층 나아졌다. 슈퍼에 들른 하연이 아이스크림 하나를 입에 물었다.

"하, 시원하다."

하연이 보온병을 달랑거리며 모퉁이를 도는데, 노란색 범블비가 눈에 들어왔다.

"어? 설마……!"

하연이 놀란 눈으로 차를 향해 뛰어갔다. 창문에 서려 있는 물방울을 걷어 내며 안을 살피는데, 뒷좌석에 성빈이 보였다. 하연이 세차게 창문을 두드렸다.

"성빈 씨! 문 좀 열어봐요! 빨리!"

남자가 미동이 없다. 하연의 심장박동이 급격하게 뛰고, 안 좋은 생각까지 들었다. 손아귀에 힘을 줘 문을 쾅쾅! 두드렸다. 그때 '달칵' 소리와 함께, 성빈이 미끄러지듯 몸을 내보였다.

"나 안 죽었으니까 그만 좀 소리 질러. 머리 아파."

"아니, 언제부터 여기 있었던 거예요? 상태도 이렇게 안 좋으면서."

차 밖으로 나온 성빈이, 그대로 하연의 목덜미에 고개를 파묻었다. 축 처진 성빈이 제법 무거웠다. 하연이 다리에 힘을 주며,

성빈의 팔을 제 어깨에 둘렀다.

"하연 씨. 조금만 늦었으면 나 정말 어떻게 됐을지도 몰라."

애달픈 성빈의 음성에 하연의 귓불이 붉어졌다. 일단 좀 데리고 올라가자.

"성빈 씨. 다리에 힘 좀 줘 볼래요?"

하연이 성빈을 부축하며 계단을 오르기 시작했다. 오늘따라 왜 이리 높게만 느껴지는지. 마지막 계단까지 오른 하연이 재빠르게 문을 열었다.

겨우 침대에 성빈을 눕힌 하연이 그대로 자리에 주저앉았다.

"하, 하아…… 이 남자 진짜 무겁네."

그때 편한 자세로 몸을 틀던 성빈이 두 눈을 번쩍 떴다. 천장을 잠시 바라보던 그는, 침대 옆에 앉아 있는 하연의 뒤통수를 발견하고 손을 뻗었다. 그의 손이 하연의 머리카락을 그러쥐었다.

"나 정신 차릴 때까지 어디 가지 말고 있어."

'땀에 젖은 거봐, 얼마나 앓았으면……'

성빈에게 얇은 모시 이불을 덮어 준 하연이 왕부채를 가져와 가볍게 흔들기 시작했다. 그마저도 쌀쌀할까 봐, 그녀는 손목에 조금 더 힘을 뺐다.

"일어나면 먹일 죽이라도 준비해야겠다."

하연이 손을 멈추고 주방으로 향했다. 그녀는 최대한 조용히 움직이기 시작했다. 건더기를 준비해 생쌀과 함께 냄비에 넣고 가스 불을 켰다.

보글보글. 장단에 맞춰, 흰쌀과 원색의 야채들이 춤을 추고 있었다. 시간을 들여 죽을 완성한 하연이 냄비 뚜껑을 덮어 놓고 화장실로 향했다. 그녀는 깨끗한 수건을 집어, 뜨거운 물을 적셨다.

"땀 좀 닦아 줘야지."

침대에 누워 있는 성빈은 미동조차 없었다. 창가 틈으로 오후의 햇볕이 남자를 비추고 있었다. 고개가 젖혀진 성빈의 쇄골이 눈에 띄었다. 깊게 파인 골이 섹시했다.

"흠!"

하연이 수건으로 성빈의 이마를 닦아 주었다. 땀에 흠뻑 젖은 성빈의 풀어진 현재의 모습은 뭐랄까, 굉장히 관능적이었다. 남자의 이마, 하얀 볼과 목덜미를 지나, 티셔츠 안쪽까지 닦아 내리는데,

"어디까지 내려올 참이야."

성빈이 눈을 떴다. 깜짝 놀란 하연이 뒤로 엉덩이를 내뺐지만, 성빈의 손이 재빠르게 하연의 팔을 낚아챘다. 순간 상체가 기울어진 하연이 그대로 성빈의 가슴팍에 처박혔다.

성빈은 몸을 일으키려는 하연을 품에 가두며,

"잠깐만 이러고 있자."

느긋한 억양으로 속삭였다.

그의 쉰 목소리가 안타까워, 하연은 슬쩍 힘을 뺐다. 하연의 얼굴이 안 보이는 게 못마땅한지, 성빈은 그녀의 허리에 손을 둘

렀다. 강한 힘에 미끄러지듯 올라온 하연의 시선이 성빈에게 맞춰졌다.

"······성빈 씨."

살짝 벌어진 하연의 입술을 성빈이 그윽하게 쳐다봤다.

'제길, 감기 때문에 키스는 물 건너갔군.'

성빈이 눈살을 찌푸리더니 하연을 돌려 백허그 자세로 품에 가두었다.

하연의 귓전에 퍼지는 뜨거운 숨결.

"어제 어디 갔다 왔어. 당신, 날 새는 게 취미야?"

"민경이 집에 있었어요."

"전화는 왜 또 꺼 놓은 건데. 일부러 그런 거지."

"아니라고는 말 못해요."

하연의 단답형의 대답이 마음에 안 드는 성빈. 잠시 미묘한 공백이 흘렀다.

"안 물어볼 거야? 어제 일."

"그럼 물어볼게요."

"뭐든 대답할게. 물어봐."

하지만 성빈이 예상했던 질문이 아니었다.

"성빈 씨는 운동 좋아해요?"

"응."

"무슨 운동하는데요."

"테니스나 스쿼시, 조깅. 승마도 괜찮고. 근데 왜."

성빈이 자상하게 대답하며, 하연의 머리를 쓰다듬었다.

"전 운동 싫어해요. 저번에 산도 같이 탔지만, 숨쉬기 운동하는 게 전부예요."

"그럼 당신한테 맞는 거 골라서 가르쳐 줄 테니 같이하자."

하연이 애꿎은 손톱을 뜯으며, 다음 질문을 했다.

"그럼 성빈 씨는 쉴 때 뭐해요? 가령 취미라든지."

"책 읽는 것도 좋아하고, 오페라나 공연 보는 거 좋아해. 짬이 안 날 땐 그냥 음악 듣고."

"전 일주일 내내 드라마랑 예능 챙겨 보는 게 낙이에요."

하연의 종잡을 수 없는 질문에, 성빈이 재미있다는 표정을 지었다.

"그럼 가장 재밌게 봤던 드라마 좀 추천해 줘 봐. 한번 볼께."

"성빈 씨는 좋아하는 음식이 뭐예요?"

이번 질문에서는 성빈이 '흐음' 약간의 고민을 했다.

"깔끔한 봉골레 파스타나, 해산물 들어간 거 좋아해. 샐러드도 괜찮고, 더 이상 생각 안 나. 근데 이런 거 왜 자꾸 물어."

"우린 식성도 다르네요. 전 무조건 고기예요."

하연의 머리를 쓰다듬던 손으로, 햇살 때문에 눈부신 눈가를 가리며 성빈이 웃음을 터트렸다. 잠시 망설이던 하연은 나지막이 운을 뗐다.

"우린 하나도 맞는 게 없네요. 그렇죠, 성빈 씨."

"그래서 만나게 됐나 봐. 반대인 게 끌려서."

"하다못해 커피 취향까지도 서로 다르잖아요. 그래도 전……."

그제야 성빈은 이상하다는 걸 직감했다. 이내 하연의 눈에 그림자가 드리웠다.

"성빈 씨가 좋아요. 그런데 서로에 대한 마음 하나만으로. 우리 이대로 괜찮을까요?"

"하연 씨."

"이번엔 저 말고 성빈 씨 입장에서 잘 생각해 봐요."

성빈의 고동색 눈동자에 쌩한 바람이 불었다.

"아무것도 없는 제 쪽은 차라리 쉬워요. 그런데 성빈 씨 힘들까 봐 그래요."

"……."

"성빈 씨랑은 다르게 전 가진 게 없어요. 그래서 짐이 될까 봐, 나중에 우리 성빈 씨 벅찰까 봐 그게 두려운 거예요. 그러니까 아직 서로 아무것도 없을 때…… !"

섬세했던 성빈의 손길이 자신을 등지고 있는 하연을 거칠게 잡아 돌렸다. 하연은 금방이라도 울 것 같은 표정이었다. 성빈이 애써 화를 삼키며 한숨을 짧게 내쉬었다.

"당신 말대로라면 지금 우리 사이엔 아무것도 없는 거네. 그렇지? 그래서 깊어지기 전에 끝내자는 거고."

하연은 입을 다물었다. 여자의 대답을 기다리던 성빈이 몸을 일으켜 하연의 위로 올라갔다. 위에서 내리깔아보는 성빈의 매서운 눈빛에, 하연은 현기증이 핑 돌았다.

성빈은 정면으로 하연과 시선을 마주한 채 서서히 내려왔다. 하연의의 목덜미에 도착한 성빈의 숨결은 더없이 뜨겁고 강한 기운을 내뿜었다. 그는 목선을 따라 미세하게 떨고 있는 하연의 귓불을 살짝 깨물었다. 그러자 하연이 고개를 돌리며 나지막이 비음을 내뱉었다.

"하아……."

순간 성빈은 밀려드는 어지러움에 균형을 잃을 뻔했다. 자제를 아는 성빈이 이내 하연에게서 얼굴을 떨어뜨렸다. 안 돼, 그만. 강하게 브레이크를 걸었다.

고개를 옆으로 돌렸던 하연의 눈동자가, 위에서 내려다보고 있는 성빈에게로 향했다. 두 남녀의 시선이 마주쳤다. 하연의 길게 뻗은 속눈썹에 성빈이 입술을 갖다 댔다.

아직 채 마르지 않은 눈물을 입술로 거두며, 성빈은 부드러운 어조로 힘을 줘 말했다.

"하연 씨, 내 입장은 이거야. 이미 노선은 정해졌어."

하얗게 질린 얼굴색과, 얼룩진 눈가, 복잡한 심정이 그대로 드러나는 하연을 내려다보는 성빈의 마음이 시큰거렸다. 하지만 미안한 마음을 뒤로하고 물러서지 않았다.

"하연 씨가 고민하는 게 뭔지 잘 알아. 나 또한 순진한 당신 상처라도 입힐까 봐, 적잖게 고심하며 어떤 방식으로 당신을 지켜낼까 강구하고 있는 중이야. 이게 나 혼자만의 욕심이야?"

하연의 몸이 가늘게 떨렸다. 눈앞은 뿌옇게 흐려져만 가고, 어떻게든 울음을 참아 보려고 꾹 숨을 삼켰다. 감정의 잔재가 고스란히 얼굴에 드러나는 하연을 보며 성빈은 안심했다.

"하연 씨가 날 걱정해 주는 건 고맙지만 사양할게. 내가 알아서 해."

"……성빈 씨."

"그리고 당신 속내야 빤히 보여. 날 위하는 척 도망치고 싶은 거잖아."

"아니에요."

"하긴. 그러기엔 당신도 이미 나한테 너무 빠지긴 했지."

〈다음 권에 계속〉